O CANTO MAIS ESCURO DA FLORESTA

<u>Obras da autora publicadas pela Galera Record:</u>

O Povo do Ar
O príncipe cruel
O rei perverso
A rainha do nada
Como o rei de Elfhame aprendeu a odiar histórias

O canto mais escuro da floresta

Duologia O Herdeiro Roubado
O herdeiro roubado
O trono do prisioneiro

Contos de Fadas Modernos
Tithe
Valente
Reino de ferro

Magisterium (com Cassandra Clare)
O desafio de ferro
A luva de cobre
A chave de bronze
A máscara de prata
A torre de ouro

As Crônicas de Spiderwick (com Tony DiTerlizzi)
Livro da noite

O CANTO MAIS ESCURO DA FLORESTA

Tradução
Camila Pohlmann

19ª edição

— **Galera** —
RIO DE JANEIRO

2025

CIP-BRASIL. CATALOGAÇÃO NA PUBLICAÇÃO
SINDICATO NACIONAL DOS EDITORES DE LIVROS, RJ

B562c
19ª. ed.

Black, Holly
  O canto mais escuro da floresta / Holly Black; tradução Camila Pohlmann. – 19ª. ed. – Rio de Janeiro: Galera Record, 2025.

Tradução de: The darkest part of the forest
ISBN 978-65-55-87282-8

1. Ficção juvenil americana. I. Pohlmann, Camila. II. Título.

16-38022

CDD: 028.5
CDU: 087.5

Título original:
The Darkest Part of the Forest

Copyright © 2015 by Holly Black

Publicado mediante acordo com a autora, c/o BAROR INTERNATIONAL, INC.,
Armonk, New York, U.S.A.

Todos os direitos reservados.
Proibida a reprodução, no todo ou em parte, através de quaisquer meios.
Os direitos morais do autor foram assegurados.

Texto revisado segundo o novo Acordo Ortográfico da Língua Portuguesa.

Composição de miolo: Abreu's System

Direitos exclusivos de publicação em língua portuguesa somente para o Brasil
adquiridos pela
EDITORA RECORD LTDA.
Rua Argentina, 171 – Rio de Janeiro, RJ – 20921-380 – Tel.: (21) 2585-2000,
que se reserva a propriedade literária desta tradução.

Impresso no Brasil

ISBN 978-65-55-87282-8

Seja um leitor preferencial Record.
Cadastre-se e receba informações sobre nossos
lançamentos e nossas promoções.

Atendimento e venda direta ao leitor:
sac@record.com.br.

Para Sarah Rees Brennan,
uma grande amiga e inspiração

Venha agora, minha criança,
se estivéssemos planejando fazer mal a você,
acha que estaríamos aqui à espreita
na parte mais escura da floresta?
— Kenneth Patchen

✦ CAPÍTULO 1 ✦

Ao fim de um caminho na floresta, depois de um riacho e de um tronco oco cheio de tatuzinhos-de-jardim e cupins, havia um caixão de vidro. Deitava-se sobre o chão e dentro dele dormia um menino que tinha chifres na cabeça e orelhas pontiagudas como facas.

Até onde Hazel Evans sabia, a partir do que tinha ouvido os pais contarem e do que os pais deles tinham contado a eles, o menino sempre estivera ali. E não importava o que acontecesse, ele nunca, nunca acordou.

Ele não acordou durante os longos verões em que Hazel e seu irmão, Ben, se esticaram em cima do caixão, espiando pelos vidros transparentes, embaçando-os com seu hálito, enquanto traçavam planos mirabolantes. Ele não acordou com os turistas embasbacados, nem com os caçadores de mitos que foram até lá jurar que ele não era de verdade. Ele não acordou nos fins de semana de outono, quando as meninas dançaram bem em cima dele, rodopiando ao som da música que saía de um iPod; não notou quando Leonie Wallace levantou sua cerveja bem em cima da cabeça dele, como se brindasse a toda a floresta mal-

-assombrada. Ele sequer se mexeu quando o melhor amigo de Ben, Jack Gordon, escreveu em um dos lados do caixão EM CASO DE EMERGÊNCIA, QUEBRE O VIDRO com um marcador permanente — nem quando Lloyd Lindblad pegou uma marreta e realmente tentou fazer isto. Não importava quantas festas tenham sido feitas em volta do menino de chifres — gerações de festas, tantas que a grama já cintilava por causa das décadas de cacos de vidro verdes e amarelos provenientes de garrafas quebradas; tantas festas que os arbustos já brilhavam em tons de prata e ouro e ferrugem, por causa das latinhas amassadas —, não importava o que acontecesse nestas festas: nada era capaz de acordar o menino dentro do caixão de vidro.

Quando eram pequenos, Ben e Hazel faziam coroas de flores para ele e contavam-lhe histórias sobre como fariam para resgatá-lo. Naquela época, eles pretendiam salvar todo mundo que precisava ser salvo em Fairfold. Mas quando Hazel ficou mais velha, passou a visitar o caixão quase sempre à noite, em grupo, embora ainda sentisse um aperto no peito ao ver o rosto estranho e belo do menino.

Ela não o salvara e tampouco salvara Fairfold.

— Oi, Hazel — cumprimentou Leonie, dando um passo para o lado e abrindo espaço, caso Hazel quisesse se juntar a ela em cima do caixão do menino de chifres.

Doris Alvaro também já estava em cima do caixão, ainda com o uniforme de líder de torcida usado no jogo que a escola perdera naquela noite. O rabo de cavalo castanho e brilhante chicoteava no céu. As duas estavam vermelhas por causa da bebida e da animação.

Hazel acenou para Leonie, mas não subiu no caixão, mesmo que tivesse ficado tentada. Em vez disto, abriu caminho em meio à multidão de adolescentes.

A Fairfold High era uma escola razoavelmente pequena onde, embora houvesse tribos — mesmo que algumas fossem basicamente de uma pessoa só (Megan Rojas representava toda a comunidade gótica) —, as festas tinham que ser para todos se quisessem contar com público o suficiente. No entanto, só porque se divertiam juntos não significava que eram todos amigos. Até um mês atrás, Hazel fazia parte de uma turma de meninas que desfilava pela escola com olhos fortemente pintados de delineador e brincos brilhantes tão afiados quanto os sorrisos. Ao sugar o sangue pegajoso e lustroso de seus polegares, tinham jurado ser amigas para sempre. Hazel tinha se afastado depois que Molly Lipscomb pediu que ela beijasse seu ex e em seguida desse o fora nele, mas ficou furiosa depois que ela obedeceu.

No fim das contas, os demais amigos de Hazel eram apenas os amigos de Molly. Amigos esses que, mesmo tendo participado do plano, fingiram não ter. Fingiram que havia acontecido algo pelo qual Hazel deveria se arrepender. Queriam que ela admitisse que fizera aquilo para magoar Molly.

Hazel beijava garotos por razões variadas — porque eram bonitinhos, porque estava meio bêbada, porque estava entediada, porque eles deixavam, porque era divertido, porque eles pareciam solitários, porque isso acalmava temporariamente seus medos, porque não sabia quantos beijos ainda lhe restavam. Mas havia beijado somente um garoto que realmente pertencia a outra pessoa e, sob nenhuma circunstância, ela faria aquilo de novo.

Pelo menos ainda tinha a companhia do irmão, mesmo que no momento ele estivesse na cidade, saindo com um cara que tinha conhecido pela internet. E também tinha o melhor amigo de Ben, Jack, por mais que ele a deixasse nervosa. E Leonie.

Eram amigos suficientes. Até demais, considerando-se que Hazel provavelmente desapareceria qualquer dia desses e deixaria todos para trás.

Foi por pensar assim que ela acabou não pedindo carona até a festa daquela noite. Mesmo que isso significasse fazer o trajeto todo a pé, às margens da floresta, passando por fazendas e celeiros de tabaco e depois por dentro da floresta em si.

Era uma daquelas noites de início de outono, a fumaça de lenha se misturando com o cheiro doce e úmido das folhas caídas e fazia tudo parecer possível. Hazel vestia um suéter novo, verde, um par de brincos baratos de plástico, também verde, e, nos pés, suas botas favoritas, marrons. Os cachos ruivos ainda tinham o brilho dourado do verão, e quando ela se olhou no espelho para passar um pouco de protetor labial colorido antes de sair, realmente achou que estava bonita.

Liz tinha ficado encarregada da playlist, transmitida do celular para os alto-falantes do seu antigo Fiat, e escolhia músicas dance tão altas que até as árvores tremiam. Martin Silver jogava sua conversa para Lourdes e Namiya ao mesmo tempo, claramente na esperança de ganhar uns beijos das melhores amigas, o que nunca aconteceria, jamais, em tempo algum. Em um semicírculo de garotas, Molly ria. Stephen, com sua camiseta manchada de tinta, estava sentado dentro da caminhonete, os faróis do teto acesos, bebendo de um cantil o uísque caseiro feito pelo pai do Franklin. Estava ocupado demais curtindo alguma fossa particular para se preocupar com a possibilidade de aquela bebida clandestina deixá-lo cego. Jack estava sentado com o irmão dele (bem, *mais ou menos* irmão), Carter, o quarterback, sobre um tronco próximo ao caixão. Eles riam, o que fez Hazel querer ir até lá e rir com eles se não estivesse, também, com vontade de levantar e dançar e, ao mesmo tempo, quisesse voltar correndo para casa.

— Hazel! — chamou alguém. Ao se virar, ela viu Robbie Delmonico e o sorriso congelou em seu rosto. — Não tinha visto você ainda. Está linda.

Ele soava como se estivesse chateado com o fato.

— Valeu.

Robbie *tinha* que ter percebido que ela estava evitando a presença dele. Isso fazia com que se sentisse uma péssima pessoa, mas desde que tinham ficado em uma festa, Robbie a seguia por toda parte, como se estivesse magoado, e isso era ainda pior. Ela não tinha dado um fora nele ou coisa do tipo, afinal, Robbie sequer chegou a chamá-la para sair. Ele simplesmente ficava olhando para ela com cara de triste e fazia perguntas estranhas, cheias de segundas intenções, como "o que você vai fazer depois da aula?" E quando ela respondia, "nada, vou ficar de bobeira", ele nunca sugeria nada e sequer dava a entender que gostaria de se juntar a ela para ficar de bobeira também.

Era por beijar garotos como Robbie Delmonico que as pessoas achavam que Hazel beijaria qualquer um.

Mas na época tinha mesmo parecido ser uma boa ideia.

— Valeu — disse ela outra vez, ligeiramente mais alto, balançando a cabeça. Quando começou a virar de costas, ouviu:

— Esse suéter é novo, né? — E depois Robbie deu aquele sorriso triste, como quem diz "eu sei que sou legal por ter reparado" e, ao mesmo tempo, "eu sei que os caras legais ficam em último".

O curioso era que ele não parecia estar especialmente interessado antes de Hazel se atirar em cima dele. Era como se, ao ter encostado os lábios nos dele — e, ok, permitido certas passadas de mão —, ela tivesse se transformado em algum tipo de deusa cruel do amor.

— É novo — respondeu, balançando de novo a cabeça. Perto dele, sentia-se mesmo tão fria quanto ele claramente a julgava. — Bem, a gente se vê.

— Aham — disse ele, deixando a palavra pairar.

E depois, no momento crítico, no momento em que ela deveria simplesmente ir embora, Hazel foi invadida pela culpa e falou a única coisa que sabia que não deveria falar, a coisa pela qual mais tarde se beliscaria mil vezes durante a noite:

— Quem sabe a gente não se esbarra mais tarde?

Os olhos dele se iluminaram com esperança e, tarde demais, ela se deu conta de como ele tinha interpretado a frase... Como uma promessa. Mas a essa altura, tudo o que podia fazer era voltar correndo para perto de Jack e Carter.

Jack — a paixão de Hazel em seus anos mais jovens e tolos — pareceu surpreso quando ela apareceu, o que era estranho, porque ele raramente se deixava pegar desprevenido. Como a mãe dele dissera um dia, Jack era capaz de ouvir o trovão antes de o relâmpago pensar em cair.

— Hazel, Hazel, menina dos olhos bonitos. Beije-a se quiser ter o coração partido — disse Carter, que sabia como agir feito um idiota.

Carter e Jack eram muito parecidos, como se fossem gêmeos. O mesmo cabelo escuro e cacheado. Os mesmos olhos cor de âmbar. A mesma pele negra, boca sensual e maçãs do rosto bem marcadas que davam inveja em todas as meninas da cidade. Eles não eram gêmeos, no entanto. Jack era um *changeling* — o *changeling* de Carter, deixado para trás quando Carter foi roubado pelas fadas.

Fairfold era um lugar estranho. Adormecido no meio da floresta de Carling, a floresta mal-assombrada, repleto do que o avô de Hazel chamava de Verdes e a mãe de Eles Mesmos ou o Povo do Ar. Nestas matas, não era estranho ver uma lebre negra nadando no riacho — embora lebres não sejam muito de nadar — ou flagrar um veado transformando-se em uma menina correndo num piscar de olhos. Em todos os outonos, uma parte da colheita de maçãs era entregue ao caprichoso e cruel Alderking. Guirlandas de flores eram trançadas para ele a cada primavera. O povo da cidade sabia que era preciso temer o monstro escondido no coração da floresta, que seduzia turistas com seu urro parecido com um choro de mulher. Seus dedos eram feitos de galhos e seu cabelo, de limo. Ele se alimentava de tristeza e semeava a corrupção das almas. Era possível atraí-lo com uma cantiga infantil, do tipo que as meninas cantam umas para as outras quando vão fazer uma festinha do pijama. E havia também um imenso espinheiro branco dentro de um círculo de rochas, onde, na lua nova, se podia fazer um pedido amarrando um pedaço de roupa nos galhos e então aguardar um dos elementos do Povo aparecer. No ano passado, Jenny Eichmann foi até lá e pediu para ser aceita na universidade de Princeton, prometendo pagar com o que as fadas quisessem. Ela conseguiu o que queria, mas sua mãe sofreu um derrame e morreu no dia em que a carta de aceitação chegou.

Era por isso que, entre pedidos às fadas e o garoto de chifres e as aparições estranhas, embora fosse tão pequena que as crianças do jardim de infância estudassem em um prédio adjacente ao dos mais velhos, tão pequena que era preciso ir três cidades além para comprar uma máquina de lavar ou ir ao shopping, Fairfold ainda assim recebia muitos turistas. Algumas cidades tinham a maior bola de feno ou uma roda de queijo enorme ou uma cadeira capaz de acomodar um gigante. Outras, cachoeiras lindas ou cavernas cintilantes repletas de estalactites ou morcegos que dormiam debaixo de uma ponte. Mas Fairfold tinha o menino no caixão de vidro. Fairfold tinha o Povo.

E para o Povo, os turistas eram simples presas.

Possivelmente foi assim que consideraram os pais de Carter. O pai era de outra cidade, mas a mãe estava longe de ser turista. Bastou uma noite para que ela percebesse que seu bebê havia sido roubado. E ela soube exatamente o que fazer. Mandou o marido sair de casa durante o dia e convidou um grupo de mulheres da vizinhança. Elas assaram pães e cortaram madeira e encheram de sal uma antiga tigela de cerâmica. Quando tudo ficou pronto, a mãe de Carter esquentou um atiçador na lareira.

Primeiro o metal ficou vermelho, mas ela não fez nada. Só quando assumiu um brilho branco, ela pressionou a ponta do atiçador contra o ombro do changeling.

Ele gritou de dor, uma nota tão alta que as duas janelas da cozinha se estilhaçaram.

O cheiro foi como quando se joga grama verde no fogo, e a pele do bebê ficou vermelha, brilhante e começou a borbulhar. A queimadura deixou uma cicatriz, também. Hazel já tinha reparado, quando ela, Jack, Ben e Carter foram nadar no verão passado. Atualmente era uma marca esticada por causa do crescimento, mas continuava ali.

Queimar um changeling invoca sua mãe. Ela chegou à porta da mãe de Carter instantes mais tarde, com um embrulho nos braços. De acordo com as histórias, a mãe do changeling era magra e alta, tinha um cabelo da cor das folhas do outono, a pele da cor das cascas das árvores e os olhos mudavam o tempo todo, de prata líquida para ouro escuro, para opacos e cinzentos como pedra. Não havia como confundi-la com um ser humano.

— Vocês não podem levar nossas crianças —, foi o que disse a mãe de Carter, ou ao menos é o que conta a história que Hazel ouviu, e ela ouviu a história várias vezes. — Vocês não podem nos assombrar, nem nos fazer mal. É assim que as coisas são por aqui há gerações, e é assim que vão continuar sendo.

A mulher fada pareceu encolher um pouco. Como se respondesse, silenciosamente entregou a criança que trouxera enrolada em cobertores. O bebê dormia tranquilamente, como se estivesse em sua própria cama.

— Fica com ele — ofereceu.

A mãe de Carter o apertou junto ao corpo, absorvendo seu cheiro de leite azedo. Ela contou que esse é o único detalhe que o Povo do Ar não consegue imitar. O outro bebê simplesmente não tinha o cheiro de Carter.

Em seguida, a mulher fada esticou os braços para receber o próprio filho que chorava, mas a vizinha que o segurava nos braços deu um passo para trás. A mãe de Carter bloqueou o caminho.

— Você não pode ficar com ele — falou a mãe de Carter. Ela entregou seu bebê à irmã e pegou punhados de limalha de ferro, frutas vermelhas e sal, uma proteção contra a magia da mulher fada. — Se você estava disposta a trocá-lo, mesmo que por uma hora, você não merece ficar com ele. Vou cuidar dos dois e criá-los como se fossem meus. Esta será sua punição por quebrar o acordo conosco.

Com isto, a elfa falou, a voz soando como vento e chuva e folhas estalando sob os pés.

— Vocês não podem nos julgar. Vocês não têm este poder, nem este direito. Devolva meu filho e eu abençoarei sua casa. Fique com ele e mais tarde virá a se arrepender.

— Que se danem as consequências e que se dane você também — gritou a mãe de Carter, de acordo com todo mundo que já contou esta história. — Saia já daqui!

E então, mesmo que algumas das vizinhas tenham resmungado que a mãe de Carter estava arrumando confusão, foi assim que Jack veio viver com a família de Carter, tornando-se seu irmão e melhor amigo de Ben. Foi assim que todo mundo se acostumou com Jack e ninguém mais se surpreendia que as orelhas dele terminassem pontudinhas ou que seus olhos ficassem prateados de vez em quando, ou que ele fosse capaz de prever o tempo melhor do que qualquer meteorologista da televisão.

— Acha que Ben está se divertindo mais do que a gente? — perguntou Jack para Hazel, forçando os pensamentos dela para longe do passado dele, da sua cicatriz e do seu rosto bonito.

Se Hazel beijava os garotos com facilidade, por outro lado Ben não tinha facilidade alguma. Ele queria se apaixonar, estava sempre disposto a entregar seu coração. Ele sempre foi desse jeito, mesmo que o preço fosse mais caro do que ela gostaria de imaginar.

Mas a verdade era que ele também não tinha muita sorte na internet.

— Eu acho que o encontro vai ser uma chatice. — Hazel tirou a lata de cerveja da mão de Jack e deu um gole. Tinha um gosto azedo. — A maioria dos caras é um saco, até os mentirosos. Principalmente os mentirosos. Não sei por que Ben insiste.

Carter deu de ombros.

— Sexo?

— Ele gosta do papo dos caras — disse Jack, abrindo um sorriso conspiratório para ela.

Hazel lambeu a espuma que tinha ficado em cima do lábio, sentindo parte do bom humor de antes retornar.

— É, pode ser.

Carter se levantou e ficou observando Megan Rojas, que acabara de chegar e enterrava no chão macio os saltos finos de suas botas com teias de aranha bordadas. Estava com o cabelo recém-pintado de roxo e trazia uma garrafa de licor de canela.

— Vou pegar mais uma cerveja. Querem alguma coisa?

— Hazel roubou a minha — disse Jack, acenando com a cabeça na direção dela. As grossas argolas de prata que ele usava cintilaram ao luar. — Pega mais uma rodada pra gente?

— Tente não partir nenhum coração enquanto eu estiver longe, ok? — disse Carter a Hazel como se estivesse brincando, mas o tom não era totalmente amistoso.

Hazel se sentou no lugar que Carter tinha deixado vago no tronco e olhou para as meninas dançando, para as pessoas bebendo. Sentiu-se alheia a tudo aquilo, inútil e perdida. Antes havia uma busca, uma pela qual ela estava disposta a abrir mão de tudo; mas a verdade é que algumas buscas simplesmente não se concluem apenas por abrirmos mão de tudo.

— Não liga pro que ele diz — falou Jack, assim que o irmão chegou ao outro lado do caixão, longe o bastante para não escutar. — Você não fez nada de errado com o Rob. Qualquer um que oferece o coração de bandeja merece o que receber.

Hazel pensou em Ben e se perguntou se aquilo seria verdade.

— Eu sempre cometo o mesmo erro — lamentou. — Vou a uma festa e beijo um cara que na escola jamais pensaria em beijar. Caras de quem eu nem gosto de verdade. É como se aqui, na floresta, eles fossem revelar seu outro lado, secreto. Mas no fim eles são sempre os mesmos.

— São só uns beijos. — Ele sorriu para ela, contorcendo um dos cantos da boca; dentro dela, algo se contorceu em resposta. O sorriso de Jack não tinha nada a ver com o de Carter. — É só por diversão. Você não está machucando ninguém. Não é como se você estivesse esfaqueando os garotos pra conseguir isso.

Ela riu com o comentário, surpresa.

— Talvez você devesse falar isso para o Carter.

Ela não explicou que, mais do que desejar que alguma coisa acontecesse, ela desejava não ser a única a ter um verdadeiro eu para revelar.

Jack passou um braço sobre o ombro dela, flertando em tom de brincadeira. Era um gesto amistoso, engraçado.

— Ele é meu irmão, então posso te dizer com toda a certeza que é um idiota. Acho que você tem mais é que se divertir ao máximo com esse povo sem graça de Fairfold.

Hazel sorriu, balançando a cabeça, e depois se virou na direção dele. Jack parou de falar e ela percebeu como seus rostos estavam próximos.

Perto o bastante para sentir o calor do hálito dele na bochecha. Perto o bastante para reparar que os cílios dele tinham um brilho dourado sob a luz refletida e para notar o arco suave que sua boca formava.

O coração de Hazel começou a bater mais forte, como se a menina de dez anos que ela foi um dia estivesse de volta para se vingar. Sentiu-

-se tão vulnerável e tola quanto naquela época. Hazel detestava aquela sensação. Era ela quem desiludia os caras, não o contrário.

Qualquer um que oferece o coração de bandeja merece o que receber.

Só havia um jeito de esquecer um garoto. Só uma maneira funcionava.

O olhar de Jack estava ligeiramente desfocado, seus lábios, entreabertos. Parecia perfeitamente adequado matar a pouca distância, fechar os olhos e encostar a boca na dele. Carinhosa e delicadamente, Jack retribuiu pelo tempo de uma respiração.

E então se afastou, piscando.

— Hazel, eu não quis dizer que...

— Não — disse ela, ficando de pé, as bochechas pegando fogo. Ele era seu amigo, o melhor amigo do irmão dela. Ele não era qualquer um. Nunca seria ok beijar Jack, mesmo que ele também quisesse, e claramente não era o caso, o que só piorava as coisas. — Claro que não. Desculpa. Desculpa! Acabei de falar que não posso sair por aí beijando todo mundo e olha eu aqui de novo.

Ela se afastou.

— Espera! — Jack também se levantou e tentou segurar o braço de Hazel, mas ela não quis ficar ali, esperando até que ele encontrasse as palavras que facilmente a deixariam mal.

Hazel foi embora e passou por Carter com a cabeça baixa, para não ter de encarar o olhar de "eu avisei" dele. Ela se sentia burra e, pior do que isso, se sentia como se merecesse ser rejeitada. Era bem-feito para ela. Era o tipo de justiça cármica que normalmente não acontecia na vida real, ou ao menos não tão rápido.

Hazel foi direto até Franklin.

— Posso dar um gole nisso? — pediu, apontando para o cantil.

Ele olhou para ela incrédulo, os olhos injetados, mas estendeu o cantil mesmo assim.

— Você não vai gostar.

Ela não gostou mesmo. O uísque desceu queimando pela garganta, mas ela mandou mais dois goles para dentro, torcendo para esquecer tudo o que tinha acontecido desde que chegara à festa. Torcendo para que Jack não contasse a Ben o que ela tinha feito. Torcendo para que Jack fingisse que nada tinha acontecido. Ela queria poder desfazer tudo, desfiar o tempo como um fio que se puxa de um suéter.

Do outro lado da clareira, iluminado pelos faróis do carro de Stephen, Tom Mullins, linebacker e cabeça quente em geral, subiu no caixão tão de repente que as meninas desceram. Com o rosto vermelho e o cabelo grudado de suor, parecia completamente bêbado.

— Ei — gritou ele, pulando para cima e para baixo como se quisesse quebrar o vidro. — Bom dia, flor do dia! Vamos lá, seu morto de merda, acorda!

— Para com isso — disse Martin, fazendo um gesto para que Tom descesse dali. — Não se lembra do que aconteceu com Lloyd?

Lloyd era o tipo de bad boy que botava fogo nas coisas e levava uma faca para a escola. Na hora da chamada, os professores sempre tinham que fazer um esforço para lembrar se ele estava matando aula ou se tinha sido suspenso. Certa noite, na primavera passada, Lloyd levou uma marreta até o caixão e tentou quebrar o vidro. Não teve sucesso e na primeira vez em que tentou botar fogo em alguma coisa depois disso, ele se queimou. Ainda estava no hospital, na Filadélfia, onde tinham tirado pele da bunda dele para enxertar no rosto.

Algumas pessoas disseram que o menino de chifres tinha feito aquilo com o Lloyd porque não gostava que mexessem em seu caixão. Outros disseram que, seja lá quem tinha amaldiçoado o menino, também tinha amaldiçoado o vidro. Se alguém tentasse quebrá-lo, então atrairia azar para si. Embora Tom Mullins soubesse de tudo isso, ele não parecia se importar.

Hazel sabia como ele se sentia.

— Acorda! — gritou Tom, chutando e pisando e pulando. — Ei, seu preguiçoso, tá na hora de acordaaaaaaar!

Carter agarrou o braço dele.

— Tom, vem comigo. A gente vai virar uns shots. Você não quer perder isso, não é?

Tom pareceu ficar em dúvida.

— Vamos lá — repetiu Carter — A não ser que você já esteja bêbado demais.

— É — disse Martin, tentando soar convincente. — Ou você não aguenta mais beber?

Isto funcionou. Tom desceu cambaleando e se afastou do caixão, afirmando que podia beber mais do que os dois juntos.

— Então... — Franklin disse a Hazel. — Mais uma noite idiota em Fairfold, onde todo mundo ou é maluco, ou é elfo.

Ela deu mais um gole no cantil prateado. Já começava a se acostumar com a queimação no esôfago.

— Bem por aí.

Ele sorriu, os olhos vermelhos parecendo dançar.

— Quer ficar comigo?

Ao que parecia, ele era tão infeliz quanto Hazel. Franklin, que mal tinha falado uma palavra durante os três primeiros anos da escola fundamental e que todo mundo achava que comia bichos atropelados de vez em quando. Franklin, que não agradeceria caso ela perguntasse o que o atormentava, já que provavelmente ele tinha tanto a esquecer quanto ela.

Hazel estava um pouco tonta e não tinha nada a perder.

— Pode ser.

Enquanto se afastavam da caminhonete em direção à mata, ela deu uma olhada para trás, para a festa na clareira. Jack a observava, com uma expressão indecifrável no rosto. Ela deu as costas. Passando embaixo de um carvalho, de mãos dadas com Franklin, Hazel pensou ter visto os galhos se mexerem acima dela, como se fossem dedos. Quando olhou de novo, viu apenas sombras.

◆ CAPÍTULO 2 ◆

No verão em que Ben era bebê e Hazel ainda estava na barriga, a mãe deles foi até uma clareira na floresta para pintar ao ar livre. Ela esticou um cobertor sobre a grama e botou Ben sentado ali, besuntado de protetor fator 50 e mastigando um pedaço de torrada, enquanto ela cobria a tela com laranja cádmio e vermelho alizarina. Pintou mais ou menos por uma hora, até notar que uma mulher os observava debaixo da sombra fresca das árvores.

A mulher, mamãe dizia quando contava a história, tinha o cabelo castanho, que estava preso para trás dentro de um lenço, e carregava um cesto cheio de maçás verdes.

— Você é uma verdadeira artista — disse a mulher, enquanto se abaixava, sorrindo satisfeita.

Foi quando mamãe notou que o vestido largo dela era bordado à mão, muito bonito. Por um instante, mamãe pensou que ela fosse uma dessas mulheres que moram em sítios, essas que vendem produtos feitos em casa com frutos do jardim, criam galinhas e costuram as próprias roupas. Mas quando viu que as orelhas da mulher terminavam em pontas finas e delicadas, se deu conta que ela era do Povo do Ar, ardilosa e ameaçadora. Mas, como acontece tragicamente com muitos artistas, mamãe sentiu mais fascínio do que medo.

Mamãe tinha crescido em Fairfold, ouvindo inúmeras histórias sobre o Povo. Sabia dos *redcaps*, que tinham esse nome porque tingiam os chapéus com sangue humano fresco e que, segundo contavam, viviam em uma caverna antiga em um ponto afastado da cidade. Ela já tinha escutado falar de uma mulher-serpente que era vista às vezes nos limites da floresta, nas noites frias. Ela sabia do monstro feito de galhos secos, casca de árvore, terra e limo, que transformava o sangue daqueles em quem tocava em seiva.

Também se lembrava da música que cantavam quando eram crianças, pulando corda:

Há um monstro
em nossa floresta
E ela irá te pegar
se você não se comportar
Irá te arrastar por
folhas e galhos
Te castigar por
todos os malhos
Partidos teus ossos
E cortadas tuas asas
Você nunca,
nunca mais voltará para...

Elas cantavam isso alegremente, mas nunca diziam a última palavra. Se dissessem, o monstro poderia ser invocado ou era o que se acreditava. Mas, contanto que interrompessem a canção, o feitiço nunca funcionaria.

No entanto, nem todas as histórias eram terríveis. A generosidade do Povo era tão grande quanto sua crueldade. Havia uma menina entre os amiguinhos do Ben cuja boneca tinha sido roubada por uma *nixie*. Uma semana depois, ao acordar em seu berço, a menina tinha cordões de lindas pérolas de água doce enrolados no pescoço. Era por isso que Fairfold era especial, porque estava muito ligada à magia. Magia perigosa, mas magia mesmo assim.

A comida era mais gostosa em Fairfold, as pessoas diziam, porque era temperada com feitiços. Os sonhos eram mais vívidos. Os artistas, mais inspirados, e seus trabalhos, mais belos. As pessoas se apaixonavam mais profundamente, a música era mais agradável e as ideias vinham com mais frequência do que em outros lugares.

— Posso desenhar você? — perguntou mamãe, tirando um caderno de desenho e alguns lápis de carvão da bolsa. Ela também achava que desenhava melhor em Fairfold.

A mulher se encolheu.

— Desenhe minhas belas maçãs, é melhor. Daqui a pouco elas irão apodrecer, enquanto eu permanecerei do jeito que sou por todos os longos anos da minha vida.

Mamãe sentiu um arrepio ao ouvir aquelas palavras. A mulher viu a expressão no rosto dela e riu.

— Ah, sim, eu vi a semente antes da árvore. Eu vi o ovo antes da galinha. E verei tudo de novo.

Mamãe respirou fundo e tentou convencê-la:

— Se deixar que eu desenhe você, pode ficar com o quadro depois.

A mulher-elfo considerou a oferta por um longo instante.

— Posso?

Mamãe assentiu e começou a trabalhar assim que a mulher se posicionou. Durante todo o processo, elas falaram sobre suas vidas. A mulher contou que fizera parte de uma corte ao leste, mas que seguira um nobre até o exílio. Falou sobre seu recente amor pela profundeza da floresta, mas também da saudade que tinha da vida pregressa. Mamãe, por sua vez, contou sobre seus temores em relação ao futuro do primeiro filho, que naquele exato momento choramingava em cima do cobertor, agitado e irritado, precisando trocar a fralda. Será que se tornaria completamente diferente dela, uma pessoa sem qualquer interesse por artes, alguém comum e convencional? Meus avós maternos viviam decepcionados por mamãe não ser como eles. E se ela viesse a sentir a mesma coisa em relação a Ben?

Quando mamãe terminou o desenho, a mulher-elfo ficou sem fôlego, tamanha a beleza. Ela se ajoelhou no cobertor ao lado do bebê e pôs o polegar na testa dele. Imediatamente, ele começou a chorar.

Mamãe segurou na mulher.

— O que você fez? — gritou mamãe. Havia uma marca vermelha no supercílio de Ben, no formato da ponta de um dedo.

— Pelo presente que me deu, eu lhe devo uma bênção. — A mulher se levantou, mais alta do que parecia possível. Mamãe permaneceu abraçada a Ben, que chorava em seus braços. — Não posso mudar a essência dele, mas posso dar-lhe o dom da nossa música. Ele irá tocar tão bem que ninguém será capaz de pensar em mais nada ao escutá-lo. A música dele terá a magia das fadas. Isto pesará sobre ele, que se transformará em artista, independentemente do que mais ele desejar. Toda criança precisa de uma tragédia para se tornar realmente interessante. Este é o meu presente para você: esta criança será atraída pela arte, gostando ou não.

Com isto, a mulher-elfo pegou o desenho e deixou a minha mãe encolhida no cobertor, chorando com Ben ainda em seus braços. Não tinha certeza se o filho tinha recebido uma maldição ou uma bênção.

A verdade é que foram as duas coisas.

Mas Hazel, flutuando no líquido amniótico, não teve nem uma coisa nem outra. A tragédia dela, se é que possuía mesmo alguma, era ser tão normal e comum quanto qualquer outra criança já nascida.

✦ CAPÍTULO 3 ✦

Naquela noite, Hazel chegou em casa da festa e encontrou Ben comendo cereal à mesa da cozinha, arrastando a colher pelo leite para pescar os últimos pedacinhos de granola. Passava um pouco da meia-noite, mas os pais ainda estavam acordados, trabalhando. Dava para ver a luz acessa pelas janelas do estúdio que eles dividiam nos fundos da casa. Às vezes, quando estavam inspirados ou tinham um prazo, acabavam dormindo lá mesmo.

Hazel não ligava. Tinha orgulho da maneira como eram diferentes dos outros pais: eles a tinham criado para ser assim. "Gente normal", diziam eles, dando de ombros, "acha que é feliz, mas só porque são burros demais para imaginar qualquer coisa diferente. Melhor ser infeliz e interessante, não é, garota?" Depois, riam. Às vezes, no entanto, quando Hazel ia até o estúdio — no ar o cheiro familiar da terebintina, dos solventes e da tinta fresca —, ela se perguntava como seria ter pais normais, felizes e burros, mas em seguida se sentia culpada por pensar assim.

Ben olhou para ela, com os olhos azuis e as sobrancelhas escuras como as dela. O cabelo ruivo dele estava mais bagunçado que de costume, com os cachos largos totalmente desgrenhados. Havia uma folha de árvore presa neles.

Hazel fez um movimento para tirá-la, sorrindo. Ela estava bêbada o suficiente para ver tudo meio fora de foco, e a boca estava um pouco machucada por causa do jeito que Franklin esfregara os lábios nos dela, detalhes que ela preferia esquecer. Não queria se lembrar de nada daquela noite, nem de Jack nem de como tinha sido idiota nem de nada. Visualizou um caminhão enorme esmagando aquelas memórias, um cadeado trancando a caçamba e esse caminhão afundando no mar.

— Então, como foi com o cara?

Ele soltou um suspiro demorado e empurrou a tigela pela toalha de mesa gasta.

— Horrível, basicamente.

Hazel baixou a cabeça para a mesa e olhou para ele. Daquele ângulo, Ben não parecia real. Como se ela fosse capaz de enxergar através dele apenas estreitando os olhos.

— Por quê? Ele tinha algum gosto estranho? Curtia roupa de borracha? Fantasia de palhaço? Fantasia de palhaço de borracha?

— Não, nada disso. — Ben não riu. O sorriso que deu saiu meio forçado.

— Está tudo bem? — perguntou Hazel, franzindo a testa. — Aconteceu alguma...

— Não, nada disso. — Ben falou rapidamente, afastando as preocupações dela. — A gente foi pra casa dele e o ex estava lá. Tipo, o ex do cara *ainda* mora lá.

Ela tentou conter o espanto. Realmente parecia uma situação péssima.

— Sério? E ele não mencionou isso?

— Ele disse que tinha um ex, ponto. Mas todo mundo tem um ex! Até eu! Quer dizer, você tem, o quê, milhões? — Ele sorriu para ela saber que era brincadeira.

Hazel não estava no clima para aquela piada em particular.

— Não dá pra ter um ex se você não fica sério com alguém — retrucou ela.

— Enfim. A gente chegou lá e o cara estava sentado em frente à televisão com uma cara arrasada. Tipo, ficou óbvio que ele não estava encarando a minha presença ali numa boa e muito claro que não estava preparado para a situação. Enquanto isso, o outro ficou falando sobre como o ex era legal e como ele até podia dormir no sofá para ficarmos mais à vontade no quarto. E foi assim que eu descobri que só tinha um quarto no apartamento. Percebi imediatamente que eu precisava ir embora dali. Mas como? Fiquei com a impressão de que qualquer coisa que eu falasse soaria como grosseira. A construção social da realidade, o contrato social, *sei lá*. Só sei que eu simplesmente não consegui.

Hazel bufou, mas Ben ignorou o gesto.

— Então eu disse que precisava ir ao banheiro e fiquei lá dentro tentando me controlar. Então respirei fundo, saí do banheiro e fui andando direto até sair do apartamento e descer as escadas do prédio. Quando cheguei na calçada é que me dei conta.

Ela riu, imaginando aquele movimento nada sutil.

— Ah, porque sair à francesa não é nada grosseiro.

Ben balançou a cabeça, solene.

— É menos constrangedor.

Isso fez com que ela risse ainda mais.

— Você já olhou sua caixa de entrada? Porque, tipo, com certeza ele vai te mandar uma mensagem perguntando aonde você foi. Isso não vai ser constrangedor?

— Eu nunca mais vou abrir minha caixa de entrada —respondeu Ben, sentido.

— Isso aí — disse Hazel. — Os caras da internet mentem.

— Todos os caras mentem — disse Ben. — E todas as meninas também. Eu minto. Você mente. E não finja que não.

Hazel não falou nada porque ele estava certo. Mentia. Ela mentia muito, especialmente para ele.

— E você? E como estava nosso príncipe hoje? — perguntou ele.

Ao longo dos anos, Hazel e Ben tinham inventado várias histórias sobre o garoto de chifres. Usando as canetas hidrográficas do pai, os carvões da mãe e, na infância, os próprios lápis de cera, tinham feito inúmeros desenhos daquele rosto bonito e dos chifres curvados. Se Hazel fechasse os olhos, podia ver a imagem dele: o gibão azul-escuro com fios de ouro, fênices, grifos e dragões bordados; as mãos pálidas sobrepostas, enfeitadas com anéis brilhantes; as unhas estranhamente longas e levemente pontudas; as botas de couro branco até a canela e um rosto tão belo, com traços tão perfeitos, que olhar para ele por muito tempo tornava qualquer outra coisa completamente sem graça.

Ele devia ser um príncipe. Era o que Ben tinha decidido na primeira vez que o viram. Um príncipe, como os dos contos de fadas, refém de uma maldição que poderia ser quebrada pelo amor verdadeiro. E, naquele tempo, Hazel tinha certeza de que seria ela quem o acordaria.

— Nosso príncipe estava na mesma — respondeu ela, sem querer falar muito sobre a noite, mas evitando chamar atenção. — Todo mundo estava na mesma. *Tudo* estava na mesma.

Ela sabia que Ben não tinha culpa pela frustração que sentia com a vida. Já fizera suas escolhas e não fazia sentido se arrepender. Muito menos culpar o irmão por elas.

Um pouco depois, o pai veio cambaleando do estúdio para preparar um chá e mandou os dois para a cama. Estava com o prazo apertado para terminar as ilustrações que precisava entregar na cidade na segunda-feira. Provavelmente ficaria acordado a noite toda, o que significava que ele notaria se Hazel e Ben também ficassem.

A mãe provavelmente ficaria acordada com ele. Os dois começaram a namorar na escola de belas-artes na Filadélfia, unidos pelo amor pelos livros infantis, o que levou Ben e Hazel a serem batizados, muito para humilhação deles, com os nomes de dois coelhos famosos. Logo depois da formatura os dois se mudaram de volta para Fairfold, sem dinheiro, grávidos e dispostos a se casar para que a família dele os deixasse viver de graça na fazenda da tia-avó. Papai transformou o celeiro em estúdio e passou a usar sua metade do espaço para ilustrar livros infantis, enquanto mamãe usava a dela para pintar paisagens da floresta de Carling, que ela vendia na cidade, principalmente para turistas.

Na primavera e no verão, Fairfold ficava lotada de turistas. Gente comendo panquecas com calda no Railway Diner, na Curious Curios comprando camisetas e pesos de papel de resina com trevos dentro, lendo a sorte no Mystical Moon Tarot, tirando selfies no caixão de vidro do príncipe, comprando sanduíches da Lanchonete da Annie para piqueniques improvisados perto do lago Wight, ou passeando de mãos dadas pelas ruas como se Fairfold fosse o lugar mais pitoresco e excêntrico que já tivessem visitado.

Todos os anos, alguns desses turistas desapareciam.

Alguns eram arrastados para dentro do lago Wight por *bruxas d'água*, os corpos rompendo a densa camada de algas, espalhando as lentilhas d'água. Ao crepúsculo, muitos outros eram atropelados por gente do Povo Brilhante montada em cavalos com sinos pendurados nas crinas. Outros amanheciam pendurados de cabeça para baixo nas árvores, mastigados, o sangue escorrendo. Ou eram encontrados sentados em bancos do parque, com os rostos congelados em expressões tão terríveis que pareciam ter morrido de medo. Alguns simplesmente sumiam.

Não muitos. Um ou dois a cada temporada, mas o suficiente para que alguém de fora de Fairfold tivesse notado. O suficiente para que já tivessem colocado avisos, alertas para viajantes, alguma coisa. O bastante para que os turistas já tivessem parado de vir. Mas não.

Há uma geração o Povo era mais circunspecto. Mais inclinado a pregar peças, coisas como um vento repentino levando uma turista desavisada pelos ares até pousar a quilômetros de distância. Alguns turistas poderiam chegar cambaleando no hotel depois de uma noitada e descobrirem que seis meses tinham passado. De vez em quando, um — ou uma — deles acordava com o cabelo cheio de nós. Coisas que tinham certeza de ter colocado nos bolsos desapareciam e outras, esquisitas, estavam no lugar. A manteiga era comida direto do prato, lambida por línguas invisíveis. Notas de dinheiro viravam folhas. Cadarços não se deixavam desamarrar e sombras pareciam meio cansadas, como se tivessem dado uma fugidinha para farrear.

Naquela época era muito raro alguém morrer por causa do Povo.

Turistas, dizia a gente local em certo tom de escárnio. Ainda dizem. Porque todo mundo acreditava (todo mundo tinha que acreditar) que os turistas faziam coisas tolas que acabavam por matá-los. E se alguém de Fairfold, muito de vez em quando, desaparecesse, bem... Provavelmente essa pessoa deve ter agido como turista também. Devia ter tomado mais cuidado. Em Fairfold, todo mundo lidava com o Povo como se eles fossem um desastre natural inevitável, como uma tempestade de granizo ou uma enxurrada que arrasta você rio abaixo.

Era um estranho caso de dupla consciência.

Era preciso respeitar o Povo, e não ter medo deles. Os turistas tinham medo.

Era preciso manter distância do Povo e andar protegido. Os turistas não tinham medo o suficiente.

Quando Hazel e Ben foram morar por um tempo na Filadélfia, ninguém acreditava nas histórias deles. Tinham sido dois anos bizarros. Precisaram aprender a disfarçar as esquisitices. Voltar de lá tinha sido difícil também, porque a essa altura eles já sabiam o quanto Fairfold era estranha se comparada a outros lugares. E porque, na época em que voltaram, Ben decidira desistir completamente da própria magia — e da música também.

O que significava que ele não poderia nunca, jamais saber o preço que Hazel pagara para que pudessem ir. Afinal, ela não era turista. Ela deveria ter sido mais esperta. Mas às vezes, em noites como a que acabara de ter, ela queria poder contar a *alguém*. Ela queria não ter que viver tão sozinha.

Naquela noite, depois que ela e Ben subiram para deitar, depois de tirar a roupa e vestir o pijama, depois de escovar os dentes e de checar que os pedacinhos de aveia salgada ainda estavam espalhados debaixo do travesseiro para protegê-la dos truques das fadas, Hazel não tinha mais nada com o que se distrair, a não ser lembrar do momento em que sua boca tocou a de Jack. Mas à medida que deslizava para dentro dos sonhos, não era mais Jack que ela beijava, e sim o garoto de chifres. Os olhos dele estavam abertos. E quando ela o puxou para perto, ele não a impediu.

Hazel acordou se sentindo esquisita, inquieta e melancólica. Achou que fosse por causa da bebida da noite anterior e tomou uma aspirina, sugando as últimas gotas de uma caixa de suco de laranja. A mãe tinha deixado um bilhete pedindo para comprar pão e leite, junto com uma nota de dez dólares. Estavam presos por um pregador de roupas no pote de cerâmica que ficava em cima da mesa da cozinha, onde colocavam todos os trecos da casa.

Com um grunhido, Hazel subiu de volta para vestir uma legging e uma camisa preta bem larga. Enfiou as argolas verdes nas orelhas novamente.

A música estava ligada no quarto do Ben. Mesmo não tocando mais, ele vivia com uma trilha sonora contínua rolando ao fundo, mesmo enquanto dormia. Se estivesse acordado, no entanto, Hazel poderia tentar convencê-lo a ir comprar o leite e o pão, e assim ela poderia voltar para a cama.

Hazel bateu na porta de Ben.

— Entre por sua conta e risco — gritou ele.

Ao abrir a porta, Hazel viu Bem com o celular colado na orelha, pulando para entrar em uma calça skinny mostarda.

— Ei — disse ela. — Será que você...

Ele acenou para ela parar de falar e falou com a pessoa do outro lado da linha:

— Aham, ela já acordou. Está bem aqui na minha frente. Claro, a gente te encontra daqui a quinze minutos.

Hazel resmungou.

— Aonde você está combinando de ir?

Ele deu um sorriso alegre para ela e se despediu, encerrando a ligação. Hazel tinha quase certeza que a pessoa do outro lado da linha era Jack.

Ben e Jack eram amigos há anos, uma amizade que tinha resistido à época em que Ben saiu do armário e desenvolveu uma obsessão pelo único outro garoto assumido da escola (o que terminou em uma grande briga em público, no luau de boas-vindas dos calouros, na floresta). Que tinha resistido à depressão de Jack depois de levar um pé da bunda de Amanda Watkins (que disse só estar com ele porque queria ficar com Carter e que sair com Jack era como ficar com a sombra do outro). Mesmo que os dois gostassem de estilos de música diferentes, livros diferentes e de sentar no almoço com pessoas diferentes, ainda assim eram amigos.

Com certeza, uma coisinha pequena como ela ter beijado Jack não causaria o menor problema. Mas isso não a deixava ansiosa pelo momento em que Ben descobrisse o que havia feito. Tampouco estava animada para passar a tarde toda com Jack olhando esquisito para ela, como se ela fosse agarrá-lo a qualquer momento.

Mas, apesar disso, estava animada para vê-lo de novo. Quase não conseguia acreditar que eles tinham se beijado, mesmo que só por um instante. A lembrança a enchia de uma felicidade constrangedora. A sensação era de ter cometido um ato de verdadeira ousadia, o primeiro em muito tempo. Foi um erro terrível, é claro. Ela podia ter estragado as coisas, mas esperava que não. Não poderia fazer aquilo nunca mais. Ao menos não imaginava como seria possível repetir tal feito.

Hazel não tinha certeza de quando surgira seu interesse por Jack. Tinha começado devagar: a percepção exagerada da presença dele, a alegria quando recebia atenção, acompanhada por um falatório constante de nervosismo sempre que ele estava por perto. Mas Hazel se lembrava do momento em que o interesse se tornara mais intenso. Certo dia ela passou na casa dos Gordon para falar com Ben que ele precisava ir para casa, porque tinha de dar aula de música a um dos amigos duros do pai deles. Ao chegar lá, encontrou o grupo completo de garotos na cozinha, fazendo sanduíches e falando besteira. Jack preparou para ela um de salada de frango, com rodelas de tomate cuidadosamente cortadas. Quando ele deu as costas para pegar uns pretzels de acompanhamento, Hazel roubou o chiclete parcialmente mastigado que ele tinha colado num prato e enfiou na boca. Tinha gosto de morango e cuspe e ela sentira o mesmo choque de felicidade agonizante que sentiu com o beijo.

O chiclete ainda estava grudado na cabeceira da cama, um talismã do qual ela não conseguia se desfazer.

— A gente vai ao Lucky's — disse Ben, como se devesse informá-la sobre o lugar ao qual ela não havia concordado em ir. — Vamos tomar um café. Ouvir um som. Ver se chegou alguma coisa nova. Vamos, o Sr. Schröder deve estar com saudades suas. Além disso, como você mesma gosta de dizer, o que mais há para fazer nessa cidade aos domingos?

Hazel suspirou. Ela deveria dizer que não, mas, em vez disso, parecia estar correndo atrás de problema, fazendo todo o possível para que nenhum garoto ficasse sem ser beijado, nenhuma paquera fosse deixada de lado, nenhuma péssima ideia abandonada.

— Acho que um café ia cair bem — disse ela, enquanto o irmão vestia uma jaqueta vermelha, aparentemente combinando as cores da roupa com as do amanhecer.

〜

O Lucky's ficava num grande armazém reformado no lado mais sem graça da Main Street, ao lado do banco, do dentista e de uma loja de relógios. O lugar tinha cheiro de livros velhos, naftalina e café recém-moído. Prateleiras descombinadas cobriam as paredes e delimitavam os corredores até o meio do local. Havia estantes de carvalho trabalhado e feitas de pallet; todas tinham sido compradas barato em vendas de garagem pelo Sr. Schröder e pela esposa dele, os velhinhos que eram donos do lugar. Duas poltronas gordas e um toca-discos ficavam ao lado das grandes janelas com vista para o riacho. Os clientes podiam pôr para tocar qualquer um dos vinis antigos à venda. Duas garrafas térmicas grandes serviam café orgânico de produção sustentável. As canecas ficavam sobre uma mesa pintada, ao lado de um pote lascado onde se lia: PEGUE E PAGUE. 50 CENTAVOS A CANECA.

No outro lado ficavam araras e mais araras de roupas de segunda mão, sapatos, bolsas e outros acessórios. Hazel tinha trabalhado ali no verão e grande parte do tempo fora dedicado a organizar o que pareciam mais de cem sacos de lixo que estavam nos fundos da loja. Foi preciso separar o que poderia ir para as prateleiras do que estava rasgado ou manchado ou cheirava mal. Hazel encontrara um monte de coisa boa, fuçando naqueles sacos. O Lucky's era mais careiro do que os brechós de caridade, onde os pais gostavam que ela comprasse, uma vez que adquirir coisas novas era coisa de burgueses, mas ali era mais legal e Hazel tinha desconto.

Jack, cuja família era definitivamente burguesa aos olhos dos pais de Hazel, e que comprava roupas novas no shopping, vinha ao Lucky's atrás das pilhas de biografias de famosos obscuros, que ele lia com a frequência com que fumantes fumam cigarros.

Ben vinha por causa dos discos antigos, que ele amava mesmo que pulassem e chiassem e estragassem com o tempo. Ele dizia que os sulcos refletiam as formas originais das ondas de som. Alegava que essa característica proporcionava um som mais verdadeiro, mais rico. Hazel acreditava que o que ele gostava realmente era do ritual: tirar o vinil da capa, pôr no toca-discos, baixar a agulha exatamente no lugar certo e depois fechar as mãos em punhos para não dedilhar as notas em cima das coxas.

Bem, talvez ele não amasse essa última parte, mas sempre cumpria o ritual. Todas as vezes.

O dia estava claro e frio, e o vento batendo em seus rostos durante o percurso tinha os deixado com as bochechas rosadas. Quando Hazel e Ben entraram na loja, uma dúzia de corvos voou de um abeto, grasnando ao subirem pelo céu.

O sino na porta tocou e o Sr. Schröder levantou os olhos, acordando de um cochilo. Ele piscou para Hazel, e ela piscou de volta. Ele sorriu e escorregou de novo para o fundo da poltrona.

Do outro lado do armazém, Jack colocava um disco do Nick Drake para tocar. A voz profunda e melódica preencheu a loja, sussurrando sobre corvos dourados e silêncio. Hazel tentou observar Jack sem que ele percebesse, para sentir o clima. Ele estava do jeito amarrotado de sempre, de jeans, sapatos oxford bicolores e uma camisa verde amassada que parecia destacar o brilho prateado dos olhos dele. Quando viu Hazel e Ben, ele sorriu. Hazel estava imaginando coisas, ou o sorriso tinha sido um pouco forçado? Ele não chegara a sorrir com os olhos. De qualquer jeito, não importava, porque o olhar de Jack passou direto por ela e foi até Ben.

— E então, que história é essa de sumir da casa do cara que nem o Bruce Wayne depois de ver o bat-sinal?

Ben riu.

— Não foi nada disso!

Onde ela estava com a cabeça quando deu um beijo nele? Só porque tinha sido a fim dele quando eram crianças? Só porque deu vontade na hora?

— É. — Ela se forçou a falar. — O Batman nunca teria amarelado.

Ben fez questão de contar novamente a história do encontro desastroso. Eles contaram as moedas para o café, enquanto a versão de Ben ficava mais exagerada e dramática. O ex estava ainda mais apaixonado pelo cara e, claro, ainda mais furioso com Ben. Ben tinha sido ainda mais incompetente, de um jeito cômico, na hora de fugir. No final, Hazel não fazia mais a menor ideia do que era verdade na história, mas não se importava. Isso só mostrava como Ben era envolvente ao contar histórias. Muitas das histórias que ela mais gostava sobre o garoto de chifres tinham sido inventadas por ele.

— Mas, e vocês? — perguntou Ben, finalmente. — Hazel disse que ontem não aconteceu nada nem remotamente interessante.

Jack parou de rir.

— Ah — exclamou, depois de uma pausa que durou dois segundos além do normal. Os olhos dele tinham uma luz estranha e amarelada. — Ela não te contou?

Hazel ficou congelada.

Ben encarava os dois, curioso, as sobrancelhas franzidas.

— Não. O que foi?

— Tom Mullins encheu a cara, subiu no caixão e tentou quebrar o vidro. Com certeza o coitado está amaldiçoado. — O sorriso de Jack saiu um tanto sombrio. Ele passou a mão pelos cachos castanhos do cabelo.

Hazel finalmente soltou o ar, um pouco tonta. Ben balançou a cabeça.

— O que leva as pessoas a fazerem isso? Sempre que alguém mexe com o caixão, coisas ruins acontecem. Tommy não está nem aí para o príncipe, então qual é a tentação? — Ele parecia genuinamente frustrado. Ben e Tom Mullins já tinham sido amigos, antes de Ben se mudar e Tom virar um bêbado.

— Talvez estivesse cansado das mesmas festas, com a mesma galera de sempre — arriscou Jack, olhando para Hazel por cima de uma mesa coberta de pilhas de livros, cintos e lenços. — Talvez quisesse ver alguma coisa *acontecer*.

Ela estremeceu.

— Ok, chega de esquisitice — cortou Ben, se esticando na cadeira para pegar a caneca. Seus cachos vermelhos pareciam dourados com a luz que entrava por entre as persianas sujas. — O que vocês dois têm, gente? Ficam olhando um pro outro que nem uns malucos.

— O quê? Não — falou Jack, calmamente. — Não tem nada.

Hazel balançou a cabeça e foi encher de novo a caneca de café.

— Ei — comentou ela, louca para mudar de assunto. — Será que aquilo ali que estou vendo é mesmo um top de paetês?

Era mesmo e logo ao lado havia um vestido de festa enorme, cheio de saias de tule, verde-água como uma cauda de sereia. Hazel saiu dançando com ele pela loja. Ao lado dele havia um terno espinha de peixe que podia ter sido usado numa das primeiras temporadas de *Mad Men*. Jack botou para tocar um vinil do Bad Brains, Ben experimentou o terno, alguns turistas entraram para comprar postais e tudo começou a ficar com aquela cara de uma tarde normal de domingo.

Ben pôs as mãos nos bolsos da jaqueta na qual desfilava pela loja, desafiando-os a dizer que tinha ficado um pouquinho apertada. Hazel então pegou a jaqueta vermelha dele e a pôs dobrada sobre o braço.

Alguma coisa caiu de um dos bolsos, quicou uma vez no chão e rolou até os pés de Jack. Era uma noz com um fio fino de grama amarrado em volta, formando um laço.

— Olha isso — comentou Jack, franzindo a testa ao observar a descoberta dela. — O que você acha que é?

— Isso estava no meu casaco? — perguntou Ben.

Hazel assentiu.

— Bem, vamos abrir. — Jack deslizou da mesa, um chapéu-coco meio torto na cabeça. Ele tinha uma expressão corporal descontraída, relaxada, e isso fazia Hazel ter o exato tipo de pensamento que a trouxera problemas.

A grama se desamarrou com facilidade e as duas metades da noz se separaram. Dentro havia um pedacinho de papel enrolado feito um pergaminho.

— Deixa eu ver — falou Hazel, se esticando para pegá-lo. Ao desenrolar o pergaminho, um arrepio percorreu sua espinha quando leu as palavras em caligrafia trabalhada: *Sete anos para pagar o que está a dever. Tarde demais para se arrepender.*

Os três ficaram em silêncio por um longo momento, enquanto Hazel se concentrava para não deixar o papel cair.

— Isso não faz sentido — falou Jack.

— Provavelmente isso é um suvenir antigo que um turista comprou na cidade. — A voz de Ben estava um pouco hesitante. — Noz da sorte falsa, qualquer porcaria dessas.

Havia uma loja perto do final da Main Street, chamada Cunning Woman, que vendia suvenires aos caçadores de fadas. Incensos, saquinhos de sal misturados com frutas silvestres para proteção, mapas dos lugares "sagrados" das fadas pela cidade, cristais, cartas de tarô pintadas à mão e móbiles furta-cor para janelas. Mensagens em código dentro de nozes era o tipo de coisa que eles poderiam ter.

— Mas que tipo de sorte é essa? — perguntou Jack.

— É — concordou Hazel, fazendo um esforço para não demonstrar que seu coração estava aos pulos, tentando se comportar como se não soubesse para quem era aquela mensagem, fingindo que estava tudo normal.

— É. — Rindo, Ben pôs a casca de noz e a mensagem de volta no bolso. — Mas é meio assustadora.

Depois disso, Hazel não conseguiu mais se divertir, só fingir. Ela observou Ben e Jack, memorizando-os. Memorizando as pessoas e o lugar, o cheiro dos livros antigos e os sons das coisas normais.

Ben comprou uma gravata-borboleta de bolinhas e depois os três foram andando até a mercearia, onde Hazel comprou o leite e o pão que a mãe pedira. Jack estava indo jantar com os pais, porque aos domingos era noite dos jogos de tabuleiro. Era uma tradição de família e mesmo que Jack e Carter achassem aquilo uma bobagem, nenhum dos dois podia faltar. Hazel e Ben também foram para casa. Em frente à porta, Hazel se agachou para derramar um pouco de leite na tigela de cerâmica que a mãe deixava junto à calçada de pedra. Todo mundo em Fairfold deixava comida do lado de fora para as fadas. Para demonstrar respeito, para ser digno de suas graças.

Mas o leite saiu da caixa em pelotas. Já tinha azedado.

✦ CAPÍTULO 4 ✦

Naquela noite, Hazel ficou se revirando na cama, chutando os lençóis, tentando não se preocupar com as promessas feitas e as dívidas que teria que pagar. Ela as imaginou bem longe, presas em centenas de cofres incrustados de cracas, milhares de arcas enterradas, com correntes apertadas em volta de cada uma delas.

De manhã, sentiu os membros pesados. Quando rolou para adiar o alarme do celular, sentiu as pontas dos dedos doerem. As palmas das mãos estavam vermelhas e arranhadas. Havia um caquinho de vidro do tamanho de um alfinete espetado na carne do polegar e outros cacos brilhantes menores ainda espalhados pelos dedos dela. O coração de Hazel começou a bater mais forte.

Franzindo a testa, ela chutou as cobertas e viu que os pés estavam cobertos de lama. Pedaços de terra caíram dos dedos quando ela ficou de pé. A perna tinha respingos de sujeira até os joelhos. A bainha da camisola estava dura e imunda. Quando ela esticou o lençol de novo, viu que a roupa de cama parecia um ninho, com grama e gravetos por toda parte. Tentou se lembrar da noite anterior, mas só vinham sonhos vagos. Quanto mais se concentrava neles, mais eles recuavam.

O que tinha acontecido? O que tinha feito? Por que não conseguia se lembrar de nada?

Hazel se obrigou a entrar no chuveiro, abrindo a torneira na temperatura mais quente que foi capaz de suportar. Debaixo d'água, conseguiu tirar os cacos de vidro da mão, filetes de sangue escorriam pelo ralo. Ela conseguiu limpar a lama e parar de tremer. Mas não estava ainda nem perto de ter respostas.

O que tinha feito?

Seus músculos doíam, como se estivessem distendidos, mas nem isso, nem a sujeira e nem os cacos de vidro faziam qualquer sentido. Por mais que tentasse dizer a si mesma que já sabia que isso um dia aconteceria, que o mais difícil ainda estava por vir e que ela precisava ficar contente por saber que tudo chegaria ao fim, ainda assim sua respiração estava acelerada

Cinco anos antes, quando Hazel tinha quase onze anos de idade, ela fez um acordo com o Povo.

Em uma noite de lua cheia, pouco antes do amanhecer, ela foi até o espinheiro. O céu ainda estava quase todo escuro, ainda polvilhado de estrelas. Trapos de tecidos balançavam nos galhos acima da cabeça dela, os fantasmas dos desejos. Hazel tinha deixado sua espada em casa, por respeito, e esperava que o Povo ainda estivesse disposto a negociar honestamente com ela, por mais que já tivesse caçado alguns de seus maus elementos. Ela era muito jovem.

Com o pedido que faria bem vívido em sua mente, Hazel entrou no círculo de pedras brancas e sentou-se na grama molhada de orvalho, embaixo do espinheiro, o coração acelerado. Não precisou esperar muito. Poucos minutos depois, surgiu da mata uma criatura à qual ela não saberia dar um nome. Tinha o corpo pálido, esgueirava-se andando de quatro e tinha garras tão longas como um dos dedos de Hazel. Era cor-de-rosa ao redor dos olhos e da boca imensa e cheia de dentes pontudos como os de um tubarão.

— Amarre a sua fita na árvore — sibilou a criatura, mostrando a língua comprida e cor-de-rosa ao falar. — Conte-me o seu desejo. Eu negocio em nome de Alderking e ele dará o que deseja.

Hazel tirou do bolso um trapo que cortara do forro do seu vestido favorito. Ele tremulava em sua mão.

— Quero que meu irmão vá para a escola de música na Filadélfia. Mas para que ele possa ir, tem que ser com tudo pago. Em troca, irei parar de caçar enquanto ele estiver lá.

A criatura riu.

— Você é ousada, eu gosto disso. Mas temo que esse não seja um preço suficiente pelo que deseja. Prometa-me dez anos da sua vida.

— Dez anos? — Hazel repetiu, estupefata. Achou que estaria pronta para negociar, mas não imaginou o que iriam pedir. Ela precisava que Ben melhorasse suas habilidades musicais. Ela precisava que os dois formassem um time de novo. Quando saía para caçar sem ele, se sentia perdida. Ela precisava fechar esse acordo.

— Você é tão jovem.... está recheada de anos pela frente. Por que não nos dá alguns? — perguntou a criatura à medida que se aproximava, e Hazel pôde ver que os olhos dela eram negros como piscinas de nanquim. — Você nem vai sentir falta deles.

— Vocês não vivem para sempre? — perguntou Hazel. — Para que você precisa dos anos de alguém?

— Dos anos de alguém, realmente não. — A criatura sentou-se, remexendo a terra com as unhas de um jeito que parecia ao mesmo tempo entediado e ameaçador. — Dos seus.

— Sete — disse Hazel, lembrando que o Povo gostava de certos números. — Eu darei sete anos a vocês.

O sorriso da criatura se abriu ainda mais.

— Nosso trato está feito. Amarre seu trapo na árvore e volte para casa com a sua bênção.

Hazel levantou as mãos, com o tecido voando entre seus dedos, e hesitou. Tudo acontecera tão rápido. A criatura tinha concordado sem fazer contrapropostas ou barganhas. Com um pavor gélido, Hazel teve mais certeza de ter cometido um erro.

Mas qual erro? Ela compreendia que morreria sete anos antes do planejado, mas aos dez anos aquilo parecia um evento muito distante no futuro, muito mais perto do *nunca* do que do *agora*.

Foi somente no caminho de volta para casa, no escuro, que ela se deu conta de que não tinham especificado que aqueles anos seriam tirados do final da vida dela. Ela é que tinha *entendido* assim. O que significava que eles poderiam pegá-la quando bem quisessem e, como diziam que o tempo passava de maneira diferente do lado de lá, sete anos com as Fadas poderia ser o mesmo que o resto da vida no mundo dos mortais.

Ela não era diferente de qualquer pessoa que já fizera um pedido naquela árvore. O Povo tinha levado vantagem no caso dela.

Desde aquela noite, ela vinha tentando se esquecer de que estava vivendo um tempo emprestado, vinha tentando se distrair. Ia a todas as festas e beijava todos os garotos, apoiando-se nos momentos de diversão para combater o desespero e o terror sufocante que pairava sobre ela.

Só que nada era distração ou diversão o suficiente.

De pé naquele chuveiro, Hazel pensou mais uma vez na noz com a mensagem dentro: *Sete anos para pagar o que está a dever. Tarde demais para se arrepender.*

Ela tinha compreendido o aviso, mesmo que não compreendesse por que o Povo estava tendo a consideração de dar-lhe um. Tampouco compreendia por que, se havia chegado a hora de ir, ela ainda estava em seu quarto. Será que tinha sido levada ontem à noite e depois devolvida? Por isso tinha acordado enlameada? Mas então, por que é que a devolveram? Será que a levariam de novo? Será que sete anos teriam se passado em uma única noite mortal? Ninguém, muito menos ela, haveria de ter essa sorte.

Na ponta dos pés e enrolada na toalha, Hazel foi até o armário pensando no que poderia fazer.

Mas o recado estava certo. Era tarde demais para se arrepender.

Escolheu um vestido azul-marinho salpicado de pequenos pterodátilos verdes e cor-de-rosa, galochas verdes combinando, na esperança de que uma roupa alegre a deixasse alegre também. Pegou também um guarda-chuva transparente e sentou na cama para calçar as botas. Foi quando notou que havia uma sujeira perto da janela. Lama no parapeito e no vidro — e alguma coisa escrita em lama na parede ao lado: AINSEL.

Hazel se aproximou e apertou os olhos para ler a palavra. Poderia ser o nome de alguém que a ajudara, mas era bem provável que fosse o nome de alguém que deveria temer, especialmente assim, rabiscado como estava sobre a parede azul, no melhor estilo filme de terror.

Era inacreditavelmente apavorante imaginar uma criatura seguindo-a até o quarto, alguém do Povo agachado no chão do quarto dela, pintando aquelas letras com um dedo ossudo ou garrafas afiadas.

Por um instante, Hazel considerou descer e contar tudo ao irmão — o acordo, o recado, ter acordado com lama nos pés, o medo de ser levada sem sequer conseguir dizer adeus. Ben já tinha sido a pessoa em quem ela mais confiava no mundo, sua outra metade, seu parceiro. Eles tinham planos de consertar todas as injustiças da cidade. Talvez pudessem voltar a ser próximos assim, se não houvesse segredos entre os dois.

Mas se ela contasse tudo, Ben era capaz de achar que o que estava acontecendo era culpa dele.

Ela deveria ser capaz de tomar conta de si mesma — era parte do que prometera a ele. Hazel não queria que ele soubesse como tinha falhado feio nessa missão. Depois da Filadélfia, ela não quis piorar as coisas outra vez.

Depois de respirar fundo, concentrando-se para não falar nada, Hazel desceu as escadas até a cozinha. Ben já estava lá, arrumando o almoço na mochila. Mamãe tinha deixado um prato de barrinhas caseiras de granola em cima da mesa. Hazel pegou duas, enquanto Ben enchia garrafas de café.

Ben e Hazel mal falaram no caminho para a escola. Foram comendo e ouvindo a programação de punk matinal da rádio universitária mais próxima da área. O som do Volkswagen Beetle emitia um barulho meio chiado. Ben bocejou, sonolento demais para falar. Hazel o observou e se parabenizou por conseguir agir normalmente.

Quando chegaram a Fairfold High, ela estava quase completamente convencida de que não estava prestes a ser levada a qualquer momento pelo Povo. E se eles estivessem brincando com ela, como um gato especialmente cruel faria com um rato, ficar chateada não ajudaria em nada. Foi com essa determinação que ela passou pela porta da escola. Jack e Carter vinham andando pelo corredor, imagens espelhadas à distância, a não ser por um dos braços de Carter estar em cima dos ombros de uma afetada Amanda Watkins. Amanda parecia ter finalmente conseguido agarrá-lo. Nada de ficar atrás da sombra dele. Sabe-se lá como, tinha conseguido ficar com o verdadeiro.

O primeiro pensamento que veio à cabeça de Hazel foi que Carter era um hipócrita. Ele a criticara por deixar os caras de coração partido, mas estava ali, prestes a ajudar Amanda a partir o do irmão dele.

O segundo pensamento foi que Carter talvez não soubesse que Amanda tinha dito que Jack era sua sombra. Hazel deu uma olhada no semblante cuidadosamente inexpressivo de Jack ao lado deles e apostou que ele não tinha contado nada ao irmão.

Ficou furiosa ao pensar em Jack sofrendo por causa dela, enquanto a garota estava *bem ali*, revirando os olhinhos por Carter. Teve vontade de canalizar toda a impotência que sentia em relação à própria situação socando Amanda no estômago. Teve vontade de beijar Jack de novo — com tanta intensidade que o poder do beijo tirasse Amanda da cabeça dele, de beijá-lo tão loucamente que todos os outros caras, até mesmo Carter, ficariam impressionados com o poder de atração de Jack.

Mas quando se imaginou atravessando o corredor e realmente fazendo isso, se lembrou da expressão esquisita, quase de dor, que Jack tinha no rosto quando se afastou do beijo. Ela nunca mais queria que Jack a olhasse daquele jeito.

— O que tá acontecendo ali? — perguntou Ben, desviando a atenção dela para uma rodinha de alunos do grupo de oração. Estavam em frente às portas do auditório e uma plateia já começava a se formar ao redor deles.

— Ele simplesmente *não estava mais* lá — dizia Charlize Potts, os braços cruzados na frente do moletom gigante da Hollister que ela usava com legging rosa, o cabelo louro-branco caindo sobre as costas.

— A gente estava na floresta hoje de manhã antes da escola, recolhendo um pouco o lixo, pros turistas não tropeçarem nas garrafas que vocês, idiotas, deixam por lá, sabe? O pastor Kevin não quer que a cidade passe vergonha por isso. Enfim. E aí o caixão estava vazio. Quebrado. Alguém finalmente conseguiu arrombá-lo, eu acho.

Hazel congelou. Todos os outros pensamentos sumiram.

— Ele não pode simplesmente ter sumido! — gritou alguém. — Devem ter roubado o corpo.

— Isso só pode ser brincadeira de alguém.

— O que aconteceu na noite de sábado?

— Tom está no hospital com as duas pernas quebradas. Ele caiu de uma escada, então ele não tinha como ter voltado lá.

O coração de Hazel acelerou. Eles não podiam estar falando do que ela achava que eles estavam falando. Não podia ser. Lentamente ela deu um passo adiante, sentindo como se estivesse se movendo através de algo muito mais denso do que o ar. Graças às pernas longas, Ben a ultrapassara e estava no meio da multidão.

Depois de alguns instantes, ele se virou para Hazel com os olhos brilhando. Ela nem precisava que ele verbalizasse, mas ele o fez. Agarrou o ombro dela e sussurrou em seu ouvido, como se confidenciasse um segredo, por mais que todo mundo estivesse comentando sobre o assunto.

— Ele acordou — disse ele, o hálito soprando o cabelo dela, a voz baixa e intensa. — O garoto de chifres, o príncipe, ele está livre. E ele pode estar em qualquer lugar. Precisamos encontrá-lo antes que alguém encontre.

— Não sei — falou Hazel. — A gente não faz mais isso, na verdade.

— Seria como nos velhos tempos — disse Ben, com um sorriso nos lábios. Há anos que seus olhos não brilhavam tanto. — O cavaleiro solitário que volta de seu exílio para uma última batalha, o fiel escudeiro ao seu lado. E você sabe o porquê?

— Porque ele é o nosso príncipe — disse Hazel, sentindo a verdade desta frase. Era esperado que eles o salvassem. Ela e Ben deveriam salvá-lo. E talvez pudessem viver juntos uma última aventura.

— Porque ele é o nosso príncipe — repetiu Ben, do mesmo jeito que outra pessoa poderia responder "amém" a uma oração em família.

✦ CAPÍTULO 5 ✦

Era uma vez uma menina que encontrou um corpo na floresta.
Essa menina e o irmão foram criados pelos pais com a mesma negligência benigna que tiveram para tomar conta de três gatos e um cachorrinho dachshund chamado Whiskey, que já habitavam a casa pequena. Eles recebiam os amigos roqueiros de cabelos compridos, bebiam vinho, improvisavam nas guitarras e conversavam sobre arte até tarde da noite. Nesse ínterim, a menina e o menino circulavam pela casa sem fraldas. O casal pintava por horas a fio, parando apenas para preparar mamadeiras e lavar uma ou outra leva de roupas, que mesmo limpas ainda cheiravam levemente a terebintina. As crianças comiam do prato de todo mundo, brincavam na lama do jardim e tomavam banho somente quando alguém os agarrava e os jogava na banheira.

Olhando em retrospecto, a menina tinha a impressão de que toda sua infância havia sido um magnífico borrão, ela perseguindo o irmão e o cachorro pela floresta, usando roupas doadas e uma coroa de margaridas na cabeça. Corriam até onde o garoto de chifres dormia, cantavam e inventavam histórias sobre ele a tarde inteira, voltando para casa só à noite, exaustos como animais selvagens se recolhendo na toca.

Eles viam a si mesmos como filhos da floresta, que se esgueiravam em volta de lagos e se escondiam nos troncos ocos das árvores mortas. Vez por outra tinham vislumbres do Povo, vultos que passavam ao largo do campo de visão, risos que pareciam vir de todas as direções e, ao mesmo tempo, de lugar nenhum. E eles sabiam que era preciso usar os amuletos, levar um pouco de terra de túmulo nos bolsos e ser cuidadoso e bem-educado com desconhecidos que poderiam não ser humanos. No entanto, ter consciência de que o Povo era perigoso era uma coisa, encontrar o corpo de Adam Hicks era outra.

———

Naquele dia em particular, Hazel estava fantasiada de cavaleiro, com um pano de pratos azul amarrado no pescoço como uma capa e um cachecol fazendo as vezes de faixa em volta da cintura. O cabelo vermelho chicoteava no ar enquanto ela corria, brilhando em tom de dourado ao sol preguiçoso do fim de tarde.

Ben passara o dia lutando de espadas com ela. Ele tinha uma espada de plástico do He-Man que a mãe tinha comprado na loja de usados junto com um livro sobre os cavaleiros do Rei Artur. Nele havia histórias a respeito de Sir Pellinore, que supostamente era do Povo antes de se juntar à corte; o caso de Sir Gawain, que quebrou a maldição lançada sobre uma mulher detestável; e uma lista de virtudes dos cavaleiros: força, coragem, lealdade, cortesia, compaixão e devoção.

Na ocasião, o presente de Hazel fora uma boneca que, uma vez cheia de água, fazia xixi quando apertavam sua barriga, embora ela quisesse mesmo uma espada como a do irmão. Ben, em êxtase por ter recebido o melhor presente, corria atrás dela e derrubava com sua espada de plástico os gravetos que a irmã empunhava. Frustrada, Hazel foi ao galpão de ferramentas do pai e encontrou nos fundos um velho facão enferrujado. E então golpeou a espada de plástico do Ben com tanta força que quebrou o brinquedo. Marchando, Ben voltara para casa em busca de cola, enquanto uma Hazel de nove anos dançava e saboreava seu triunfo.

Ela passou um tempo golpeando um arbusto seco de samambaias, fingindo se tratar do terrível monstro lendário, aquele que vivia à espreita no coração da floresta. Cantarolou baixinho alguns versos da canção, sentindo-se cheia de coragem.

Um tempo depois, entediada, resolveu sair à procura de amoras, o facão metido na faixa, saltitando pelo mato alto. No início, Whiskey foi atrás dela, mas logo tomou outro caminho. Alguns instantes depois, começou a latir.

Adam Hicks estava deitado na lama às margens do lago Wight, os lábios azulados. No lugar dos olhos, buracos miravam o céu, vermes contorcendo-se lá dentro, pálidos como pérolas arroz. A metade de baixo do corpo estava submersa na água. Era a parte que havia sido comida. Ossos brancos despontavam da carne pendurada em trapos e frangalhos, boiando na água como pedaços rasgados de tecido. Havia um cheiro no ar, parecido com o da vez em que ela deixara um hambúrguer cru fora da geladeira durante a noite.

Whiskey corria de um lado ao outro, cheirando o corpo, uivando como se achasse que poderia acordar Adam.

— Sai daí! — Hazel tentou chamá-lo, mas a voz saiu como um sussurro. Ela sabia que ainda não tinha dado tempo de o irmão estar a caminho. Sabia que estavam sozinhos ali, ela e o cachorro.

Começou a tremer dos pés à cabeça.

Os pais de Adam haviam se mudado para Fairfold há um ano, o que fazia com que não fosse mais considerado um turista, mas também ainda não um local. Um sujeito perigosamente indeterminado, tentador para o Povo. Eles eram criaturas do crepúsculo, seres do amanhecer e do anoitecer, situados entre uma coisa e outra, do *nem tanto* e do *quase*, das zonas fronteiriças e das sombras.

Desviando os olhos da água verde, tentando não encarar a vermelhidão dos olhos de Adam, Hazel pensou nos cavaleiros do livro que lera naquela manhã. Lembrou-se que deveria se comportar como um deles e tentou não vomitar.

Os latidos de Whiskey ficaram mais intensos e frenéticos.

Hazel estava tentando fazer com que ele se calasse, quando uma garra úmida segurou no tornozelo dela. Ela gritou, tentando tirar o facão da cintura, enquanto pisava com o pé livre em cima da mão pálida como uma rã. A bruxa saiu da água enlameada, o rosto fundo como o de uma caveira, olhos foscos e um longo cabelo verde que se espalhava e flutuava na superfície do lago. O toque da mão dela queimava como fogo frio.

Hazel conseguiu mover o facão no ar para tentar se desvencilhar da bruxa, mas caiu de costas no chão com força. Moscas voaram do corpo de Adam numa nuvem negra. À medida que sentia seu corpo sendo arrastado na direção da água, notou com uma satisfação sombria e terrível que a bruxa sangrava por um corte na bochecha. Hazel devia ter acertado o golpe.

— Garotinha — disse a bruxa. — Mal dá para uma mordida. Fibrosa, de tanta corrida. Relaxe, meu lanchinho.

Hazel fechou os olhos e balançou o facão no ar com força. A bruxa emitiu um som sibilante, como um gato, e agarrou a lâmina. A faca cortou seus dedos, mas ela segurou firme: arrancou-a da mão de Hazel e atirou-a no meio do lago. A arma caiu com um estrondo que fez o estômago de Hazel revirar.

Whiskey mordeu o braço da bruxa e rosnou.

— Não! — Hazel gritou. — Não! Vai embora, Whiskey!

O cachorro continuou mordendo, balançando a cabeça para frente e para trás. A bruxa ergueu bem alto o braço longo e verde. Whiskey foi erguido também, as patas traseiras balançando no ar, os dentes cravados na carne dela, como se alcançassem o osso. Então a bruxa baixou o braço, batendo com o cachorro no chão como se ele não pesasse nada, como se fosse nada. O cachorro ficou imóvel, deitado na margem que nem um brinquedo quebrado.

— Na-na-na-não — choramingou Hazel. Ela esticou uma das mãos na direção de Whiskey, mas ele estava um pouco mais à direita do que ela podia alcançar. Seus dedos agarraram a lama, cavando ranhuras no chão.

Ecos de uma música distante chegaram até ela. A flauta de Ben. Há cerca de uma semana, Ben pusera um cordão sujo no instrumento, pendurando-a no pescoço e andava com ela desde então. Dizia que agora era um bardo. *Tarde demais. Tarde demais.*

Hazel tentou engatinhar até o corpo de Whiskey, chutando para se soltar da mão fria da bruxa. Apesar dos esforços, seus pés encostaram no lago. A água espirrou para o alto conforme ela tentou se desvencilhar.

— Ben! — Hazel gritou, a voz falhando de pânico. — Ben!

A melodia continuou, mais perto, bela o bastante para que as árvores se curvassem para escutá-la melhor, mas terrivelmente inútil. Lágrimas inundaram os olhos de Hazel, medo e frustração combinados em forma de pânico. Por que ele não parava de tocar e ia ajudar? Será que ele não ouvia? As pernas dela deslizaram para dentro da água e o lodo cobriu sua pele. Hazel tomou fôlego e se preparou para prender a respiração o máximo que pudesse. Imaginou o quanto seria doloroso afogar-se. Imaginou se ainda teria energia para lutar.

Então, de repente, os dedos da bruxa perderam a força. Hazel engatinhou margem acima, sem perder tempo em tentar saber como tinha escapado até chegar a um tronco e encostar-se num olmo, sem fôlego. Ben estava de pé junto à água, parecendo pálido e assustado. Tocava a flauta como se sua vida dependesse daquilo.

Não, percebeu Hazel. Ele estava tocando porque a vida *dela* dependia daquilo. A bruxa do pântano olhava fixamente para ele, arrebatada. Seus olhos de peixe não piscavam. Sua boca se mexia discretamente, como se estivesse cantando ao som das notas que ele tocava. Hazel sabia que o Povo adorava música, especialmente tão maravilhosa como a de Ben, mas não fazia ideia que ela poderia ter esse efeito sobre eles.

Hazel viu quando Ben reparou no corpo de Whiskey e deu um passo trêmulo adiante, viu quando ele fechou os olhos, sem nunca parar de tocar.

Hazel desviou o olhar para a margem onde havia caído, para as marcas que seus esforços tinham deixado na lama, para o corpo apodrecido de Adam e para o de Whiskey ao lado, flácido. Reparou no zumbido das moscas em volta deles e em mais uma coisa, algo que brilhava sob a luz do sol. Uma faca? Adam tinha trazido uma faca?

Devagar, Hazel engatinhou de volta até a margem, na direção da bruxa.

Ben se virou para ela, com os olhos arregalados, balançando a cabeça em reprovação.

Hazel ignorou-o e abriu caminho em meio à lama até a faca, sentindo raiva e dormência. Ela agarrou o punho da arma e puxou-a. O lodo produziu um som de sucção e a lâmina se soltou. Era de metal e estava escurecida, como se tivesse ido ao fogo, e dourada por baixo. Era muito mais longa do que esperava — mais longa do que a maior faca de cozinha da mãe — e tinha uma curvatura no meio. Era uma *espada*. Uma espada de verdade, do tipo que um cavaleiro de verdade usaria.

A mente de Hazel estava a mil, mas ela seguiu em frente, concentrando-se em repetir sem parar: *eu sou um cavaleiro, eu sou um cavaleiro, eu sou um cavaleiro*. Um cavaleiro melhor teria sido capaz de salvar Whiskey, mas ela poderia ao menos vingar sua morte. Arrastando-se na água lamacenta, levantou a espada pesada como se fosse um taco de beisebol e golpeou com força a cabeça do monstro. O crânio se dividiu em dois, tal qual um melão pobre.

A criatura caiu na água, morta.

— Uau — disse Ben, largando a flauta para que ficasse pendurada novamente no pescoço. Chegou mais perto e abaixou-se, a cabeça inclinada para o lado, para inspecionar a massa vermelha de ossos e dentes cobertos de limo, para observar as mechas de cabelo que flutuavam na água. Tocou naquilo com o dedão do pé. — Não achei que você fosse mesmo matar a bruxa.

Hazel não soube como responder. Ela não tinha certeza se Ben achava ruim ela ter matado a bruxa, ou se estava somente surpreso por ter dado certo.

— Onde você arrumou isso? — perguntou ele, apontando para a espada.

— Eu achei — respondeu Hazel, fungando sem parar. Lágrimas continuavam inundando seus olhos, por mais que ela tentasse piscar para impedi-las.

Ben estendeu a mão, como se quisesse tirar a lâmina das mãos dela. Talvez estivesse pensando na espada quebrada do He-Man e em como aquela poderia ser uma boa substituta. Hazel deu meio passo para trás.

Ben fez uma careta, agindo como se não quisesse mesmo a espada.

— Com a sua espada e a minha música, podemos fazer alguma coisa. Impedir coisas ruins. Que nem nas histórias.

Apesar da morte do cachorro, apesar das lágrimas, apesar de tudo, Hazel sorriu e limpou as gotas de sangue respingadas no nariz com a manga da camisa.

— Você acha?

O senso de justiça de uma criança às vezes pode ser cruel e absoluto. Uma criança pode matar monstros e encher-se de orgulho. Mesmo uma menina que leva as aranhas para fora em vez de matá-las; que uma vez alimentara um filhote de raposa com um conta-gotas a cada duas horas até o resgate de animais chegar... Essa mesma menina era capaz de matar e logo estar pronta para fazê-lo novamente. Era capaz de carregar o cachorro morto para casa, chorando sobre seu corpo frio e rígido, e fazer promessas enquanto cavava o buraco para enterrá-lo no quintal. Era capaz de olhar para o irmão e acreditar que juntos eram um cavaleiro e um bardo que lutariam contra o mal, que poderiam um dia encontrar e até mesmo vencer o monstro no coração da floresta. Uma menininha capaz de encontrar o corpo de um garoto, de perder seu cachorro e de acreditar que poderia garantir que ninguém mais morresse.

Hazel acreditou que tivesse achado a espada por uma razão.

Quando ela fez dez anos, Hazel e Ben já tinham encontrado dois outros monstros: duas fadas com sangue de turistas nas mãos, duas criaturas loucas para aprisioná-los. Ben as distraíra com sua música enquanto Hazel atacou com sua espada, que àquela altura já estava afiada e polida, brilhando de óleo mineral e pintada de preto para cobrir o brilho do ouro.

Às vezes, eles ouviam algum membro solitário do Povo seguindo-os até em casa na volta da escola, espreitando pelos cantos da floresta. Hazel esperava, mas eles nunca a incomodavam. A moral das Fadas não é igual à moral dos humanos. Eles punem os sem-modos e os descuidados, os convencidos e os trapaceiros, mas não os corajosos, os espertalhões e os heróis. Estes, eles queriam ter para si. Se Alderking, portanto, já tivesse reparado nas crianças, provavelmente tinha escolhido esperar para ver no que se transformariam.

Assim, Hazel e Ben continuaram a caçar monstros e a sonhar que salvariam o príncipe adormecido, até o dia em que a música de Ben falhou.

Os dois marchavam pela floresta quando um *barghest* de pelo preto e com os olhos em chamas saiu das sombras na direção deles. Hazel, de olhos bem abertos e dentes trincados, fincou o pé e tirou a espada da bainha que ela mesma tinha feito. Ben começou a tocar a flauta, mas, pela primeira vez, as notas saíram incertas. Surpresa, Hazel se virou na direção dele. Bastou um instante, um pequeno movimento do corpo, um olhar na direção do irmão, para que o *barghest* chegasse até ela. Ele enterrou as presas no braço dela e tudo o que Hazel conseguiu fazer foi arranhá-lo de leve antes que passasse por ela. Ofegante, sangrando, Hazel tentou manter o equilíbrio e levantar a espada, preparando-se para golpeá-lo de novo.

Quando o monstro virou de costas, ela esperou que Ben fosse recomeçar a tocar, mas ele estava imóvel. Alguma coisa estava muito errada. O hálito quente do *barghest* soprou até ela, cheirando a sangue antigo. Sua cauda longa estalou no chão.

— Ben... — chamou ela, com a voz trêmula.

— Eu não consigo... — respondeu Ben, quase sufocado pelo pânico. — Corre! Corre! Eu não consigo...

E eles realmente correram, o *barghest* logo atrás, serpenteando entre as árvores como um leopardo. Eles correram sem parar, até que conseguiram entrar e se esconder no tronco oco de um carvalho. Com o coração a mil e a respiração presa, ficaram ali prestando atenção ao arrastar da cauda ou ao peso de um passo. Ficaram escondidos ali até o sol do fim de tarde começar a se pôr. Só então arriscaram-se a voltar para casa, pé ante pé, pesando a probabilidade de a criatura estar à espera deles, e o medo maior de serem descobertos no meio da floresta quando já estivesse escuro.

— Temos que parar com isso, pelo menos até ficarmos mais velhos — argumentou Ben mais tarde naquela noite. Estavam sentados nos degraus dos fundos de casa, vendo a mãe grelhar hambúrgueres. Ben vestia um short desfiado e uma camiseta do CBGB velha, furada. — É mais difícil do que eu imaginei. E se alguma outra coisa der errado? E se você tivesse se machucado? Teria sido minha culpa.

Você que começou com isso, Hazel teve vontade de dizer. *Você me fez acreditar que a gente conseguiria. Você não pode retirar o que disse.*

Mas em vez disso, Hazel falou:

— Não fui eu quem estragou tudo.

Ele balançou a cabeça.

— Bom, ok, isso é pior ainda. Porque eu posso estragar as coisas de novo e condenar a nós dois. Coisa que provavelmente farei. Se eu conseguir entrar naquela escola, quem sabe eu não aprenda a controlar melhor a música, talvez então...

— Não se preocupe comigo — disse Hazel, mastigando uma mecha do próprio cabelo ruivo, enterrando os dedos dos pés descalços na terra. — Eu sou o cavaleiro. É meu dever tomar conta de mim mesma. E eu não quero parar.

Ele suspirou, batucando ansiosamente com os dedos na coxa.

— Vamos dar um tempo, então. Só um pouco. Só até eu melhorar minha música. Eu preciso ficar *melhor*.

Hazel assentiu. Se era daquilo que ele precisava para que ela pudesse continuar sendo um cavaleiro, para seguirem em frente com as missões, para que as pessoas pudessem ser salvas, para que fossem como personagens de uma história, então ela prometeu que daria um jeito de conseguir isso para ele.

E conseguiu.

✦ CAPÍTULO 6 ✦

Durante aquelas tardes, inebriantes e intermináveis, em que Hazel e Ben exploravam o campo, brincando de missões e enfrentando perigos reais, ele criava histórias sobre como acordariam o príncipe. Ben disse a Hazel que ela poderia acordá-lo com um beijo no vidro do caixão. Não era uma ideia original. Se alguém tirasse o pó daquela cápsula, provavelmente veria milhares e milhares de marcas de beijos, gerações de lábios delicadamente colados no vidro sob o qual o menino de chifres dormia. Mas eles não sabiam disso naquela época. Nas histórias, ela acordaria o príncipe com um beijo e ele diria que só estaria livre quando sua verdadeira amada completasse três missões — missões essas que geralmente incluíam tarefas como flagrar o tipo certo de pássaro, colher todas as amoras dos arbustos e comê-las, ou pular sobre o riacho sete vezes sem se molhar.

Ela nunca completava as missões que Ben inventava. Sempre deixava uma última amora no galho ou molhava o pé de propósito, embora jamais admitisse isso para o irmão. Ela sabia que as missões não eram mágicas de verdade; sempre que chegava perto de completá-las, Hazel perdia a coragem.

Às vezes Ben contava histórias sobre como ele libertaria o príncipe com três palavras mágicas — palavras que ele nunca dizia em voz alta na frente de Hazel. Nessas histórias, o príncipe era sempre vilão. Ben precisava detê-lo antes que destruísse Fairfold, e sempre conseguia fazê-lo graças à força do amor. Porque apesar do coração cruel, quando o príncipe via o quanto Ben o amava, ele decidia poupar a cidade e todos nela.

Naquela época, não parecia estranho a Hazel que ela tivesse o mesmo namorado imaginário que o irmão.

Os dois o amavam porque ele era um príncipe, era do mundo das fadas e era um ser mágico e supõe-se que se deva amar príncipes, fadas e todo ser mágico. Eles o amavam do mesmo jeito que amavam Fera quando ele dançou pela primeira vez com a Bela em seu vestido amarelo. Eles o amavam do mesmo jeito que amavam o décimo-primeiro Doutor em Doctor Who, de gravata borboleta e franjinha, e o décimo Doutor, com sua risada maluca. Eles o amavam do mesmo jeito com que amavam vocalistas de bandas e atores de filmes, de tal forma que o amor compartilhado os aproximava ainda mais.

Não era como se o garoto de chifres fosse de verdade. Não era como se ele pudesse amá-los de volta. Não era como se ele jamais tivesse que escolher.

Só que agora ele tinha acordado. E isso mudava tudo.

Tudo isso pairava sobre Ben e Hazel quando saíram da escola em direção ao carro.

Uma vozinha dentro de Hazel a incomodava, sussurrando que não poderia ser coincidência ela ter acordado com lama nos pés na exata manhã após alguma coisa ter acordado o príncipe. Ela guardou essa esperança para si, em segredo, tomando o cuidado de só se permitir pensar nisso de vez em quando, como alguém que espia algo tão precioso que chega a ser assustador.

— Espera! — Uma voz gritou atrás deles.

Hazel virou-se. Jack descia a escada correndo. Como estava sem casaco, a chuva deixava o tecido da camiseta dele manchado e escuro.

Os três foram juntos para a lateral do prédio e se protegeram debaixo de uma marquise, onde os professores não conseguiriam vê-los e estava seco o suficiente para conversarem. Eles conheciam o lugar porque era onde os faxineiros se reuniam para fumar e, desde que não fossem dedurados, ignoravam o que quer que estivessem fazendo ali. Hazel não imaginaria que um bom garoto como Jack conhecesse aquele cantinho, mas ela estava claramente enganada.

— Vamos encontrá-lo — disse Ben, sorrindo. Soou como se estivessem prestes a começar um jogo. Um jogo muito bom.

— Não. — Jack suspirou, desviando o olhar para o campo de futebol. Ele parecia estar escolhendo cuidadosamente o que diria a seguir. — Seja lá o que vocês pensam que ele é.... Não é o que vocês imaginam. — Em seguida, Jack visivelmente cerrou os dentes para continuar: — Vocês não podem confiar nele. Ele não é humano.

O silêncio pairou entre eles por um longo momento. Ben ergueu as sobrancelhas.

Jack fez uma careta.

— Sim, eu *sei*, ok? É *irônico* que eu esteja dizendo isso, já que eu também não sou humano.

— Então vem com a gente — convidou Hazel, oferecendo um espaço debaixo do guarda-chuva. — Compartilhe conosco todo o seu valioso conhecimento inumano.

Jack balançou a cabeça, sorrindo um pouco.

— Minha mãe vai me escalpelar vivo se eu perder o teste de ciências. Vocês sabem como ela é. Não dá pra esperar até depois da aula?

Além dos obrigatórios jogos em família aos domingos, a mãe dele era do tipo que preparava almoços naquelas marmitas japonesas, que sabia exatamente como os filhos estavam se saindo em cada matéria, que monitorava o tempo que passavam assistindo TV para garantir que o dever de casa ficaria pronto. Se dependesse dela, Carter e Jack iriam para as melhores faculdades do país, idealmente perto de Fairfold o suficiente para que ela pudesse ir aos finais de semana para cuidar da roupa suja deles. Nada deveria atrapalhar esses planos.

Se Jack matasse aula, ele ficaria de castigo pelo tempo que ela conseguisse mantê-lo assim.

— Essa é a melhor coisa que já aconteceu por aqui — disse Ben, revirando os olhos. — Quem se importa com um teste? Você vai ter mais um milhão de testes na vida.

Jack inclinou a cabeça para frente, destacando as maçãs do rosto salientes e o tom prateado em seus olhos. Quando ele falou, sua voz assumiu um estranho ritmo cadenciado.

— Há muitas coisas que eu sou proibido de contar a vocês, pois tenho que cumprir promessas e regras. Por três vezes irei avisá-los, e isso é tudo que me permitem, então prestem atenção. Algo ainda mais perigoso do que o seu príncipe anda à sombra dele. Não vão atrás dele.

— Jack? — disse Hazel, nervosa, afastando-se dele. Embora quase já tivesse sido morta por criaturas como a bruxa da água e o *barghest*, havia algo nas elegantes e enigmáticas fadas que a assustava muito mais. Naquele momento, Jack soava como uma delas, totalmente diferente dele mesmo. — Como assim, *permitem*? Por que você está falando desse jeito?

— Alderking está caçando o menino de chifres. Está caçando quem quer que tenha quebrado a maldição. E ele não está sozinho. Se vocês ajudarem o menino, correm o risco de virar alvos de muita fúria. Nenhum príncipe vale esse preço.

Hazel pensou em suas mãos, nos cacos de vidro, na estranheza de não lembrar daquela noite e nas pernas cobertas de terra.

— Calma aí. Você está nos dizendo que o Povo da floresta está tentando matar o príncipe? — perguntou Ben. — Então esse tempo todo você sabia segredos a respeito dele e nunca se deu ao trabalho de nos contar?

— Eu estou contando o que devo contar — respondeu Jack. — O seu príncipe pode estar em perigo, mas ele também é perigoso. Deixem isso para lá.

— Mas por quê? O que o príncipe fez? — perguntou Hazel.

Jack balançou a cabeça negativamente.

— Acabei de dar o terceiro aviso. Não posso falar mais nada.

Hazel virou-se para o irmão.

— Talvez...

Ben parecia frustrado, mas não chocado. Esse novo e estranho Jack não parecia nem tão novo nem tão estranho para ele.

— Eu agradeço o que você está dizendo e tudo mais, Jack. Vamos ser os mais cuidadosos que pudermos, mas eu quero tentar encontrá-lo. Quero ajudar.

— Eu não esperava nada diferente. — Jack sorriu e voltou a ser o mesmo de sempre, ao menos por fora. Mas seu sorriso familiar provocou um calafrio nas costas de Hazel. Sempre enxergara Jack como um bom menino, de família rica, bons modos, que fazia um ou outro comentário sarcástico e adorava biografias obscuras, mas que, provavelmente, acabaria se tornando advogado como a mãe, ou médico como o pai. Ela achava que ser um *changeling* dava a ele um toque interior de esquisitice, é claro, mas que numa cidade cheia de esquisitices, isso não era assim tão estranho. Só que ali, parada na chuva, olhando para ele, tudo pareceu repentinamente bem mais estranho. — Tudo bem — continuou Jack. — Tentem não ser mortos por algum elfo bonito e paranoico que acha que está preso em uma canção. Tentarei não tomar bomba no teste de física.

— Como você pode...Por que você disse todas essas coisas? — perguntou Hazel. — Como é que você pode saber dessas coisas?

— O que você acha? — Jack devolveu a pergunta com delicadeza. Depois, virou-se de costas e começou a caminhar de volta para a escola sob a chuva, o sinal tocando ao longe. Hazel observou os músculos dele movendo-se por baixo da camiseta molhada.

Jack a deixara ali tentando entender aquelas palavras, tentando compreender...

Caramba. Tentando compreender como ele poderia saber coisas que *somente o Povo da floresta poderia ter contado.* Ela esperou Jack entrar de volta na escola, perguntando-se como nunca tinha desconfiado disso, conhecendo-o há tanto tempo. Ela sempre achou que ele estivesse feliz com sua vida de humano. Achou que ele só tivesse a vida de humano.

— Vamos — disse Ben, já se dirigindo ao carro. — Antes que alguém pegue a gente matando aula.

Hazel deslizou para o assento do carona, fechando o guarda-chuva e jogando-o para o banco de trás. Jack a tinha deixado nervosa, mas mais do que o perigo sobre o qual ele havia alertado, ela temia a possibilidade de que não fossem encontrar qualquer sinal do menino de chifres. Temia que ele virasse um daqueles mistérios sem solução, que virasse mais uma das histórias que as pessoas contavam umas às outras em Fairfold, mas nas quais ninguém acreditava de verdade. *Lembra quando tinha um menino bonito e não humano dormindo em um caixão de vidro?*, diriam uns aos outros, recordando. *Que fim será que ele levou?* Histórias como a existência de fogos-fátuos brilhando nas partes mais profundas e escuras de toda floresta. E que em busca dessa marca sempre em movimento, viajantes eram atraídos cada vez mais para longe da segurança.

Hazel tinha visto uma boa quantidade desses horrores, mas ainda sentia-se atraída pela beleza e pelas maravilhas do Povo. Ela os havia caçado e os temia, mas, como o resto de Fairfold, os amava também.

— Jack já tinha falado desse jeito com você antes? — Hazel perguntou enquanto Ben manobrava para sair do estacionamento, os limpadores criando ondas de água no para-brisa. O céu estava todo cinza, um tom brilhante e uniforme, e não dava para ver onde começava e terminava cada nuvem.

Ben deu uma olhada para ela.

— Não exatamente.

— Foi assustador. — Ela não tinha certeza do que mais poderia dizer. Ainda estava tentando encaixar as peças. Jack tinha deixado cair a máscara, aparentemente de propósito, e Hazel se sentia idiota por só agora ter percebido que esse tempo todo ele vestira uma. — Então ele fala com eles?

Ben deu de ombros.

— Com a outra família, você quer dizer? Fala.

Hazel não queria admitir o quanto tinha sido afetada por isso. Se Jack guardava segredos, bem, eram coisas dele, que ele tinha o direito de guardar. E, aparentemente, era dever de Ben manter os segredos do amigo também.

— Bem, se a gente vai achar o príncipe apesar do conselho de Jack, onde iremos procurar?

Ben balançou a cabeça e depois sorriu.

— Não faço a menor ideia. Onde você procura alguém que sequer parece ser de verdade?

Hazel avaliou, mordendo o lábio.

— Na cidade não seria comum. Com todos os carros e as luzes.

— Se ele voltar para a gente dele, aparentemente está morto. — Ben suspirou e se inclinou sobre o volante, talvez pensando nas mesmas coisas que Hazel pensara, sentindo o mesmo medo de que tudo aquilo não fosse dar em nada, achando que era como se estivessem numa brincadeira para a qual já estavam grandes demais. Ou talvez estivesse pensando em como a magia o havia traído antes e como era provável que traísse novamente.

Mais uma vez, Hazel ficou tentada a confessar que tinha acordado com lama nos pés e cacos de vidro nas mãos, mas dizer isso agora seria quase como se gabar. Para explicar por que não era o caso, ela teria que falar demais.

Em geral, a família deles não era muito boa em falar sobre coisas importantes. E de todos eles, ela era a pior. Quando tentava, era como se todas as correntes de todos aqueles seus cofres imaginários começassem a ranger. Se começasse a falar, Hazel não poderia assegurar que conseguiria parar.

— Foi o próprio povo dele que lançou a maldição. Ele sabe que não deve voltar para as fadas — disse Hazel, observando o vai e vem dos limpadores. Uma excitação familiar despertou dentro dela: a caçada, o planejamento, a descoberta de um esconderijo de fadas e a perseguição de um monstro. Hazel achou que tivesse desistido dos sonhos de ser cavaleiro havia anos, mas talvez não tão completamente quanto imaginara.

Ben deu de ombros.

— Tudo bem. Mas então, onde?

Ela fechou os olhos e tentou se imaginar no lugar do menino de chifres, acordando de um longo sonho, sem se lembrar onde estava. Ele entraria em pânico, batendo nas paredes internas da caixa de vidro. Uma onda de alívio teria tomado conta dele ao perceber que algumas peças faltavam e que o vidro estava partido. Piscando na escuridão folhosa, com seja lá quais lembranças tivesse de antes da maldição latejando em sua cabeça. Mas depois disso...

— Eu iria querer comer — ponderou ela. — Eu estaria morta de fome, sem comer nada há *décadas*. Mesmo que eu não precisasse, eu ia querer.

— Ele não é como a gente.

— Jack é como a gente. — disse Hazel, torcendo para que fosse verdade. — E o príncipe é como Jack.

Ben soltou o ar bem devagar.

— Ok então. Mas não dá para passar no drive-thru do McDonald's. Você não tem dinheiro. O que você vai comer então?

— Eu procuraria por castanhas. — Anos atrás, Hazel comprara um livro que ensinava a identificar plantas comestíveis, numa daquelas vendas "vamos nos livrar de todos esses livros velhos e estragados ou estranhamente pegajosos" que a biblioteca fazia. Custara 25 centavos. Por causa desse livro, ela e Ben tinham conseguido não se envenenar enquanto colhiam um monte de folhas de dente-de-leão, cebolas selvagens e outras plantas comestíveis. — Mas ele precisaria assar as castanhas. Ovos de passarinho também seriam boas opções, mas são difíceis de encontrar nessa época do ano.

Ben assentiu, claramente perdido em pensamentos. Ele virou o carro na direção da parte da floresta onde o menino de chifres dormira.

— Ou quem sabe ele foi atrás de uma aveleira. Já que avelã é bem mais gostoso do que castanha.

Hazel bufou, mas havia mesmo um lugar onde ela já colhera avelãs antes que as minhocas o fizessem. Ela lembrava de tê-las deixado em cima de uma pedra para secarem ao sol.

— Tive uma ideia.

Eles estacionaram junto ao lago Wight e foram andando. Uma aveleira tinha brotado não muito longe das ruínas de uma velha construção de pedra, hoje coberta de videiras. Ficava uns duzentos metros para dentro da floresta, a uns três quilômetros do caixão de vidro e era um esconderijo tão bom, que Hazel se arrepiou com a possibilidade de estar certa.

A chuva ainda estava forte, embora a copa das árvores segurasse boa parte dela. Hazel ficou satisfeita por estar de galochas ao pisar na lama e no limo escorregadio. Ela e Ben passaram por cima de troncos secos de árvores, por arbustos e galhos que se agarravam em suas roupas. Por alfeneiros e ligustros; por lírios bem fechados e moitas de plantas com as folhas largas cheias de água; por flores-cadáver, com suas inflorescências em formato de satélite dobradas pela ação do vento; por glicínias e monardas; por marias-sem-vergonha e asclépias e tufos de trepadeiras; por violetas e lisimáquias e adiantos em profusão. Ela usou o guarda-chuva, tanto para afastar as trepadeiras quanto para se proteger da chuva.

E então avistaram a construção de pedra, coberta de hera. O teto já tinha cedido há alguns anos e, embora alguns vergalhões enferrujados ainda segurassem uma tábua gasta de madeira presa em uma das laterais do batente, o resto da porta já não existia. Ben foi correndo na frente e, ao mesmo tempo, Hazel diminuiu o passo.

Automaticamente, ela levou uma das mãos à lateral do corpo.

Ben olhou para ela, com a testa franzida.

— O que você está fazendo?

Hazel deu de ombros. Ela estava tentando pegar alguma coisa (o cinto? o bolso?), mas não havia nada ali.

— Tentando sacar sua arma? — perguntou Ben, rindo, e seguiu em frente.

Hazel não sabia exatamente por que tinha parado, nem o que tinha tentado encontrar. Mas pensara em Jack dizendo para tomarem cuidado, no leite que talhou na tigela, no bilhete no bolso do casaco de Ben e nas lembranças das caçadas na floresta ao lado dele. Com tudo isso na cabeça, ela fechou o guarda-chuva com cuidado.

Ben se abaixou para passar pela porta e voltou correndo um minuto depois, com um sorriso maravilhado no rosto.

— Você estava certa. Eu acho que você estava certa!

Hazel entrou na casa atrás do irmão. Ela já tinha estado naquele lugar antes, há muitos anos, quando ela e Ben fingiam ser bruxos recém-saídos de Hogwarts, cozinhando ervas em caldeirinhas. Pingos de chuva caíam por entre os restos do telhado. Uma mesa gasta pelo tempo, cinza e roída pelos cupins, estava encostada em uma das paredes de pedra.

Em cima dela, havia cascas de três caquis, bem raspadas, exalando um aroma inebriante pelo ar. Um punhado de ervas amassadas estava bem ao lado, e Hazel só reconheceu a hortelã. Frutinhas pretas de sabugueiro e vários cogumelos estavam espalhados em cima da madeira, como contas de um colar arrebentado.

E junto de tudo aquilo havia uma faca com punho de osso e lâmina curva, feita de algum metal dourado. Parecia com a espada que Hazel tinha encontrado quando era criança, pensou ela.

— Merda — falou Hazel, esticando a mão para tocar na faca, mas parando-a no ar antes que seus dedos tocassem a lâmina. Ela olhou para Ben. Ele estava sorrindo de um jeito louco, meio avoado. — Ele realmente esteve aqui.

— Bem, ele tem que voltar pra pegar isso, certo? — disse Ben. — Se esperarmos, vamos vê-lo quando ele chegar.

Hazel assentiu, um pouco tonta. Encontrou um canto junto dos restos da lareira e se agachou ali por um instante. Ben se encostou numa parede. Depois de alguns minutos, a pedra fria já tinha deixado a bunda dela dormente. Observou a água escorrendo para uma poça que se ampliava junto ao buraco vazio de uma janela. Tentou se acalmar.

— Sabe aquilo que dizem, de que quando comemos comida das fadas nada mais vai nos deixar satisfeitos? — perguntou Ben, de repente.

— Claro — respondeu Hazel, pensando na pilha de frutinhas sobre a mesa.

— Fico me perguntando se Fairfold é assim. Imagino se eu conseguiria ser feliz em outro lugar. Ou se você conseguiria. Me pergunto se não ficamos indiferentes a outros lugares.

O coração dela deu um salto. Ele nunca falava sobre universidades, nunca recebia catálogos de cursos pelo correio. Hazel não fazia ideia de para onde ele iria depois que se formasse, dali a um ano.

— Se você for embora e não gostar, sempre pode voltar — disse ela. — A mamãe e o papai voltaram.

Ele fez uma careta.

— Eu realmente preferia não me transformar nos nossos pais. Fico torcendo pra conhecer alguém que tenha uma vida incrível, para que eu possa simplesmente pegar uma carona nela.

Hazel lembrou-se de como a luz, naquela noite em que ele voltara do encontro fracassado, tinha dado a impressão de que podia ver por dentro dele. Perguntou-se se a ilusão não estaria mais próxima da verdade do que tinha imaginado.

— A cidade grande é bem parecida com a floresta escura e saída dos contos de fadas aqui de Fairfold, certo? — continuou Ben. — Nos filmes, a cidade é onde todas as histórias se desenrolam. É o lugar aonde as pessoas vão para se transformar. Aonde vão para recomeçar. Na cidade eu vou poder ser quem eu quiser. Talvez até alguém normal.

Hazel pensou no que os pais diziam sobre ser normal. E no fato de que ele estava dizendo isso tudo a ela enquanto estavam no meio da floresta, em busca de um príncipe elfo. Se normal era o que ele queria, teria que esforçar-se bem mais.

Do lado de fora, o vento chicoteava nas árvores. Hazel ouviu uma melodia tocando baixinho.

— Está ouvindo isso? — perguntou a ele.

Ben espiou na mesma direção para onde ela estava olhando.

— Amanhã é lua cheia.

Todo mundo que tinha crescido em Fairfold sabia que era preciso manter distância da floresta das noites de lua cheia e também para ser mais precavido nas noites antes e depois dela. Nessas ocasiões Alderking fazia suas celebrações e todas as fadas, ninfas e bruxas, todas as pucas, espíritos, *goblins* e *hobgoblins* vinham de perto e de longe para dançar suas danças e festejar até o amanhecer.

A não ser que ele estivesse ocupado demais caçando o menino de chifres para realizar a festa. Talvez aqueles não fossem os sons dos convidados, mas dos caçadores.

Hazel e Ben ficaram sentados por duas horas sob a garoa gelada, esperando. Até que uma hora a música parou.

Ben bocejou e passou os dedos pelo cabelo ruivo encharcado pela chuva. As sardas se destacavam na pele branca e fria.

— Acho que ele não vai voltar. O que faremos agora?

— Podemos deixar alguma coisa pra ele — sugeriu Hazel, depois de ponderar por alguns instantes. — Podemos trazer comida e, sei lá, talvez umas roupas. Mostrar pra ele que somos dignos de confiança.

Ben bufou.

— Pode ser. Quer dizer, não sei se eu ia preferir moletons em vez de um gibão bordado, por mais usado que estivesse... mas qualquer coisa que a gente possa fazer para deixá-lo menos assustado seria bom. Pra mostrar que somos esquisitos amistosos em vez de perigosos.

— Você acha que ele está assustado? — Hazel ficou de pé e começou a andar na direção da porta. Ela olhou para o irmão, que continuava encostado na parede de pedra nua, o limo agarrado a ela como uma sombra.

— Eu estaria — respondeu ele.

Hazel ergueu uma sobrancelha.

— Achei que ele não fosse como nós.

Ben balançou a cabeça e depois sorriu para ela.

— Vamos lá pegar as coisas.

Hazel rasgou um pedaço de papel do caderno que trazia na mochila e escreveu um bilhete a caneta:

Oi, somos a Hazel e o Ben. Voltaremos em breve com comida e outras coisas. Coisas para você, caso queira. Não estamos pedindo nada em troca. Só estamos contentes por você ter finalmente acordado.

Os dois ficaram quietos no caminho de volta; Hazel fazia uma lista mental do que poderiam pegar: três sanduíches de cheddar com mostarda e picles embrulhados em papel alumínio; uma lata de Coca; uma garrafa térmica de café com bastante leite e açúcar; duas barrinhas de granola. Ela achava que tinha um saco de dormir velho no sótão... Se não estivesse muito mofado ou comido pelas traças, podia servir também. Ben podia separar umas roupas e o pai tinha um par de coturnos velhos que não ia dar falta.

Parecia um presente meio pobre para um príncipe perdido das fadas, mas o que mais eles poderiam fazer?

Ben parou o carro na entrada da garagem. Passava um pouco das três e meia e Jack já estava sentado no degrau da frente da casa. Ergueu a mão para cumprimentá-los. A chuva tinha parado, mas o gramado ainda estava coberto de gotinhas brilhantes.

Ben abaixou o vidro da janela.

— O que você tá fazendo aqui? O que houve com ser proibido de ajudar?

— Não vim ajudar, só alertar — respondeu Jack, com os olhos prateados brilhando em contraste com a pele negra e o cabelo escuro. — Eu viria aqui num dia normal, então decidi fingir que hoje é um dia normal.

Hazel saiu do carro.

— Então, encontraram alguma coisa? — perguntou Jack, claramente esperando que eles dissessem que não.

Ben deu de ombros.

— Talvez.

— Eu só queria que vocês entendessem uma coisa. — Jack lançou um olhar para Hazel, deixando bem claro que estava falando com os dois. — Ele ter acordado não foi um acidente. E o que quer que aconteça agora também não será acidente.

— Tudo bem — falou Ben, andando na direção da casa. — A gente entendeu, ok? Tristeza e desgraça irão cair sobre nós.

— O que deu nele? — perguntou Jack.

— Está apaixonado — respondeu Hazel, forçando o sorriso, porque também estava surpresa em ver Ben tão indiferente aos alertas.

— Vocês todos estão — disse Jack baixinho, como se falasse consigo mesmo. — A cidade toda está.

Hazel suspirou.

— Vamos lá dentro. Que tal ajudar a fazer uns sanduíches? Preparo um pra você, também.

Jack ajudou cortando o queijo enquanto Hazel espalhava a mostarda. Ben foi separar umas roupas que coubessem no menino de chifres. Veio do andar de cima com um moletom de capuz, uma calça jeans e duas cuecas boxer pretas. Levantou cada peça para inspecioná-las. Hazel encontrou o saco de dormir e as botas no sótão e bateu neles no jardim para espantar possíveis aranhas escondidas. Fizeram café e puseram numa garrafa térmica grande, com leite e açúcar, para o menino de chifres. Serviram também em garrafas menores, para eles. Ben encontrou uma cesta para acomodar tudo, mais as barrinhas de granola, o refrigerante, uma caixa de fósforos que Jack embrulhou em plástico e um pacote de pretzels.

Quando os três chegaram à casa de pedra, a faca dourada não estava mais em cima da mesa. O menino de chifres tinha ido lá e saído de novo.

E tinha levado o bilhete com ele.

✦ CAPÍTULO 7 ✦

*A*bençoado, era como chamavam Ben, desde que a mulher-elfo tocara na testa dele e no lugar surgira uma mancha cor de vinho do Porto, e ele passara a ser capaz de escutar e reproduzir a música deles. *Abençoado*, diziam, quando ele compunha em seu ukulele em tamanho infantil músicas que nenhum adulto conseguia reproduzir. *Abençoado*, quando tocava ao xilofone uma melodia que levava a babá às lágrimas. *Abençoado*, assim sua irmã o chamou quando ele encantou as fadas na floresta e salvou a vida dela. (E amaldiçoou-a também, talvez).

Mas ele se assustava com o que era capaz de fazer. Ben não tinha controle sobre isso.

Pais como os deles eram meio preguiçosos e esquecidos em relação a coisas como pagar contas ou comprar comida ou renovar documentos, mas não em relação à arte. Os jantares não iam muito além de uma tigela de cereal e ovos cozidos; eles nunca se lembravam de assinar autorizações para os passeios da escola, nem ligavam para a hora de ir dormir, mas sabiam o que fazer com um prodígio musical. Eles procuraram alguns amigos e, quando Ben tinha doze anos e Hazel onze, eles já tinham uma carta de recomendação para uma escola maluca onde Ben pudesse "desabrochar seu potencial". Na audição, sua exibição ao piano arrebatou todo o comitê de admissões, deixando-os enfeitiçados por meia hora. Foi aterrorizante, ele contou mais tarde a Hazel, como tocar para uma plateia de mortos. Quando Ben terminou, todos voltaram a se mexer e disseram como tinha sido impressionante ouvi-lo tocar. Ben sentiu-se enjoado.

E ficou ainda mais enjoado quando seus pais disseram que não tinham dinheiro para mandá-lo estudar lá. Ele queria ir mais do que jamais desejara qualquer coisa antes, porque por mais estranha que a audição tivesse sido, ele sabia que estudar música era a única chance que tinha de controlar seu poder.

Quando recebeu a notícia da bolsa de estudo, meses depois, já tinha certeza de que o haviam esquecido e sentiu como se tivesse ganhado na loteria. Foram todos tomar sorvete para comemorar e, além do próprio sorvete, Ben tinha devorado metade do sorvete de Hazel também.

Ben não estava feliz apenas por estar indo para uma escola de música fantástica. Estava feliz porque iam se mudar dali. Ele tinha medo de que Hazel se machucasse, literalmente, o tipo de machucado do qual as pessoas não se recuperam, e seria por causa dele. Ben ainda se lembrava de como tinha se sentido invulnerável ao se dar conta de que sua música tinha imobilizado a bruxa, como tinha ficado impressionado ao ver a irmã com a espada. Sentira como se tivessem nascido para ser heróis. Mas na verdade, caçar fadas era apavorante. E, por mais que ele tivesse conseguido inventar desculpas para encerrarem aquilo, era só uma questão de tempo até Hazel se encher dele e ir cuidar da própria vida.

O pai deles alugou a casa em Fairfold e eles arrumaram um apartamento barato na Filadélfia, onde cabia só uma fração das coisas que tinham.

Hazel não gostou; não gostava de nada em relação à mudança. Ela não gostava de poder ouvir os vizinhos pela parede. Não gostava de como se sentia cansada o tempo todo, embora a mãe tivesse dito que era só a adolescência, que acontecia com todo mundo. Ela não gostava dos barulhos da cidade, nem do cheiro dos exaustores e do lixo apodrecendo embaixo das janelas. Ela não gostava da escola pública, onde os novos colegas riam dela quando contava das fadas. Ela não gostava de não ter permissão para andar sozinha. E, acima de tudo, ela não gostava de não ser mais um cavaleiro.

Quando fez o acordo, Hazel achou que somente Ben fosse embora e não que tivesse de ir junto. Não imaginou que a família toda tivesse de ir.

— Pense em todas as opções de comida delivery que podemos pedir — disse a mãe, claramente se lembrando dos restaurantes favoritos da época em que estava na escola de arte. — Podemos comer pho uma noite, tacos na outra e depois, injera com doro wat.

Hazel fez uma careta.

— Não quero comer nenhuma dessas coisas. Nem sei o que são.

— Então pense no seu irmão — falou o pai sem raiva, enquanto acariciava o cabelo dela, como se achasse aquela reação infantil adorável. — Não ia querer o apoio dele se fosse você quem estivesse indo atrás de um sonho?

— Meu sonho é voltar pra casa — retrucou Hazel, cruzando os braços.

— Você só não descobriu o seu talento ainda — disse a mãe, sorrindo. E pronto.

Hazel sabia qual era seu talento, só não sabia como explicar. *Isso não é verdade*, ela quis dizer. *Meu talento é matar monstros.* Mas a mãe não precisava saber daquilo e seria uma tolice contar. Ela ficaria horrorizada ou com medo. Daí, começaria a prestar atenção nos lugares aonde Hazel fosse e no que fizesse. Além do mais, era um segredo delicioso. Ela gostava de pensar nisso quase tanto quanto gostava de sentir o peso da espada nas mãos.

E, se havia outra parte dela que desejasse ter pais do tipo que protegem os filhos da necessidade de matar monstros, aos onze anos Hazel já sabia que aquilo não era realista. Não que os pais não a amassem, mas eles simplesmente viviam se esquecendo de muitas coisas, coisas que às vezes eram importantes.

O que significa que, durante dois anos, Ben aprendeu a tocar vários instrumentos (incluindo taças de cristal e tuba) naquela escola chique, enquanto Hazel desenvolveu uma nova habilidade: flertar sem o menor arrependimento.

Hazel não era a melhor da turma, nem a pior. Ela poderia ter se destacado nos esportes, mas nunca se deu ao trabalho de tentar algum. Em vez disso, depois da escola, ela começou a fazer aulas de defesa pessoal e a praticar técnicas que via em vídeos de lutas de espadas no YouTube. No entanto, aos doze anos, Hazel descobriu algo que fazia estranhamente melhor do que os outros: chamar a atenção dos garotos.

Ela olhava para eles e, se eles percebessem o olhar, ela sorria.

Ela enrolava os cachos ruivos em volta do dedo e mordia o lábio.

Ela destacava o decote com o movimento dos braços, sobre a mesa ou usando um dos sutiãs com aro que convencera a mãe a comprar para ela, acetinados e coloridos.

Ela dizia que estava indo mal nas matérias, às vezes porque era verdade, mas também por costume, quando não era.

Flertar não significava nada para ela. Não tinha um plano, um objetivo. Era só pela excitação, uma maneira de ser notada em um lugar onde seria fácil afogar-se na invisibilidade. Ela nunca quis magoar ninguém. Sequer imaginava que isso era possível. Hazel tinha doze anos, estava entediada e realmente não sabia o que estava fazendo.

Enquanto ela flertava, Ben se apaixonava pela primeira vez, por um garoto chamado Kerem Aslan. Eles se encontravam todos os dias depois da escola para cochichar enquanto faziam dever de casa e dar uns beijos escondidos, quando achavam que ninguém ia ver. Às vezes Ben tocava trechos de músicas que estivesse compondo, coisa que nunca fazia com ninguém, a não ser Hazel. Ela se lembrava de quando vira Ben escrever o nome do garoto no braço, com água. *Aslan*, igual ao leão de Nárnia. Kerem realmente parecia um pouco com um leão, com os olhos castanhos-dourados e a juba de cabelos pretos.

Hazel e Ben passaram de ter tudo em comum a quase nada. Frequentavam escolas diferentes, tinham amigos diferentes, histórias diferentes, tudo diferente. Hazel estava triste, e Ben nunca tinha sido tão feliz.

Até que os pais de Kerem descobriram e telefonaram para os pais de Ben para uma conversa horrível e constrangedora. O pai de Ben acabou desligando na cara deles e Ben chorou na mesa da cozinha, com a cabeça enterrada nos braços cruzados. Não importava quantas vezes o pai o abraçasse e dissesse que tudo iria ficar bem.

— Não vai — sussurrou ele, insistindo que jamais se sentiria mais triste do que naquele momento. Ben tinha certeza de que seu coração ficaria partido para sempre.

Dia seguinte, no almoço, Ben mandou uma mensagem de texto para Hazel contando que Kerem o evitara e tinha falado um monte de merda para os amigos que tinham em comum. Quando acabou a aula, Hazel decidiu ir até a escola de Ben em vez de voltar direto para casa. Ela sabia que a última aula do irmão era uma prática individual de flauta, de longa duração. Depois disso quem sabe poderiam ir tomar sorvete naquele lugar em que derramavam uma dose de *espresso* por cima da taça. Quem sabe isso deixasse Ben mais animado.

Ninguém a impediu de entrar na escola. Ela passou pelo segurança e foi pelo corredor até o banco que ficava ao lado da sala de música. Empoleirada ali, ficou surpresa ao ver Kerem Aslan dos olhos e nome de leão vindo na direção dela.

— Oi, irmãzinha — cumprimentou-a. — Você está linda hoje.

Hazel sorriu. Foi automático, metade reação ao elogio e metade costume de sorrir para ele. Ela já tinha sorrido para ele um milhão de vezes antes.

— Você sabe que eu sempre gostei de você. Sempre que eu ia pra casa de vocês, perguntava se você não queria ficar com a gente, mas o Ben dizia que você estava ocupada. Ele disse que você tinha namorado.
— Kerem soava como se estivesse flertando com ela, mas havia algo em seu rosto que assemelhava-se demais a medo para que as palavras saíssem convincentes.

— Isso não é verdade — disse Hazel. Ela já tinha visto Ben e ele juntos, as cabeças próximas, cochichando e rindo, indiferentes ao resto do mundo.

— Então você *não* tem namorado? — perguntou Kerem. Pelo tom de voz, dava para perceber que ele estava se fazendo de desentendido, mas mesmo assim, conseguiu confundi-la.

— Não, quer dizer... — Começou a falar.

Então, com uma olhada de lado para ver se havia alguém no corredor, ele se inclinou e beijou Hazel.

Foi o primeiro beijo dela, além das avós e tias mais velhas, além dos pais e do irmão, apesar de todos os flertes. A boca de Kerem era suave e quente e, embora ela não tenha correspondido ao beijo, também não se esquivou.

Não foi boa essa hesitação. Durou só um instante, mas estragou tudo.

— Para! — disse ela, empurrando o menino. Alguns outros prodígios da música olharam para eles. Uma professora saiu de uma sala e perguntou se estava tudo ok. A voz de Hazel deve ter saído mais alta do que ela imaginara.

Mas não estava tudo ok, porque Ben estava olhando para os dois. Hazel teve apenas um vislumbre da mochila do irmão, dos All Stars pretos e da porta da sala de música batendo.

— Você fez isso de propósito — acusou Hazel. — Você queria que ele visse.

— Eu falei que gostava de você — disse Kerem, de sobrancelhas arqueadas, mas sem soar muito vitorioso.

As mãos dela não paravam de tremer enquanto esperava por Ben do lado de fora da sala de aula. Dava para ouvir um pouco da música, mesmo com o isolamento acústico. Ela queria explicar para o irmão o que realmente acontecera, dizer que não queria ser beijada. Entretanto, não houve oportunidade, porque minutos mais tarde a professora de Ben teve um infarto que quase a matou. Os paramédicos vieram e os pais de Ben e Hazel chegaram logo em seguida. Ben não falou com ninguém, nem ali, nem no caminho de volta para casa.

Ele tinha tocado quando estava chateado, provavelmente em um momento de raiva, e isso fizera o coração da professora parar. Hazel sabia que ele devia estar se culpando. Hazel sabia que ele devia estar culpando a magia e a ela também.

Quando subiu ao quarto de Ben para tentar pedir desculpas, encontrou-o sentado no chão, com a porta aberta, segurando a mão esquerda.

— Ben? — chamou Hazel e o irmão olhou para ela com os olhos vermelhos.

— Eu não quero mais tocar — disse ele, com a voz fraca, e ela se deu conta do que ele teria que ter feito para ficar com a mão daquele jeito. Ele tinha batido a porta nela. Mais de uma vez, provavelmente. A pele não estava simplesmente vermelha... Estava roxa. Os dedos estavam virados em um ângulo impossível.

— Mãe! — Hazel gritou. — Mãe!

— Isso tem que parar — disse ele. — Eu tenho que parar. Alguém tem que me parar.

Eles pegaram um táxi para o hospital e os médicos da emergência confirmaram que ele tinha quebrado ossos, vários. Os professores afirmaram que ele não poderia mais tocar, ao menos não por um bom tempo. Era preciso aguardar até os ossos se calcificarem e, a seguir, fazer exercícios para recuperar os movimentos. Ele teria que ser muito cuidadoso e dedicado.

Embora Ben nunca tenha contado aos pais o que fizera nem o porquê, embora Hazel nunca tenha falado, eles entenderam o recado e se mudaram de volta para Fairfold pouco tempo depois, de volta para a casa bagunçada e para a antiga vida.

Ben jamais foi cuidadoso e dedicado com a mão quebrada.

Ele escutava música, muita. Embriagava-se de música. Mas, depois que voltaram, ele sequer cantarolava junto. E nunca mais tocou. O que significa que, quando mais um turista desapareceu em Fairfold, Hazel foi sozinha à caça.

Era diferente sem ele e era difícil voltar a entrar naquela floresta depois de tanto tempo longe. A alça da espada, que usava para carregá-la nas costas, não cabia mais. Precisou improvisar e ajustá-la na cintura, embora não estivesse acostumada a andar com ela ali. Além disso, a bainha encostando na coxa o tempo todo era uma distração constante. Sentiu-se tola por voltar àquele jogo de crianças, ela que já era quase adolescente. Até mesmo a floresta parecia pouco familiar. As trilhas não estavam nos mesmos lugares e sempre que tentava correr por elas do jeito que fazia antes, parecia pisar em falso.

No entanto, estava mais alta e mais forte, determinada a cuidar das coisas por conta própria. Determinada a mostrar ao irmão que não precisava dele e a provar para si mesma que ainda podia ser um cavaleiro. Hazel sabia que o segredo para caçar seres do Povo era nunca baixar a guarda e lembrar que eles eram espertos. Era preciso ter em mente que a grama sob os pés podia mover-se de repente, que eles podiam fazer a pessoa andar em círculos. Antes de sair, Hazel tinha calçado as meias do avesso e enchido os bolsos de aveia, exatamente como a avó havia ensinado a eles quando eram pequenos. Estava pronta. Tinha de ir até lá. Tinha de encontrar os monstros. Tinha de lutar com eles, com todos eles, até chegar ao monstro no coração da floresta e terminar com aquela maldade de uma vez por todas, para que todos em Fairfold ficassem em segurança para sempre.

Às vezes, se pensasse demais a respeito disso, Hazel sentia o coração disparar e entrava em pânico. A missão que tinha de cumprir era impossível e ela não sabia quanto tempo ainda lhe restava.

Mas era justamente do pânico que ela tinha que se proteger, porque era fácil se deixar levar por ele ao lembrar que tinha prometido sete anos da sua vida para as fadas. E depois do pânico vinha o desespero, e este sim, depois que se instalava, era muito mais difícil de se livrar. O truque era não pensar muito. Qualquer coisa que a impedisse de pensar, já ajudava. Qualquer coisa que a impedisse de pôr a mão sobre o peito para sentir as batidas do coração e de saber que cada uma delas era um momento desperdiçado.

Foram três dias até achar a menina desaparecida, uma adolescente magra e alta chamada Natalie. Pendurada nos galhos de uma árvore morta, a garota ainda estava viva quando Hazel a encontrou, embora inconscier.te. Um filete de sangue escorria por seus braços e pingava em uma tigela de madeira. Dois homens das fadas, baixinhos, de nariz vermelho e olhos pálidos, ocupavam-se de ajustar as cordas para girar a menina e fazer o sangue escorrer mais depressa.

Até então, Hazel jamais encontrara um turista vivo.

Ela reconheceu as criaturas das histórias que já tinha lido, embora nunca as tivesse visto antes. Eram barretes vermelhos, monstros terríveis que deliciavam-se em carnificinas e tingiam suas roupas com sangue.

Por um instante, Hazel olhou para eles e perguntou-se o que diabos estava fazendo. Tinha se acostumado a viver na cidade. Tinha se acostumado a um mundo sem monstros. Tinha ficado molenga e medrosa. O punho da espada pintada de preto oscilou em suas mãos suadas.

Eu sou um cavaleiro. Eu sou um cavaleiro. Eu sou um cavaleiro. Ela repetiu as palavras, os lábios movendo-se sem emitir som, mas sem ter certeza de que ainda sabia o que elas significavam. O que ela sabia era que se não se recompusesse, uma menina ia morrer.

Hazel saiu de surpresa do arbusto, golpeando de cima para baixo. O primeiro barrete vermelho gritou e em seguida desmoronou-se em silêncio. Hazel sentiu o estômago revirar, mas partiu para cima do segundo, preparada para reagir ao ataque dele, pronta para parti-lo ao meio. Provavelmente teria conseguido. Era forte e rápida, empunhava uma espada dourada gloriosa e tinha derrotado dois barretes. Mas havia um terceiro que ela ainda não vira e ele a derrubou no chão com um único golpe.

Eles cortaram a garganta de Natalie. Havia tão pouco sangue nela, disseram, a presa recente era muito mais fresca. Passaram uma corda pelos tornozelos de Hazel e já se preparavam para pendurá-la que nem a outra menina. Hazel sentiu-se tonta, enjoada, e com mais medo do que jamais tinha sentido na vida. Quis gritar por Ben, mas não havia Ben algum para chamar. Só podia contar consigo mesma e tinha falhado. Não salvara ninguém.

Ela ficou pendurada na árvore de cabeça para baixo por três horas, sentindo o sangue correr todo para a cabeça, até os barretes vermelhos saírem em busca de mais lenha. Hazel tomou coragem e se balançou até onde Natalie estava pendurada. A sensação da carne morta em suas mãos era terrível, mas foi se apoiando no corpo da menina até conseguir subir num galho e desamarrar a corda dos tornozelos. As bochechas ficaram molhadas de lágrimas, embora ela não se lembrasse de ter chorado.

Encontrou sua espada junto de um monte de objetos roubados e foi embora para casa, tremendo tanto que teve medo de partir-se em pedacinhos.

Naquela noite, Hazel descobriu que a coragem de uma menina de treze anos não era páreo para monstros ancestrais, não desacompanhada. Ela precisava admitir que seu espírito de cavaleiro havia se perdido junto com a música de Ben. Quando finalmente chegou em casa, ficou de pé em frente à porta dele por um longo tempo, a mão espalmada na madeira pintada. Mas não bateu.

Hazel dissera a ele mil vezes que sentia muito, que jamais tivera a intenção de se deixar beijar por Kerem, que nunca quisera tal coisa. Mas lá no fundo do coração, ela sabia que não era totalmente verdade. Tinha sim dado mole para Kerem quando ele estava em sua casa, porque ele era bonitinho e porque Ben tinha tudo. Ela não queria beijá-lo quando de fato aconteceu, mas já havia pensado nisso. E deixou que acontecesse, e se não tivesse deixado, talvez Ben não tivesse perdido sua música. Talvez tampouco ele tivesse desistido da missão que tinham. Talvez Natalie ainda estivesse viva.

Ela disse a Ben que o beijo não significara nada. E ela queria que não tivesse significado nada.

Ela queria *provar* que não tinha significado nada.

Mas independentemente de quantos outros garotos beijasse, Hazel não era capaz de trazer de volta a música de Ben.

✦ CAPÍTULO 8 ✦

Na noite em que o príncipe desapareceu de seu caixão, a mãe preparou espaguete com molho pronto, queijo ralado de pacote e ervilhas congeladas. Era o típico jantar em cima da hora, tão familiar que Hazel tinha desejo de comê-lo quando adoecia, do mesmo jeito que as outras crianças queriam canja de galinha. O pai tinha ido para Nova York, onde ficaria ao longo de toda a semana para ir a reuniões. A mãe tentou fazê-los falar sobre o que tinham feito durante o dia, mas Ben e Hazel ficaram só olhando para a comida e foram monossilábicos, distraídos demais com tudo que tinha acontecido para fazerem o esforço de conversar. De acordo com a mãe deles, o prefeito já tinha procurado um escultor da região, amigo dela, para perguntar se ele poderia criar uma versão de mentirinha do príncipe, para que sua ausência não afetasse o turismo. A história oficial que circulava era de que vândalos o tinham roubado.

— Quando eu era menina, nós éramos loucas por ele — contou a mãe. — Tinha uma garota que... Ah, vocês conhecem ela, a mãe da Leonie, sabem? Então, ela ia até o caixão todos os sábados com um rolo de papel toalha e um frasco de limpa-vidros pra deixar o caixão brilhando. Ela era obcecada a esse ponto.

Ben revirou os olhos.

A mãe parecia estar contente com aquelas lembranças.

— E Diana Collins, Diana Rojas agora, tentou acordá-lo encenando aquele clipe do Whitesnake, rolando por cima do caixão como se fosse a capota de um Trans Am, vestida só de fio dental e toda besuntada de óleo de bebê. Ah, os anos oitenta, hein? — Distraída, se levantou e atravessou a sala em direção à prateleira mais baixa da estante. Pegou um caderno de desenhos velho e gasto. — Querem ver uma coisa?

— Claro — respondeu Hazel, um tanto confusa. A imagem da mãe de Megan coberta de óleo de bebê estava presa em sua cabeça.

A mãe folheou as páginas, um pouco amareladas pelo tempo. Lá estava o príncipe adormecido, riscado a lápis nº 2, caneta BIC e canetinhas coloridas. Os desenhos não eram ótimos, apenas ok, e Hazel levou um instante para compreender o que estava vendo.

— Você que desenhou? — perguntou, com a voz um tanto acusadora.

A mãe riu.

— Pode ter certeza. Eu costumava ir para a floresta depois da aula, fingindo que ia desenhar árvores e coisas assim, mas sempre acabava desenhando ele. Também o retratei em uma tela grande. Foi um dos trabalhos que me ajudaram a entrar na faculdade.

— Que fim levou esse quadro?

A mãe deu de ombros.

— Alguém comprou por uns trocados na época em que eu morava na Filadélfia. Ficou pendurado um tempo num café, mas não sei onde foi parar depois. Talvez eu pinte outro, agora que ele desapareceu. Eu detestaria me esquecer dele.

Hazel se lembrou da faca encravada na madeira da velha mesa e se perguntou o quão desaparecido ele realmente estaria.

Depois do jantar, a mãe abriu o notebook em frente à televisão e assistiu a um programa de culinária, enquanto Hazel e Ben continuaram na cozinha comendo torradas com geleia de toranja de sobremesa.

— E agora? — Hazel perguntou ao irmão.

— É melhor encontrarmos o príncipe antes que os avisos do Jack comecem a virar realidade. — Em seguida, com a testa franzida, ele acenou para as mãos dela. — Você caiu? O que houve?

Ela olhou para as mãos, que já não estavam mais vermelhas, só arranhadas. *Uma coisa aconteceu ontem à noite.* As palavras estavam na ponta da língua, mas Hazel não conseguiu dizê-las.

Depois que ela quase fora morta pelos barretes vermelhos, há tantos anos, depois que ele tinha visto os machucados e ouvido a história, Ben havia implorado à irmã que ela nunca mais caçasse sozinha. *Daremos um jeito*, tinha prometido a ela, embora eles nunca tenham dado.

Se Ben soubesse que ela fizera um acordo com as fadas, ficaria realmente com raiva. Sentiria-se mal. E, àquela altura, ele não poderia mais fazer qualquer coisa a respeito.

— Devo ter me arranhado na floresta — respondeu ela. — Num espinho ou qualquer coisa assim. Mas valeu a pena.

— É — retrucou ele, baixinho, levantando-se para pôr o prato na pia. — Então você acha que ele está em algum lugar por aí, dormindo no nosso saco de dormir? Comendo nossos biscoitos murchos?

— E bebendo o café da nossa era moderna? É uma boa imagem. Espero que sim — ponderou Hazel. — Mesmo que ele seja o príncipe malvado das suas histórias.

Ben bufou.

— Você se lembra disso?

Ela virou a cabeça, forçando um sorriso.

— Claro. Eu me lembro de tudo.

Ele riu.

— Meu Deus, eu não tinha pensado nessas coisas que a gente falava um pro outro. É tão louco isso. Essa ideia de que a gente... Que ele tenha acordado na nossa geração.

— Tem que ser por uma razão — disse Hazel. — Alguma coisa deve estar acontecendo na floresta. Jack tem razão quanto a isso.

— Vai ver simplesmente era a hora. Talvez a maldição tenha acabado e ele mesmo tenha quebrado o caixão. — Ben balançou a cabeça, um sorriso erguendo-se no canto na boca. — Se o nosso príncipe for esperto e se quisesse se livrar de Alderking, viria direto para o centro da cidade. Se batesse de porta em porta, seria convidado para mais jantares do que um pastor aos domingos.

— Ele seria convidado para mais *camas* do que um pastor aos domingos — corrigiu Hazel, para fazer Ben rir. O pastor Kevin era objeto de desejo do grupo de jovens por fazer parte de uma banda quase famosa de rock cristão. O menino de chifres era uma celebridade local muito mais importante, entretanto. Se ele aparecesse no meio da Main Street, a Ordem Beneficente das Mulheres de Fairfold provavelmente organizaria uma venda de bolos e biscoitos em sua homenagem e seria um evento bem sexy. Ben estava certo: se o príncipe não se importasse em esconder-se de Alderking nos quartos de Fairfold, estaria a salvo.

— Isso de sair enfrentando o perigo não parece nada com você — falou Hazel finalmente, mas só porque tinha que dizer alguma coisa.

Ben assentiu e lançou um olhar estranho na direção dela.

— Encontrar nosso príncipe é um caso diferente.

Ela se afastou da mesa da cozinha e ficou de pé.

— Bom, se tiver alguma ideia brilhante, me acorda. Vou deitar.

— Boa noite — disse Ben, talvez um pouco alegre demais, antes de ir para a sala de estar. — Vou assistir ao noticiário. Ver se continuam mantendo essa versão de que foram vândalos.

Enquanto subia as escadas, Hazel decidiu que tentaria ficar acordada o máximo que pudesse na esperança de flagrar o que quer que a tivesse chamado na noite anterior. Ela já tinha ouvido histórias de pessoas tão enfeitiçadas que tinham saído de casa para dançar com as fadas em noites de lua cheia, ou que tinham acordado ao amanhecer com os pés descalços, deitadas em círculos de cogumelos, um branco total e crescente na cabeça, sem conseguirem se lembrar de nada. Se ela seria usada pelo Povo, queria saber dos detalhes.

Havia, é claro, a possibilidade de que, tendo sido usada para o serviço designado pelo Povo, não fosse mais convocada por um bom tempo. No entanto, era melhor prevenir do que remediar.

Já no quarto, ajoelhou-se e puxou um velho baú de madeira de baixo da cama. A madeira estava rachada e retorcida em alguns lugares. Quando ela era bem pequena, Ben se escondia ali dentro e fingia ser o Drácula em seu caixão, e posteriormente o príncipe em seu caixão de vidro. Quando ela era ainda menor, a mãe guardava os brinquedinhos e cobertores de bebê dentro dele. Mas agora, era ali que ficava a velha espada, junto com algumas recordações da infância. Pedras com mica brilhante que ela adorava, recolhidas em caminhadas pela floresta. O papel de chiclete prateado que Jack havia dobrado em formato de sapo. A antiga capa verde de veludo, que supostamente faria parte de uma fantasia de Robin Hood. Um colar de margaridas tão frágil e seco, que ela não se arriscava a tocar, com medo de que se desmanchasse.

Essas eram as coisas que ela esperava encontrar quando abrisse a caixa. Queria pegar a espada pintada de preto e escondê-la entre o colchão e o estrado da cama.

Mas ela não estava lá.

O baú de madeira estava vazio, a não ser por um livro e uma roupa dobrada, túnica e calça feitas de um material prateado que ela nunca tinha visto antes. Ao lado, um bilhete com a mesma letra estranhamente familiar que escrevera a mensagem dentro da noz: 241.

Ela pegou o livro. FOLCLORE INGLÊS, estava escrito na lombada. Abriu na página 241.

Era a história de um fazendeiro que comprara um pedaço de terra, onde vivia um grande *bicho-papão*, peludo e encrenqueiro, que dizia ser o dono do lugar. Depois de discutirem, os dois decidiram dividir a terra. O bicho-papão queria tudo que crescesse acima do solo e disse ao fazendeiro que ele poderia ficar com o que houvesse debaixo dele. O fazendeiro levou a melhor sobre o bicho-papão, porque plantou batatas e cenouras. Na época da colheita, quando tudo o que o bicho-papão *conseguiu* foram ramas inúteis, ele ficou furioso. Gritou e esperneou e bateu os pés. Mas tinha feito o acordo e, como todas as fadas, estava preso à sua palavra. No ano seguinte, o bicho-papão exigiu o que houvesse debaixo do solo, mas novamente o fazendeiro levou a melhor. Tinha plantado milho, e a criatura ficou apenas com as raízes magricelas. De novo, o bicho-papão zangou-se, mais do que no ano anterior, mas manteve sua palavra. Finalmente, no terceiro ano, o bicho-papão disse que o fazendeiro deveria plantar trigo, mas que os dois arariam o terreno e ficariam com o que colhessem. Como o fazendeiro sabia que o bicho-papão era muito mais forte, teve a ideia de enfiar pedaços de arame no solo que pertencia à criatura, de modo que o arado dela ficava prendendo toda hora durante a colheita. Depois de algumas horas de tentativas, o bicho-papão desistiu, disse que o fazendeiro podia ficar com a plantação e que fizesse bom proveito.

As palavras *cenouras* e *arame* estavam circuladas por um traço de lama. Hazel franziu a testa, olhando para o livro. A história não tinha qualquer significado para ela.

Confusa e frustrada, ocupou-se de tirar os lençóis enlameados da cama, metendo-os no cesto de roupa suja. Depois foi até o armário do corredor e pegou um lençol limpo, embora amassado, e um cobertor velho. Em seguida, pôs o pijama com estampa de foguetes e cobriu-se. Pegou um livro qualquer na mesinha de cabeceira e tentou se distrair, desejando convencer a si mesma de que precisava de uma espada velha tanto quanto de uma fantasia de Robin Hood.

No fim das contas, era um livro que ela já tinha lido, no qual zumbis perseguiam uma dupla de repórteres irmãos. Depois de algumas páginas e uma enxurrada de palavras, ela o pôs de lado. Não conseguia se concentrar. Nada daquilo parecia tão real quanto a lembrança da casa de pedra coberta de limo, a faca de elfo largada em cima da mesa gasta de madeira. Nada parecia tão real quanto suas mãos machucadas, os pés enlameados e a noite desaparecida.

Nada daquilo parecia tão real quanto Jack ter uma vida dupla. Ela sabia que era preciso ter cuidado com as fadas, não importava o quão belas ou espertas ou encantadoras fossem, mas de alguma maneira, Jack sempre fora a exceção à regra. Agora, no entanto, não conseguia esquecer dos olhos prateados dele e do tom estranho com que falara. De alguma maneira, aquela lembrança havia se misturado com a do beijo e Hazel sentia-se uma boba.

Então ficou parada, de olhos fechados, fingindo dormir, até ouvir o estalar do piso de madeira. Alguém tinha subido as escadas e vinha pelo corredor. Seria Ben indo deitar? Ou Ben já estava dormindo e uma outra coisa estava vindo na direção dela? Hazel sentou-se e pegou o celular para ver as horas: eram duas da madrugada.

Enquanto deslizava para fora da cama, ouviu alguém descendo de volta as escadas.

Ela calçou as galochas, pegou o celular e foi atrás do som, o mais discretamente possível. Se o Povo era capaz de tê-la tirado da cama, fazia todo sentido fazerem o mesmo com Ben. Tudo bem que ele não devia nada a eles, não tinha negociado nada, mas isso só queria dizer que eles não tinham qualquer direito sobre ele. Só que o Povo tomava várias coisas sobre as quais não tinha direito.

Ela fez uma parada rápida para vestir o casaco e, quando abriu a porta, viu Ben já do lado de fora. Ele andava na direção do carro, decidido. Hazel começou a entrar em pânico e a indecisão parecia segurá-la sob a sombra de um carvalho. Não havia a menor chance de conseguir segui-lo a pé. Pensou em correr até a janela do carona e bater no vidro. Se ele estivesse enfeitiçado, isto o acordaria.

Mas e se não estivesse? E se ele estivesse indo sozinho procurar o menino de chifres? Até porque ele não era obrigado a levar a irmãzinha a todos os lugares que fosse.

Ben saiu com o carro da entrada devagar, sem acender os faróis.

Hazel decidiu num impulso: foi até a garagem e pegou a bicicleta velha do meio das ferramentas cobertas de teias de aranha. Com as mãos trêmulas, arrancou os discos refletores colados nos aros das rodas, jogando-os para um canto escuro. Montou e saiu pedalando com velocidade. Quando chegou à rua, Ben já tinha acendido os faróis e estava fazendo a primeira curva.

Ela freou de leve, tomando cuidado para manter-se fora do campo de visão dele, mas sem perder o Volkswagen de vista. O limite de velocidade nas ruas secundárias era baixo, o que facilitava as coisas, mas não haveria como segui-lo se ele desrespeitasse a sinalização e acelerasse.

O vento fazia o cabelo de Hazel chicotear, e a lua alta no céu deixava tudo prateado. Ela teve a sensação de estar pedalando numa paisagem de sonho, num mundo silencioso onde todos dormiam, menos ela e o irmão. O que restava de cansaço foi consumido à medida que os músculos começaram a trabalhar, e logo tinha entrado em um ritmo tão bom que quase não percebeu que Ben estava parando. Ela freou de repente, arrastando a sola das galochas no asfalto. Depois conduziu a bicicleta para dentro da mata, onde largou-a entre vinhas e galhos caídos.

Sentiu um suor frio escorrer pelas costas. Ela sabia aonde ele estava indo: para o que restara do caixão de vidro.

Ela seguiu Ben a pé, movendo-se o mais devagar que conseguia. Torceu para não ser traída pelo estalar dos gravetos no chão. Fosse porque ela ainda era boa em esgueirar-se silenciosamente pela floresta, ou porque Ben estava distraído, o fato é que ele não olhou para trás uma única vez.

Aquilo se parecia muito com uma caçada, só que a presa era o irmão.

A noite estava úmida e fria o bastante para o hálito de Hazel ser visível no ar. Criaturas moviam-se sob as folhagens e comunicavam-se em meio aos galhos disformes das árvores. Uma coruja encarou-a com sua cara de relógio. Hazel fechou melhor o casaco e desejou ter tido a ideia de trocar o pijama antes de sair de casa.

Ben parou junto ao tronco caído de um carvalho. Parecia estar reconsiderando seja lá o que o tinha feito ir até ali. Andou para a frente e para trás, chutou as folhas de um arbusto. Hazel ficou sem saber se deveria dizer alguma coisa, chamar o nome dele, para que soubesse que não estava sozinho.

Eu segui você porque achei que pudesse estar enfeitiçado, imaginou-se dizendo. *Mas agora percebo que você provavelmente não está enfeitiçado, porque as pessoas enfeitiçadas não ficam confusas de repente por estarem no meio da floresta, no escuro. Desculpa. Provavelmente eu não deveria ter te seguido.*

Isto soaria bem.

Mas então Ben voltou a caminhar pela floresta, os pés chutando as folhas, e Hazel voltou a segui-lo. Andaram até chegar à clareira onde o príncipe dormira, a clareira onde tinham estado centenas de vezes. Cacos de vidro e garrafas de cerveja quebradas cintilavam sob o luar. Mas toda a vegetação, das árvores aos arbustos, às vinhas retorcidas, estava escura e morta. Tudo podre, como se o inverno tivesse chegado mais cedo. Até as sempre-vivas estavam mortas.

E o caixão estava destroçado. Todo mundo sabia que isso tinha acontecido, mas ver era diferente. Era um sacrilégio. Como se o caixão fosse tão desimportante quanto o vidro de um carro que alguém quebra para roubar o rádio. A destruição o deixara comum.

Ben foi até o casulo de vidro e passou a mão sobre a borda de metal. Em seguida, empurrou os restos da tampa, cacos de cristal tilintando ao caírem no chão. Ben colocou a mão lá dentro, provavelmente para tocar no tecido, mas em seguida parou e virou-se para olhar na direção em que Hazel estava, como se ela tivesse pisado errado e feito algum barulho.

O que Ben estava procurando? O que tinha vindo encontrar?

Silenciosamente, Hazel prometeu a si mesma que sairia das sombras se Ben tentasse subir no caixão, por mais que isso o fosse deixar furioso.

Ele não subiu, entretanto. Deu uma volta ao redor do caixão, como se, tanto quanto Hazel, estivesse fascinado pela condição em que se encontrava. Então ele curvou-se, a testa franzida. Quando se ergueu novamente, tinha alguma coisa protegida entre as mãos, algo que havia tirado de dentro do caixão e que brilhava sob o luar, algo que ele observava com fascinação. Um brinco. Uma argola barata de metal esmaltado de verde, que Hazel nem tinha dado falta.

Imediatamente, uma enxurrada de desculpas veio à cabeça dela. Talvez a tivesse perdido na noite da festa, embora isso não explicasse a argola estar dentro do caixão, sob lâminas de vidro partido. E quase com certeza se lembrava de tê-las usado no dia seguinte à festa. Ok, talvez outra garota tivesse brincos iguais e, *ela sim*, tivesse perdido um deles. Melhor isso.

Hazel já desconfiava que poderia estar envolvida na libertação do menino de chifres, mas parte dela ainda resistia em acreditar. Agora, não tinha mais desculpa. Nenhuma explicação que ela inventasse seria capaz de explicar uma evidência.

Hazel começou a tremer e o pânico foi crescendo dentro dela. Ela já não tinha repreendido a si mesma correr atrás de problema? Por fazer todo o possível para que nenhum garoto ficasse sem ser beijado, nenhuma péssima ideia abandonada? Por sempre cutucar a ferida? Por nunca evitar um arrependimento? Por sempre morder a isca e por fazer todo comentário idiota que vinha à mente? E, certamente, por não se esquivar de acordos estúpidos? Mas parece que ainda era o caso, neste caso, por mais que ela não se lembrasse de nada.

Depois de alguns minutos, Ben começou a voltar para o carro, resmungando baixinho. Hazel agachou-se e colou os ombros numa árvore até ele passar. Até conseguir controlar a respiração. Ela ainda não sabia o que diria a Ben, mas pelo menos teria até de manhã para resolver.

Hazel caminhou de volta até a bicicleta, que estava no lugar onde a deixara, escondida atrás de um arbusto que parecia engolir o quadro. Ela colocou a bicicleta de pé, empurrou-a de volta até a rua e começou a pedalar, seguindo de longe o farol traseiro do carro.

Bem parecia estar indo na direção de casa, então ela não se preocupou mais em acompanhar seu ritmo. Em vez disso, concentrou-se no que faria.

Tinha sido ao Alderking que Hazel prometera seus sete anos. Talvez, se fosse até o espinheiro branco numa noite de lua cheia e esperasse, pudesse fazer outra barganha, desta vez em troca de respostas. Ou quem sabe conseguisse entrar em uma das festas de Alderking e perguntar diretamente a ele.

Ela estava pedalando mais rápido, imaginando o que diria, quando viu o corpo em uma vala na beira da estrada. Uma garota, as pernas pálidas espalmadas na terra, o cabelo castanho caído por cima de uma poça. Alguém estava debruçado sobre o corpo, alguém cujo cabelo castanho em parte caía por cima dos olhos e em parte estava por trás de longos chifres curvados.

Hazel levou um susto e sentiu todo o seu corpo congelar.

Perdeu o equilíbrio e a bicicleta girou por baixo de seu corpo. Aconteceu tão rápido que ela sequer teve tempo de reagir, de corrigir o movimento. Em um segundo estava pedalando e, no outro, estava aterrissando no meio da pista.

O menino de chifres assistiu tudo, mas a expressão em seu rosto era indecifrável sob a luz do luar.

◆ CAPÍTULO 9 ◆

Hazel se estatelou no chão. As mãos, estendidas para proteger o rosto, bateram antes e ralaram no chão áspero. Ela perdeu o fôlego. Rolou para o lado, arranhando os cotovelos e machucando a parte de trás da cabeça. Sentia-se em carne viva, sentia-se mal. Ficou parada por um momento, cheia de terra na boca, esperando a onda de dor esvair-se.

Dava para escutar as rodas da bicicleta girando e algo mais: o menino de chifres aproximando-se. Os passos no asfalto soavam tão altos quanto ossos partidos.

Ele se ajoelhou e se curvou por cima dela.

A pele dele era pálida, parecia alva de frio. Ele ainda vestia a túnica azul cuidadosamente bordada que usara ao longo de gerações, mas o tecido estava escurecido pela chuva e as botas cor de marfim tinham respingos de lama. Seus chifres subiam a partir da testa e curvavam-se atrás das orelhas pontudas, próximos à cabeça, terminando em pontas logo abaixo da linha do queixo, de modo que alguém, à distância, poderia achar que eram tranças grossas. Até sua estrutura óssea — as maçãs do rosto pronunciadas, a altura da testa — parecia ligeiramente diferente da de um humano. De uma maneira geral, ele parecia mais bem-acabado, como uma taça de cristal oferecida a quem está acostumado a beber apenas em canecas de café. Seus olhos eram verdes cor de limo, um tom que fez Hazel se lembrar de piscinas fundas e água fria. Ele olhava para Hazel com aqueles olhos de outro mundo, como se tentasse compreender algo.

Continuava monstruosamente lindo como sempre. Dava para se afogar em tanta beleza.

— O que você fez com ela? — Hazel perguntou, tentando se levantar. O sangue escorria dos dois joelhos e pelos braços, fazendo o pijama grudar na pele. Ela não achava que seria capaz de correr, seus músculos estavam tensos e doíam muito.

Ele fez um gesto na direção dela e Hazel se deu conta de que teria que correr de qualquer jeito. Ficou de pé, ensaiou três passos e viu que a garota jogada na vala era Amanda Watkins.

Sua pele estava branca, não pálida como a de um doente, branca como uma folha de papel. As únicas áreas rosadas eram as pontas dos dedos e dentro dos olhos. Os lábios estavam ligeiramente abertos e a boca estava cheia de terra, alguns gravetos saíam pelos cantos. Um dos pés estava calçado com um sapato de salto alto, mas o outro estava descalço e coberto de lama.

— Amanda? — gritou Hazel, cambaleando até ela. — Amanda!

— Eu conheço você. Eu conheço sua voz — disse ele com a voz rouca, como se viesse gritando há uma semana. Ele puxou o braço de Hazel e, quando ela virou, estava olhando para ela com os olhos brilhantes e famintos. — Você é exatamente a garota que eu procurava.

Era como se Hazel tivesse esperado a vida toda para que ele acordasse e dissesse estas palavras. Mas, agora que tinha dito, ela estava morta de medo. Os dedos do garoto, gelados como se tivessem mergulhado em água gelada e parecendo que iam atravessar a pele de Hazel, impediram-na de se mover. Ela abriu a boca para gritar, mas tudo o que saiu foi um som abafado.

— Quieta — avisou ele, com a voz áspera. — Fique quieta. Eu sei quem você é, Hazel Evans, irmã de Benjamin Evans, filha de Greer O'Neill e Spencer Evans. Eu reconheço sua voz. Eu sei de todos os seus desejos mais tolos. Eu conheço você e sei o que você fez e eu *preciso* de você.

— Você... você o quê? — Imaginou a si mesma aos nove anos, sussurrando para ele através do vidro e a vermelhidão de vergonha foi tanta que lhe desceu pela garganta. Ele realmente escutara todas as coisas que ela tinha dito? Todas aquelas coisas ridículas que tinham sido ditas *junto a ele* durante todo o tempo em que esteve lá?

— Anda. — Ele a puxou pela pista. — Precisamos ir. Estamos expostos aqui.

Ela lutou para se soltar, mas o garoto a puxou mesmo assim, apertando o pulso dela com força suficiente para machucar.

— Mas, e Amanda? Não podemos deixá-la aqui! — gritou Hazel.

— Ela está dormindo — disse ele. — Culpa minha, talvez, mas não posso modificar a situação e isso não tem muita importância agora. As coisas vão ficar piores para ela e para todo mundo se você não me contar onde está.

— Onde está o quê?

— A espada. — Ele parecia irritado. — A que você usou para me libertar. Não se faça de desentendida.

O pânico fez o estômago de Hazel revirar. Ela pensou no baú quase vazio debaixo de sua cama.

— Espada?

— Devolva Heartsworn. As coisas vão correr melhor se você simplesmente fizer o que eu peço. Se tentar me enganar, terei de lhe provar por que isto é uma insensatez.

— O que você me pede? — Hazel reagiu automaticamente. — Você chama isso que acabou de dizer de 'pedir'?

Assim que as palavras saíram de sua boca, Hazel se arrependeu. Implorou a si mesma: *pense*. Estar sendo puxada por ele a estava deixando desorientada, sabendo que ele poderia levá-la para um lugar qualquer e matá-la. Ao mesmo tempo, estava confusa e constrangida diante da ideia de que ele a mataria vestida de pijama e galochas. Se soubesse que ia morrer pelas mãos dele, Hazel teria se arrumado melhor.

Os lábios do garoto curvaram-se em um quase sorriso, e ele puxou o braço dela.

— Estou pedindo da maneira mais gentil que conheço.

— Você quer minha ajuda? Então me conte o que fez com Amanda.

Enquanto falava, enfiou a mão no bolso do casaco para tentar achar o celular. Ele podia ser uma criatura mágica, um cavaleiro de verdade, mas ainda assim tinha dormido por um século. Hazel podia apostar que ele não saberia nada sobre a tecnologia moderna.

— Eu? Você está muito enganada se acha que fui eu quem fez aquilo. Há coisas piores do que eu nestas florestas.

— Que tipo de coisas? — perguntou Hazel.

— Você por acaso não ouviu falar de uma criatura que já foi um deles, do Povo, e que agora é outra coisa? Uma criatura de lama e galhos, musgos e videiras? Ela está me caçando. Foi ela quem agrediu Amanda. Nenhuma lâmina é capaz sequer de arranhá-la, a não ser Heartsworn. Então, como pode ver, é do seu próprio interesse *devolver a espada para mim.*

Ah, Hazel pensou, um pouco tonta. Nada demais. Ele só está falando do monstro no coração da floresta, a criatura lendária. Tentou manter os dedos firmes enquanto teclava para Ben, sem olhar para o celular, grata por uma vida inteira de conversas por mensagem durante a aula: SOCORRO AMANDA FERIDA NA GROUSE ROAD!!! MONSTRO!

— Você me libertou. — Ele olhou para Hazel e, por um momento, ela pensou que debaixo de toda aquela fúria controlada, havia outra coisa. — E é capaz que tenha de pagar um preço muito alto por essa generosidade. Por que você fez isso?

— Não sei. Eu nem tinha certeza de estar envolvida nisso até agora. Você disse que ouviu minha voz… havia mais alguém lá? Alguém me dando ordens?

Ele balançou a cabeça.

— Só você. Mas quando acordei completamente, o céu já estava claro e você tinha ido embora.

— Eu não me lembro disso. Não me lembro de ter ido a lugar nenhum ontem à noite.

Ele suspirou.

— Tente se lembrar. Leve em consideração o destino de Amanda Watkins, de quem, por sinal, eu sei que você não gostava. A próxima vítima pode ser alguém com quem você se importe.

Ela ficou surpresa em vê-lo dizer aquilo. Eram estranhos, mas o jeito que ele falava e a pressão dos dedos no braço dela eram íntimos de uma maneira esquisita. Tantas vezes ela imaginara uma cena parecida com aquela, que andar ao lado dele na penumbra da floresta era metade pesadelo e metade fantasia, completamente irreal. Hazel ficou tonta, como se fosse desmaiar. Ela meio que queria desmaiar, para não ter de lidar com nada daquilo.

— Só porque eu não gosto dela não quer dizer que eu queira que ela morra.

— Então está bem. Perfeito. Ela não está morta ainda — disse ele, como se aquilo resolvesse tudo, e continuou andando, sem sequer olhar na direção de Hazel.

Saíram da estrada e se embrenharam pela mata. O coração dela parecia querer pular para fora do peito.

O celular vibrou dentro do bolso, mas ela não podia se arriscar a conferir. Ela se sentiu melhor sabendo que Ben devia ter recebido a sua mensagem, que alguém encontraria Amanda.

— Deixamos um pouco de comida e outras coisas pra você — disse Hazel, tentando preencher o silêncio assustador daquela caminhada e disfarçar o som do celular, que vibrou de novo. Ben devia estar ligando para ela. — Meu irmão e eu, nós estamos do seu lado.

Ele não precisava saber que Hazel tinha dúvidas em relação à história dele.

Uma expressão contrariada apareceu no rosto do menino de chifres.

— Não sou um espírito guardião do lar pra me sujeitar a oferendas.

— Não era uma questão *sujeitá-lo* — explicou. — Mas de ser gentil.

Dada a obsessão do Povo com as boas maneiras, Hazel se perguntou se ele não haveria de se sentir pelo menos um pouco mal por arrastá-la pela floresta. Ela esperava que ele estivesse se sentindo péssimo.

O menino de chifres inclinou um pouco a cabeça, um leve sorriso nos lábios que ela pensou que pudesse ser de deboche.

— Pode me chamar de Severin. Agora ambos já fomos gentis.

Isso era o mais próximo de um pedido de desculpas que alguém do Povo chegaria. Eles consideram seus nomes como algo muito valioso. Talvez ele realmente estivesse se sentindo mal, mas Hazel tinha a sensação de que não fazia diferença. O que o compelia era um pouco mais profundo do que cortesia.

O tempo foi passando à medida que caminhavam, ela tropeçando e ele andando ao lado dela, segurando-a pelo braço caso fosse muito longe ou muito rápido. Hazel ainda sentia dores por causa da queda da bicicleta, e sua cabeça zunia. Eles marcharam até voltar para a clareira.

Severin soltou-a e foi até os destroços do caixão.

— Você sabe o que era isto? Não era vidro — explicou ele, deslizando a mão para dentro do caixão, onde correu os dedos pelo forro. — Nem cristal. Nem pedra. Era feito de lágrimas. Quase impossível de quebrar. Feita por um dos melhores artesãos em todo o Mundo das Fadas, Grimsen. Criado para guardar um monstro.

Hazel balançou a cabeça, confusa.

— Você?

Ele arfou.

— Ninguém conta mais as velhas histórias?

— O que estamos fazendo? — perguntou Hazel

Ele respirou fundo.

99

— Você precisa se lembrar quem foi que ficou com Heartsworn. Quem deu a espada a você e guiou a sua mão? Quem ensinou como quebrar o caixão e a maldição?

— Eu não consigo...

— Consegue, sim — disse ele, gentilmente. Severin levou uma das mãos até o rosto dela. Com os dedos, frios contra a pele quente de Hazel, ele afastou o cabelo do rosto dela. Ela estremeceu. — Para o bem de todos, você tem que lembrar.

Ela balançou a cabeça, pensando na espada que encontrara junto do lago Wight havia tantos anos, a mesma que tinha desaparecido do baú embaixo de sua cama.

— Mesmo que eu tivesse a menor ideia de onde ela está, o que faz você pensar que eu contaria?

— Eu sei o que você quer de mim — disse ele, chegando mais perto dela. Todo o resto pareceu desaparecer. Segurando-a pelo queixo, Severin ergueu o rosto de Hazel na direção do dele. — Eu conheço cada um dos seus segredos. Sei de todos os seus sonhos. Deixe-me convencê-la.

Então, pressionando Hazel contra um tronco de árvore enegrecido, ele a beijou. Seus lábios eram quentes e doces. Uma escuridão quente inundou os pensamentos de Hazel, deixando-a arrepiada.

Severin se afastou e Hazel passou a mão pelo pijama amarrotado.

— Benjamin Evans — gritou Severin para a escuridão. — Venha aqui. Não se preocupe, você não está interrompendo.

— Tire as mãos de cima dela! — A voz de Ben, trêmula, mas determinada, veio do outro lado da clareira.

Ficar muito corada era o pior de ser ruiva, pensou Hazel. A vermelhidão se espalhou pelas bochechas e pescoço até ela praticamente sentir como se o couro cabeludo estivesse queimando.

Ben deu um passo para fora das sombras, parecendo corado também. Trazia consigo um machado que a mãe deles às vezes usava para cortar lenha para o fogão do estúdio.

— Hazel, você está bem?

O irmão havia chegado para salvá-la, como nos velhos tempos. Ela quase não conseguia acreditar.

O príncipe sorriu, e havia um estranho brilho em seus olhos. Ele seguiu na direção de Ben, com os braços abertos como num convite.

— Vai me partir em dois como se você fosse um lenhador de conto de fadas?

— Vou tentar — respondeu Ben, mas havia ainda uma hesitação em sua voz. Bem era alto, desengonçado, sardento, seus braços e pernas pendiam frouxos. Não parecia perigoso. Sequer parecia capaz de levantar o machado sem fazer um tremendo esforço.

Hazel sentiu uma onda de vergonha que lhe deu calor. Por muito tempo, o menino de chifres tinha sido algo que os dois compartilhavam. Agora, Ben o tinha visto beijar a irmã.

— Ben! — Hazel interveio. — Ben, eu estou bem. Se alguém tem de lutar, esse alguém deveria ser eu.

O olhar do irmão voltou-se para ela.

— Porque você não precisa da ajuda de ninguém, certo?

— Não, não é isso... — Ela deu um passo na direção dele, antes de Severin sacar a faca de ouro.

— Seria melhor se nenhum dos dois lutasse comigo — avisou Severin. — Você está em uma posição com mais alcance e sua arma pode ferir profundamente, mas aposto que eu sou mais rápido. Então, o que vai fazer? Vai correr atrás de mim? Vai rodar o machado loucamente e torcer pra dar certo?

— Só deixe Hazel ir embora — disse Ben. Sua voz tremeu um pouco, mas ele não recuou um centímetro. — Ela está com medo. Estamos no meio da noite e ela sequer está devidamente vestida. O que você acha que está fazendo? Segurando minha irmã desse jeito?

Severin deslizou um pouco mais para perto, movendo-se tão suavemente quanto uma bailarina.

— Ah, você quer dizer em vez de pegar *você*?

Ben estremeceu como se tivesse levado um tapa.

— Eu não sei o que você pensa que está...

— Benjamin — disse Severin com a voz mais baixa. Seu rosto estava inumanamente belo, os olhos tão frios quanto o céu acima das nuvens, onde o ar é rarefeito demais para se respirar. — Eu escutei cada palavra que você já me disse. Todas as palavras doces e sedutoras.

A vermelhidão de Ben ficou ainda mais intensa. Ele estava mortificado. Hazel quis gritar para ele, dizer que Severin tinha tentado o mesmo com ela, dizer que o mesmo tinha *funcionado* com ela, mas não quis ser um elemento de distração. Ben e Severin circundavam um ao outro, com cautela.

— Não vou embora sem Hazel — disse Ben, erguendo o queixo. — Você não vai conseguir me constranger a ponto de eu desistir da minha irmã.

Ele ia acabar sendo morto. Ele não tinha mais os dedos rápidos, não carregava mais a flauta pendurada no pescoço por um cordão sujo. Ele não podia tocar e nunca tinha lutado com uma espada. Hazel precisava fazer alguma coisa, precisava salvar Ben.

Ela pegou o maior galho solto que encontrou. O peso em suas mãos pareceu estranhamente reconfortante, e a postura que ela assumiu foi tão fácil e automática quanto respirar. Assim que a luta começasse ela investiria contra Severin e, com sorte, iria pegá-lo desprevenido. Podia não ser um golpe muito honrado, mas já fazia um bom tempo desde a última vez em que lutou com espadas.

— Não seja tolo — disse Severin a Ben. — Eu fui treinado como espadachim desde pequeno. Vi minha mãe ser esquartejada na minha frente. Já cortei e matei e sangrei. Você não tem a menor chance de me vencer. — Ele olhou para Hazel. — Sua irmã pelo menos parece saber o que está fazendo. A postura dela é boa. A sua é ridícula.

E lá se ia a oportunidade de pegá-lo de surpresa. Ela agora teria de contar com a sorte.

— Se você vai me matar, então faça isso logo — avisou Ben. — Porque se quiser levá-la, isso é o que você vai precisar fazer.

Por um instante congelado no tempo, Severin ergueu a faca. Seus olhares se encontraram, um lenço de seda enganchado ao espinho. Hazel prendeu a respiração.

Com uma risada de desprezo, o príncipe embainhou sua faca. Ele balançou a cabeça, olhando com estranheza para Ben. Então fez uma elaboradíssima reverência, tão curvado que a mão quase varria o chão.

— Vão então, Hazel e Benjamin Evans. Eu renuncio ao meu direito sobre vocês esta noite. Mas nosso assunto não está terminado, nossos negócios estão longe de estarem resolvidos. Voltarei para buscar vocês, e quando o fizer, vocês vão querer fazer o que eu pedir. — Com isso, Severin se afastou e seguiu caminhando para dentro da floresta.

Hazel olhou para o irmão. Ben respirava rápido, como se tivesse acabado de sair de uma luta física. O machado escorregou de suas mãos, caindo no chão da floresta, e Ben olhou para Hazel com olhos arregalados, confusos.

— O que foi isso? Sério, Hazel. Foi loucura.

Ela balançou a cabeça, igualmente perplexa.

— Eu acho que você o impressionou com a pura força da sua estupidez. Como você me encontrou?

Ele sorriu com um canto da boca.

— Quando vi que você não estava na Grouse Road, eu segui o GPS do seu celular. Você estava muito perto do caixão, então pensei que estivesse mesmo indo na direção dele.

— Como é aquela frase? — perguntou Hazel, andando na direção dele, feliz demais por ele ter vindo para argumentar sobre o risco que tinha corrido. — Deus protege os tolos, os bêbados e os idiotas de machado na mão?

Ele tocou com carinho no ombro dela e correu os dedos pelo tecido do pijama. Ben ficou sem fôlego, como se imaginasse o quanto aqueles arranhões tinham doído. Ela se deu conta de que estava coberta de terra por causa da queda. Terra e sangue.

— Você está bem mesmo?

Hazel assentiu.

— Caí da bicicleta quando vi Amanda e ele. Eu estou bem, mas acho que ela não está.

— Chamei a polícia, então devem ter mandado alguém para lá. Você vai me dizer o que estava fazendo na Grouse Road? — perguntou Ben.

Seguindo você, ela quis responder, mas as palavras ficaram presas. Se dissesse isso, ele perguntaria sobre o brinco e faria todas as perguntas que inevitavelmente seguiriam.

Em vez disso, ela entrou no carro e descansou a cabeça no painel.

— Estou exausta. Podemos ir para casa?

Ben assentiu e foi na direção do carro, onde entrou pela porta aberta, visivelmente engolindo as perguntas que tinha. Seus olhos azuis estavam negros sob a luz da lua.

— Você tem certeza de que está bem?

Ela assentiu.

— Graças a você.

Ele sorriu e se endireitou no banco do carro. Passou uma das mãos pelo cabelo dela.

— Nosso príncipe realmente é uma coisa, hein?

Hazel concordou silenciosamente, pensando na boca de Severin colada na dela.

— Severin — completou ela. — O nosso príncipe se chama Severin.

Uma vez, Ben contara a Hazel uma história sobre um grande mago que tinha arrancado o próprio coração e o escondera no buraco de uma árvore. Fez isso para que, quando seus inimigos o esfaqueassem no lado esquerdo do peito, ele não morresse. Desde que Hazel era pequena, ela escondera seu coração no folclore acerca do menino de chifres. Sempre que alguém a magoava, ela se confortava com histórias de como ele era fascinante, um pouco malvado e desesperadamente apaixonado por ela.

Essas histórias mantiveram o coração dela a salvo. Mas agora, quando pensava em Severin, quando se lembrava de seus olhos verde-musgo e da terrível emoção em suas palavras, ela não se sentia nem um pouco segura. Ela o odiava por ter acordado, por ser de verdade e por ter roubado esses sonhos.

O garoto de chifres não era mais o príncipe deles.

✦ CAPÍTULO 10 ✦

No carro, na volta para casa, Ben mal conseguia conter o nervosismo que fazia sua mão batucar no volante e mexer sem parar nos botões do rádio. Eles passaram pela Grouse Road e viram o piscar das luzes da viatura do delegado e de uma ambulância, ambas brilhando no escuro com uma regularidade reconfortante. Alguém tinha vindo consertar as coisas, consertar Amanda, que Severin tinha dito que ainda estava viva.

— Precisamos parar — pediu Hazel. — Vai que ela...

— Você vai mesmo contar a eles o que aconteceu? — perguntou Ben com as sobrancelhas levantadas, enquanto virava o volante para pegar um caminho diferente para casa.

Em sua cabeça, Hazel via a imagem do irmão e Severin andando em círculos, a expressão faminta no rosto do garoto inumano, a lâmina brilhante em suas mãos. E então um arrepio fez Hazel estremecer quando pensou nos ângulos horríveis das pernas e braços de Amanda sobre a grama irregular. Ela não parecera estar viva. Ben tinha razão. Hazel não saberia como explicar para a polícia, mesmo em um lugar como Fairfold.

— Ben, pare logo o carro — insistiu. — Não sei o que vou dizer a eles, mas preciso dizer alguma coisa. Minha bicicleta está lá.

Ela não fazia ideia se iam acreditar nela ou não. Mas quando Ben surgira empunhando o machado, Hazel se lembrou de todos os motivos que a fizeram parar de caçar, anos atrás. Na época, mesmo que Hazel não tivesse essa clareza, Ben havia percebido como caçar era perigoso e os deixava vulneráveis.

Ela nunca quis colocá-lo nessa posição de novo. Só porque ele tinha ido à procura do príncipe não queria dizer que estivesse disposto a ser arrastado de volta para o perigo.

Olhando para ela como se tivesse enlouquecido, Ben parou alguns metros atrás da ambulância. Hazel saiu do carro. Os paramédicos estavam curvados sobre o corpo de Amanda.

Um policial, um sujeito jovem, olhou para ela. Hazel se perguntou se ele havia crescido em Fairfold. Caso contrário, ela estava prestes a deixá-lo realmente assustado.

— Desculpe, senhora — disse ele. — É melhor voltar para o carro.

— Eu vi a Amanda hoje mais cedo — disse Hazel. — Com o garoto de chifres. Vocês precisam procurar por ele...

Ele chegou mais perto, bloqueando a visão dela da maca e dos paramédicos.

— Senhora, volte para o carro.

Hazel entrou de volta no carro, batendo a porta atrás dela. O irmão balançou a cabeça em sinal de desaprovação quando o policial apontou o facho da lanterna para dentro do carro.

— Por favor, abaixe o vidro. Quem está aí com a senhora?

Ela desceu o vidro da janela do passageiro.

— Eu sou o irmão dela. — Ben se apresentou. — Benjamin Evans. E ela é Hazel.

O policial olhou para eles como se não soubesse muito bem como lidar com a situação.

— Os dois estão com documentos?

Ben entregou a carteira de motorista. O policial olhou para ela por um bom tempo antes de devolvê-la.

— E você diz que viu alguém?

— O garoto de chifres. Com Amanda. Ela já estava inconsciente, mas ele estava aqui com ela. E agora está solto por aí. Se foi ele quem fez isso, então estamos todos em perigo.

O policial olhou para eles por um longo momento.

— É melhor vocês irem para casa.

— Você ouviu o que eu disse? — perguntou Hazel. — Estamos correndo muito perigo. Fairfold está em perigo.

O policial deu um passo, afastando-se do carro.

— Eu disse, é melhor vocês irem para casa.

— Você não é daqui, é? — perguntou Hazel. — Quero dizer, você não nasceu aqui.

Ele olhou para ela, a expressão em seu rosto deixando transparecer incerteza pela primeira vez. Então ficou com um olhar sério e fez um gesto para que os dois fossem embora.

— Pelo menos diga se Amanda está bem? — gritou Hazel pelas costas dele, mas ele não respondeu.

Seguiram para casa com o sol nascendo a leste, dourando as copas das árvores. Enquanto entravam na rua de casa, Ben se virou para Hazel:

— Eu não esperava que você fosse fazer isso.

— Não funcionou — retrucou Hazel.

— Essa noite — continuou Ben, claramente se esforçando para manter a voz tranquila — as coisas meio que saíram do controle, não acha? Tudo aconteceu de forma inesperada.

— Sim — disse ela, colando o rosto no vidro frio da janela, as mãos no trinco da porta do carro.

Ben parou o carro na entrada, os pneus esmagando o cascalho.

— Eu sou seu irmão mais velho, sabe? Não é sua função me proteger. Você pode me contar as coisas. Pode confiar em mim.

— Você pode me contar as coisas, também — disse Hazel, abrindo a porta e saindo do carro. Achou que Ben fosse tirar o brinco do bolso e confrontá-la, exigindo uma explicação. Mas ele não o fez.

Apesar de tanto dizerem que podiam contar as coisas um ao outro, não falaram nada.

Hazel entrou em casa. Estava completamente às escuras. Até as luzes da área externa estavam desligadas. Ela começou a subir os degraus.

— Ei, Hazel? — Ben chamou-a discretamente do alto e ela se virou.

— Como é o beijo dele? — Havia uma confusão de emoções no rosto dele, talvez um pouco de ciúme e muita curiosidade.

Ela deu uma risada surpresa, o mau humor se dissolvendo.

— Como se ele fosse um tubarão e eu fosse sangue na água.

— Bom assim? — perguntou ele, sorrindo.

Ela sabia que ele entenderia. Irmãos têm uma linguagem própria, atalhos na comunicação. Hazel ficou contente por poder partilhar aquela situação estranha e ridiculamente surreal com a única pessoa que conhecia as mesmas histórias, com a pessoa que tinha inventado todas elas, para começo de conversa.

— Bom assim.

Ben se aproximou e passou um braço por cima do ombro dela.

— Vamos cuidar de você.

Hazel deixou que o irmão a conduzisse até o banheiro do andar de cima e a colocasse sentada na beirada da banheira, onde encharcou os cortes dela com água oxigenada. Juntos, observaram o líquido chiar e espumar sobre a pele dela antes de descer rodopiando pelo ralo.

Então, ajoelhando-se desajeitado no chão bege de azulejos rachados, Ben envolveu os braços e as pernas dela com gaze, que eles chamavam de pano de múmia quando eram pequenos. O velho nome ficou na ponta da língua de Hazel, fazendo-a lembrar dos tempos em que, depois de uma caçada, usavam o mesmo banheiro para limpar os joelhos esfolados e pôr curativos nos pulsos ou tornozelos.

A casa estava sempre cheia de gente naquela época, então era fácil entrar e sair sem serem notados. As pessoas estavam sempre vindo para posar para uma obra ou para pedir telas emprestadas ou para comemorar um trabalho contratado com uma garrafa de uísque. Às vezes não havia nenhuma comida de verdade a não ser um pavê esquisito cheio de licor em cima da bancada, ou uma lata de ravióli frio, ou algum queijo com cheiro de chulé.

Com o passar dos anos, os pais deles cresceram e ficaram mais normais, mesmo que jamais fossem admitir. Hazel não tinha certeza se as lembranças que os pais tinham daquele tempo eram como as dela, apenas um borrão de gente e música e tinta. Ela não tinha certeza se eles sentiam falta daquilo tudo.

O que ela realmente sabia era que ser "normal" parecia muito mais tentador quando estava fora de alcance.

Houve um tempo em que ser normal era um cobertor pesado e sufocante sob o qual ela temia ficar presa. Agora, ser normal parecia algo frágil, como se ela pudesse destruir tudo simplesmente puxando um único fio.

Quando Hazel finalmente caiu na cama, estava tão cansada que nem se deu ao trabalho de puxar o edredom por cima do corpo. Caiu no sono como uma chama que se apaga.

~

Naquela manhã, Hazel sonhou que vestia uma túnica de lã cor de creme e uma cota de malha por cima. Era noite e ela galopava pela floresta, o cavalo indo rápido o suficiente para que ela visse só um borrão das árvores e lampejos dos cascos batendo à frente.

Então as folhas pareceram abrir-se e, sob a luz da lua cheia, Hazel se viu olhando para baixo, para humanos ajoelhados na terra, cercados de cavalos das Fadas brancos como alabastro. Um homem, uma mulher e uma criança. Estavam vestidos com roupas modernas, de flanela, como se tivessem ido acampar. Uma tenda, rasgada e desmontada, estava ao lado de uma fogueira apagada.

— Eles devem viver ou morrer? — perguntou um ser do Povo aos companheiros com indiferença, como se aquilo realmente não importasse nada. O cavalo dele bufou e trotou um pouco. — Aposto que eles vieram aqui para flagrar as doces fadas recolhendo gotas de orvalho. Certamente é razão suficiente para matá-los, não importa o quanto se encolham e implorem.

— Vamos ver os talentos que eles têm — argumentou outro, desmontando do cavalo, o cabelo prateado voando solto. — Poderíamos deixar o mais divertido escapar.

— Que tal darmos ao maior umas orelhas de raposa? — gritou um terceiro, uma mulher com brincos que tilintavam feito os sinos no arreio de seu cavalo. — Dê uns bigodes de gato ao sujeito. Ou garras de coruja.

— Deixem o baixinho para a monstra — sugeriu um quarto elemento, fazendo uma careta para a criança. — Talvez ela brinque um pouco com ele antes de devorá-lo.

— Não. Eles se aventuraram pela floresta de Alderking em uma noite de lua cheia e devem ter uma demonstração completa de sua hospitalidade. — Hazel ouviu a si mesma dizer enquanto descia para o chão. Tinha sido a voz dela? Tinha falado com tanta autoridade. Os humanos olhavam para ela com tanto medo quanto olhavam para os outros, como se Hazel também fosse do Povo. Talvez, no sonho, ela fosse. — Vamos lançar uma maldição para que sejam pedras até algum mortal reconhecer sua verdadeira natureza.

— Isso pode demorar milhares de anos — disse o primeiro, o indiferente, com uma sobrancelha levantada.

— Pode levar mais tempo do que isso. — Hazel se ouviu dizer. — Mas pense nas histórias que contariam se algum dia recuperassem a liberdade?

O homem começou a chorar, puxando a criança para junto do peito. Parecia angustiado e traído. Devia adorar as histórias sobre as fadas para ter vindo em busca delas de verdade. Deveria, contudo, ter lido as histórias com mais atenção.

O cavaleiro de cabelos prateados riu.

— Eu ia gostar de ver outros mortais fazendo piquenique em cima deles sem nem desconfiar. Sim, vamos fazer isso. Vamos transformá-los em pedra.

Um dos humanos começou a implorar, mas Hazel olhou para as estrelas e começou a contá-las em vez de escutar.

~

Hazel acordou coberta por uma camada fina de suor.

O alarme do celular tocava uma melodia metálica junto ao seu ouvido. Ela se virou, desligou o celular e se arrastou para fora da cama. Deveria ter ficado perturbada pelo sonho, mas, em vez disso, ele tinha reacendido nela o desejo há muito esquecido de ter uma espada na mão e um propósito na mente. Hazel não tinha dormido quase nada e portanto deveria estar bem mais cansada do que estava, mas talvez a adrenalina fosse uma droga ainda melhor do que a cafeína.

Depois do banho, Hazel vestiu uma camiseta cinza larga e legging preta. Os músculos estavam rígidos e doloridos. Até as juntas dos dedos estavam raladas. Enquanto prendia o cabelo em um rabo de cavalo desengonçado, as lembranças desviaram o foco dos pensamentos. Flashes de Severin — o garoto de chifres — a distraíam. As expressões dele, o toque dos dedos dele em sua pele, o calor de sua boca. À luz do dia, pareciam coisas impossíveis, parecia irreal. Mas, no fundo da alma, Hazel sentira a verdade em tudo aquilo. E então a lembrança de Ben, com o machado erguido nas mãos trêmulas, o rosto corado, o cabelo vermelho caindo sobre os olhos. Fazia anos que Hazel não via o irmão daquele jeito, corajoso, furioso e angustiado. Tinha ficado apavorada por ele, com mais medo do que sentira ao ser arrastada pela floresta pelo garoto de chifres.

Ela imaginou se tinha sido assim que Ben se sentira há tantos anos, quando tinha sido Hazel na batalha, de lâmina em punho enfrentando as fadas.

~

A mãe estava na cozinha preparando smoothies quando Hazel desceu. Couve e gengibre, kefir e mel estavam alinhados em cima da bancada. A mãe, com seu cabelo curto castanho cheio de pontas excêntricas e tinta acrílica sob as unhas, vestia um dos roupões xadrez surrados do pai. No rádio, uma velha canção sobre botas de couro reluzente.

Ben estava sentado junto à bancada, vestindo calça de veludo verde amarrotada e um suéter largo. Esfregava os olhos e bocejava ao beber o smoothie. Um pedacinho de couve estava grudado no seu lábio superior.

— Bom dia — disse ele, soando como se ainda estivesse meio dormindo. Ergueu o copo em saudação.

Hazel sorriu. A mãe entregou a ela uma caneca de café.

— Ben e eu estávamos conversando sobre a filha dos Watkins. Ela se machucou na noite passada, a poucas quadras daqui. Acabaram de falar alguma coisa sobre isso no rádio... E avisaram para todo mundo ficar em casa depois que escurecer.

Hazel imaginou o que a polícia e a ambulância tinham visto. O corpo de Amanda, os braços cruzados sobre o peito, os olhos fechados, terra dentro da boca, o cabelo espalhado como se fosse uma capa.

— O que estão falando sobre ela? — perguntou Hazel, fingindo estar desinteressada.

— Ela está em coma. Alguma coisa errada com o sangue dela. Hoje é noite de lua cheia, então é melhor vocês dois voltarem cedo pra casa. Telefonem se precisarem ir a algum lugar, ok? Vou avisar ao pai de vocês, também, caso ele decida voltar pra casa mais cedo do que o previsto.

Ben afastou-se da bancada. Com as pernas compridas que tinha, ele já estava praticamente com os pés no chão.

— Vamos ter cuidado — disse, respondendo o que a mãe não tinha perguntado.

A mãe encheu um copo com o líquido esverdeado do liquidificador e entregou-o a Hazel.

— Não se esqueçam de calçar as meias do avesso, também. Só para garantir. E botem alguma coisa de ferro no bolso. Tem um balde com pregos velhos no galpão.

Hazel engoliu o smoothie de café da manhã. Estava um pouco empelotado, como se a couve não tivesse sido bem triturada.

— Ok, mãe. — Ben revirou os olhos. — A gente sabe.

Hazel não tinha feito nenhuma dessas coisas, mas gostou de ver Ben agindo como se ela tivesse. Foram juntos para o carro. No caminho para a escola, ele olhou para ela calmamente.

— Mais tarde você vai me contar tudo que eu não sei sobre a noite passada, não vai?

Hazel suspirou. Ela deveria agradecer por receber do irmão pelo menos algum tempo para decidir o que dizer, mas tudo o que sentiu foi medo.

— Ok — foi o que ela respondeu.

Ben enfiou a mão no bolso e pescou um colar com um pedacinho de madeira de sorveira pendurada.

— Usa isso aqui? Faz isso por mim, tá bem? Mamãe não está errada.

Madeira de sorveira. Proteção contra as fadas. Todas as crianças na escola tinham feito pingentes como aquele no jardim de infância, assim como broches de trevos de quatro folhas. E a maioria os tinha guardado, ou feito novos, para usar a cada Noite de Santa Valburga, de 30 de abril para 1 de maio. Hazel passou o polegar por cima do cordão, emocionada por receber um colar que, tinha certeza, Ben fizera havia mais de dez anos. Ela levantou o cabelo e colocou o presente no pescoço.

— Obrigada.

Ele não disse mais nada, mas olhou várias vezes para ela, como se estivesse tentando perceber alguma coisa na expressão da irmã, como se esperasse descobrir algo que nunca tivesse pensado em procurar antes.

A escola estava estranha. Quieta e um pouco deserta, como se um bom número de pais tivesse preferido manter os filhos em casa. As pessoas sussurravam pelos corredores em vez de gritar, paradas em grupinhos de amigos íntimos. Hazel percebeu que muitas pessoas usavam amuletos amarrados no pulso ou pendurados no pescoço. Frutas vermelhas desidratadas pendiam de um cordão de prata. Uma moeda de ouro. Peles besuntadas de óleos medicinais, deixando o corredor com aquele cheiro bom de tabacaria. Quando Hazel começou a esvaziar a bolsa dentro do armário, uma noz rolou para fora e quicou duas vezes no chão.

Ela se abaixou para pegá-la e notou que estava amarrada com um barbante. Com os dedos tremendo, abriu o presente. Havia outro pedaço de papel que Hazel desenrolou. Era mais uma mensagem com a mesma letra rabiscada. *Se no céu lua cheia a pino; é melhor que cedo já estejas dormindo.*

De jeito nenhum. Ela não haveria de receber ordens de algum elemental misterioso. Não mais. Não se pudesse evitar. Amassou o bilhete e jogou de volta na bolsa.

Leonie surgiu casualmente junto ao armário de Hazel, cheirando a fumaça de cigarro. Ela vestia uma camisa de flanela velha e comprida sobre a camiseta branca e tinha uma corrente de ouro pendurada no pescoço. Havia um anel de chaveiro preso a ela que, além das chaves de casa, tinha meia dúzia de amuletos pendurados. O cabelo escuro e encaracolado estava preso em dois coques no alto da cabeça. Estavam úmidos, como se ela os tivesse prendido logo depois do banho.

— Então. — Começou a falar. — Imagino que você tenha ouvido falar, certo?

— Sobre Amanda? Ouvi. — Hazel assentiu.

— A última pessoa a vê-la com vida foi Carter. Todo mundo está dizendo que um dos garotos Gordon teve alguma coisa a ver com o que aconteceu. — Leonie deu de ombros, como se quisesse mostrar que não estava necessariamente de acordo. No entanto, como estava espalhando o boato, provavelmente não os considerava completamente inocentes.

— Eu acho que, seja lá o que tenha acontecido com ela, tem a ver com magia. — Hazel sentiu um arrepio ao se lembrar da terra dentro da boca de Amanda, e das vinhas.

— Bem, então só pode ser um entre os dois Gordon. E é ele que a maioria das pessoas está culpando.

— Jack não tem nada a ver com isso! — Pensar na noite anterior fez Hazel se lembrar do choque que sentira ao ser beijada por Severin. Apenas dois dias depois de ter beijado Jack, como se o universo estivesse conspirando para lhe dar tudo o que sempre quisera e, ao mesmo tempo, castigando-a.

Quando voltou a se concentrar em Amanda, caída em uma vala, Hazel se sentiu ainda pior em relação aos beijos.

— Bem, são apenas boatos — explicou Leonie. — Não que eu acredite, nem nada.

— Bem, isso é *loucura*. E você não deveria espalhar isso por aí.

— E essa loucura é uma merda — continuou Leonie. — Não é o tipo de esquisitice normal de Fairfold. Não é esquisitice para turistas. É uma esquisitice-estranha-pra-cacete-e-nem-um-pouco-ok. A família de Amanda sempre viveu aqui, supostamente ela estaria protegida. As pessoas estão surtando, Hazel. E eu só estou contando o boato porque achei que você gostaria de saber. Não estou espalhando pela escola toda.

Hazel inspirou algumas vezes para se acalmar. Dar uma bronca em Leonie não ajudava em nada.

— Desculpe. É que nada do que acontece na floresta é ok, sabe? Nem as esquisitices com os turistas, nem nada disso. E eu não vejo o que Jack possa ter a ver com Amanda ter sido encontrada inconsciente.

— Bem, acho que a desconfiança vem de dois fatos: em primeiro lugar, Jack é um deles. E em segundo, Amanda deixou Jack arrasado. O que é trágico, uma vez que significa que até mesmo um sobrenatural gatíssimo tem o mesmo gosto genérico que qualquer outro idiota nesta escola. Eu acho que ele gostava dela mais do que gostou de você, e isso é bastante coisa. E dá a ele um motivo.

Hazel revirou os olhos.

— De mim? Você deve estar confundindo as coisas. Jack Gordon nunca foi a fim de mim.

Leonie balançou a cabeça.

— Tudo bem, a questão é: ele não é humano e as pessoas sabem disso. Lembra quando ele quebrou o nariz do Matt?

— Acho que sim — respondeu Hazel, batendo a porta do armário. Ela estava tendo dificuldade com o lance de manter a calma. — Matt é loucamente irritante, se é isso que você quer dizer.

O sinal tocou e as duas foram andando pelo corredor na direção da sala onde seria o primeiro tempo. Tinham cerca de cinco minutos antes do segundo toque. Hazel se perguntou se Jack ou Carter sabiam dos boatos. Se soubessem, torcia para que ficassem em casa até que tudo acabasse. Todo mundo estava assustado, só isso, e Jack era um alvo conveniente. Ninguém acreditaria que Carter teria alguma coisa a ver com isso, não por muito tempo. E logo iriam desistir de achar que tivesse sido Jack, também, assim que refletissem um pouco.

Pelo menos Hazel esperava que sim.

— Eu estava lá — contou Leonie. — A briga com Matt foi esquisita. O tipo de esquisitice da qual as pessoas lembram.

Matt Yosco era três anos mais velho do que Hazel e Leonie, bonito, cabelo bem preto e um constante ar de sarcasmo. Tinha sido o pior vício de Leonie, pior do que cigarro ou maconha, pior do que qualquer um dos vagabundos que ela já tinha namorado.

Ele havia sido aquele tipo de cruel que primeiro aparece na cabeça e depois faz a garota duvidar de si mesma. Hazel odiava Matt. Era um dos poucos garotos bonitos da cidade que ela nunca tinha sequer considerado beijar. Apesar de ser tão detestável, Leonie chorou durante uma semana inteira quando ele foi embora para a faculdade.

— Esquisita como? — perguntou Hazel.

Elas estavam na frente da sala de história americana, mas Hazel ainda não estava pronta para entrar. O coração estava disparado. Severin ter sido libertado do caixão parecia ter sido a primeira peça do dominó a cair, mas ela ainda não sabia em qual padrão a espiral se desenrolaria. E se Severin *não fosse* a primeira peça do dominó, então ela sabia menos ainda.

— Jack não deu um soco no Matt. — Leonie olhou para o lado, como se estivesse com medo de que alguém a escutasse. — Matt estava sendo insuportável como sempre e então Jack... Bem, Jack deu um sorriso muito estranho, se inclinou e sussurrou alguma coisa no ouvido dele. Um segundo depois, Matt estava dando socos nele mesmo. Tipo, dando porrada mesmo, socando o próprio rosto até cortar o lábio e começar a escorrer sangue do nariz dele.

Hazel não tinha ideia do que dizer a respeito.

— Como é que você nunca...

— Nunca te contei nada? Não sei. Depois que aconteceu, Matt parecia se lembrar de ter sido uma simples briga, então acabei embarcando. Me pareceu mais fácil. Mas havia mais gente na hora, e mesmo que não tenham falado nada antes, vão falar agora. E essa não deve ter sido a única vez em que Jack vacilou. Tem coisas sobre si mesmo que ele não fala abertamente, é isso que estou querendo dizer. O cara tem segredos. Tem coisas que ele consegue fazer.

O sinal disparou e Hazel deu um pulo.

— Eu devia ter te contado antes — disse Leonie, gentilmente.

— Senhorita Evans — chamou o Sr. DeCampo, o professor careca. — Ficar parada em frente à porta da minha sala fofocando com a amiga não é a mesma coisa que estar em aula, por isso sugiro que vá imediatamente para a sua mesa. Senhorita Wallace, a senhorita está mais do que atrasada. Eu sugiro que corra.

— Você é uma boa amiga. — Hazel falou para Leonie.

— Eu sei — respondeu Leonie, fazendo uma careta na direção do Sr. DeCampo. — A gente se vê no almoço.

Já em sua mesa, Hazel abriu um caderno. Mas em vez de fazer anotações sobre os principais problemas nacionais da época federalista, Hazel começou a fazer uma lista do que sabia. Ela gostava de listas. Eram simples e seguras, mesmo quando estavam cheias de coisas doidas, como:

ADVERTÊNCIAS:
SETE ANOS PARA PAGAR O QUE
ESTÁ A DEVER. TARDE DEMAIS PARA SE
ARREPENDER.
AINSEL, o nome da criatura que me
enfeitiçou?
A história estranha sobre o fazendeiro que
enganou o bicho-papão.

*SE NO CÉU LUA CHEIA A PINO; É MELHOR
QUE CEDO JÁ ESTEJAS DORMINDO.*

OUTRAS INFORMAÇÕES:
Jack tem poderes mágicos secretos.
Severin está à solta e é muito assustador.
Fui eu quem o libertou.
*Ainda mais assustador é o monstro que
está caçando Severin e que talvez tenha posto
Amanda pra dormir um sono enfeitiçado.*
*Severin sabe todas as coisas que dissemos
perto dele enquanto dormia.*
*Alguém (Alderking? Por causa do acordo?)
está me influenciando a fazer coisas, das quais
não me lembro, quando estou dormindo.(Ou fez
isso pelo menos uma vez.)*
*Severin precisa de uma espada mágica
chamada Heart-qualquer-coisa por razões
desconhecidas e possivelmente sinistras. (Para
matar a coisa que pôs Amanda pra dormir?
Para lutar contra Alderking? Para matar todo
mundo?)*
*Minha velha espada sumiu será a mesma
espada???*

Hazel parou. A ideia de que a espada que encontrara tantos anos antes era a mesma que Severin estava procurando já havia ocorrido a ela antes, mas Hazel não se deixara pensar muito a respeito. Se fosse, ou alguém levou a espada embora ou ela mesma a entregara a alguém. Talvez para a pessoa que tinha deixado os bilhetes. Talvez Ainsel?

Será que ela já tinha feito um segundo acordo com o Povo? Um do qual ela não conseguia mais se lembrar? Será que estava esquecendo parte das condições do acordo? Pressionou a caneta contra a página com tanta força que ponta começou a dobrar.

Hazel precisava de respostas. Para obtê-las, precisava encontrar alguém com mais informações, o que, infelizmente, significava alguém do Povo. Ela pensou no sonho da noite anterior e na lua cheia que surgiria naquela noite. Aquilo queria dizer que haveria uma festa. Talvez Jack, com todos os seus segredos, soubesse o caminho até lá. E aí tudo o que ela teria se fazer seria sobreviver à festa, obter informações, traçar um plano e depois sobreviver durante a execução do plano.

Tranquilo.

Ela se remexeu no assento de plástico duro, tentando descobrir uma maneira de convencer Jack a contar a ela sobre a festa de Alderking. Depois da aula, esperou junto ao armário dele, mas o garoto não apareceu. Foi até a sala dele, mas Jack também não estava lá. Hazel estava com a cabeça muito longe para anotar qualquer coisa das aulas. Quando foi solicitada na aula de artes da linguagem, deu a resposta da pergunta de trigonometria da aula anterior e fez todo mundo rir.

Só conseguiu encontrar Jack um pouco antes do almoço, quando ele e o irmão andavam por um dos corredores.

Hazel não estava perto o bastante para ouvir muito do que ele estava dizendo, mas Carter parecia irritado. Conseguiu discernir quando ele falou *comigo por último* e *suspeito*. Jack estava curvado, parecendo exausto, e tinha um machucado roxo perto da maçã do rosto. Ela imaginou como o dia deveria estar sendo difícil para ele.

E se perguntou o quanto ela haveria de piorá-lo.

— Jack — gritou Hazel antes que perdesse a coragem.

Ele se virou, com um sorriso sincero o bastante para que ela se sentisse um pouco melhor. Ao menos até ela notar como os olhos dele estavam vermelhos e lacrimejantes, como se estivessem irritados por causa de tantos amuletos e óleos, já que qualquer proteção contra as fadas deveria funcionar com ele também. Então Hazel percebeu como as juntas dos dedos de Carter estavam machucadas. Havia sangue seco nelas. Devem ter brigado.

— Posso falar com você um instante? — perguntou ela, abrindo caminho pela maré de gente no corredor até chegar a Jack.

Carter deu um leve empurrão no irmão na direção do Hazel.

— Vai logo. Não deixa a garota esperando.

Hazel se perguntou o que tinha feito para receber tamanha simpatia de Carter.

Jack pareceu um pouco envergonhado.

— Ah, claro, beleza.

Foram andando um na direção do outro. Ele vestia um casaco listrado sobre uma camiseta velha do festival Afropunk. Pesadas argolas de prata brilhavam em suas orelhas. Ele tentou manter o sorriso para ela, mas o gesto contrastava estranhamente com a expressão em seu rosto.

— Você está bem? — perguntou Hazel, apertando os livros junto ao peito.

Ele suspirou.

— Só queria que Carter não tivesse que lidar com isso. Você provavelmente já ouviu tudo, mas só para garantir, ele não fez nada com Amanda.

Hazel começou a protestar, dizer que sabia disso.

Ele balançou a cabeça.

— E eu também não. Eu juro, Hazel...

— Escuta — interrompeu ela. — Eu sei que não foi ele. Nem você. Eu vi Amanda ontem à noite com o garoto de chifres.

— O quê? — Jack ergueu as sobrancelhas e deixou de parecer tão ansioso para convencê-la da inocência de Carter. — Como?

— Eu contei à polícia, mas não sei se fez diferença — completou.

— E me desculpe por te pedir algo no meio dessa confusão toda, mas preciso saber onde o Povo faz as festas da lua cheia. Pode me ajudar?

— Isso é o que você queria falar comigo? — perguntou Jack com a expressão ficando um tanto mais distante. — Foi por isso que me parou no corredor?

— Eu preciso muito saber.

— Sim — disse ele, gentilmente. — Eu sei onde fica.

— Você já esteve lá?

— Hazel. — Ele pronunciou o nome dela em tom de advertência.

— Por favor — pediu ela. — Eu vou até lá. De um jeito ou de outro.

Jack inclinou a cabeça de um modo que deixou Hazel ciente da absoluta diferença entre as linhas do rosto dele e as de Carter. As maçãs eram mais salientes, o rosto mais comprido. E ela reparou também nas pontas sutis das orelhas. Por um momento, como quando ele dera o aviso a ela e Ben, o rosto familiar de Jack ficou estranho.

Hazel pensou sobre o que Leonie tinha contado, sobre Jack sussurrando no ouvido do Matt, Matt socando o próprio rosto várias vezes.

— Preciso ir para a aula. — Ele começou a se afastar, então pareceu sentir-se mal por isso e virou de volta para ela. — Desculpe.

Ela agarrou o braço dele.

— Jack, por favor.

Ele balançou a cabeça, sem olhar para ela.

— Você sabia que existem diferentes nomes para diferentes luas? Este mês vai ser a Lua do Caçador, mas em março tem a Lua das Minhocas e a Lua do Corvo. Maio tem a Lua de Leite, julho a Lua do Trovão. Fevereiro tem a Lua da Fome e, no final de outubro, a Lua de Sangue. Não são nomes lindos? Não são impactantes, Hazel? Não bastam como avisos?

— Quantas vezes você já foi lá? — perguntou ela, num sussurro.

Se a mãe de Jack sequer suspeitasse, ficaria muito triste.

— Muitas — respondeu, com a voz embargada.

— Eu vou com você. Vamos juntos esta noite para a Lua de Sangue ou Lua do Caçador ou seja lá o nome que você queira chamar. Pode ser até a Lua do Carrasco, não me importa.

Jack balançou a cabeça.

— Não é seguro para você.

— Você não me ouviu dizer que eu não ligo? Alguém está me usando e eu preciso saber quem e por quê. E você precisa limpar a reputação do seu irmão. E a sua também. Precisamos saber o que está acontecendo de verdade.

— Não me peça isso — disse Jack com estranha formalidade.

Hazel se perguntou se ele estava preocupado em trair a sua outra família. Se perguntou se a Fairfold dele era uma Fairfold que Hazel não podia sequer imaginar.

— Eu não estou *pedindo* — disse Hazel, com toda firmeza que podia. — Eu vou, mesmo que vá sozinha.

Ele assentiu uma vez e inspirou o ar, trêmulo.

— Depois da escola. Encontro você no parquinho. — Então virou-se e foi pelo corredor. Alguns alunos aleatórios, atrasados para a aula ou para o ginásio, desviaram de Jack ao passar, como se ele fosse contagioso.

✦ CAPÍTULO 11 ✦

Changelings são peixes que você deve jogar de volta ao rio. Um cuco numa família de pardais. Não se encaixam perfeitamente em lugar nenhum.

Jack cresceu sabendo que era estranho, embora, em um primeiro momento, não soubesse o motivo. Não tinha sido adotado; isso ele já tinha reparado. Era idêntico ao irmão, Carter. Tinha a mesma pele escura da mãe e os mesmos cachos castanhos e os mesmos dedos indicadores dos pés compridos demais. Mas algo não estava certo. Ele podia ter os olhos de âmbar e o queixo do pai, mas isso não impedia o Pai de olhar para ele com uma expressão preocupada, nervosa, uma expressão que dizia *"você não é o que parece"*.

Sua mãe esfregava óleo de coco nele depois do banho e cantava canções. Sua avó o pegava no colo e contava histórias para ele.

Havia uma aldeia perto do rio Ibo, era assim que uma das histórias começava, uma que a avó tinha ouvido de seus ancestrais iorubas. Nela, uma mulher chamada Bola tinha um filho que ficara grande demais para que ela o levasse nas costas para o mercado. Sendo assim, Bola esperou até que ele estivesse dormindo e foi sozinha ao mercado, deixando-o em casa com a porta trancada. Quando voltou, ele ainda dormia, mas toda a comida da casa tinha desaparecido.

Imaginou que alguém poderia ter entrado na casa, mas a porta não tinha sido forçada e não faltava nada além da comida.

Logo depois, uma vizinha foi até Bola e pediu que ela pagasse por um cordão de búzios. Bola não tinha pego nenhum empréstimo com a vizinha e disse isso a ela. Mas a mulher insistiu, explicando que o filho de Bola tinha ido à casa dela, dizendo que estava ali a pedido da mãe, que precisava dos búzios para comprar mais comida.

Bola balançou a cabeça e levou a vizinha para dentro de casa. A criança estava dormindo em uma esteira de tecido.

— Viu? — perguntou ela. — Meu bebê é muito pequeno, pequeno demais para andar e falar. Como ele poderia ter ido à sua casa? Como ele poderia ter pedido búzios emprestados?

A vizinha ficou olhando, confusa. Explicou que o menino que tinha ido à sua casa era muito parecido com a criança que dormia, mas bem mais velho. Quando Bola ouviu isso, ficou muito angustiada. Ela não duvidou da vizinha e começou a achar que o filho devia ter sido possuído por um espírito maligno. Quando o marido de Bola chegou em casa naquela noite, ela contou tudo a ele, que ficou preocupado também.

Juntos, fizeram um plano. O marido se escondeu na casa enquanto Bola foi ao mercado e deixaram o bebê dormindo atrás de uma porta fechada, como antes. O marido viu quando o filho ficou de pé, seu corpo se alongando até o tamanho de uma criança de 10 anos. E então o menino começou a comer. Comeu mandioca, alfarroba, mangas maduras, mamão e banana, regando tudo com água de uma cabaça. Ele comeu e comeu e comeu.

Por fim, seu pai, se recuperando do choque do que vira, saiu de seu esconderijo e gritou o nome da criança. Ao som da voz do pai, o menino se encolheu e virou bebê de novo. Assim, Bola e o marido tiveram certeza de que o filho estava, de fato, possuído por um espírito. Eles bateram na criança com juncos para afastar o obsessor que finalmente fugiu, deixando-os com seu lindo bebê de volta.

Jack odiava essa história, mas isto não impedia sua avó de contá-la.

Anos mais tarde, quando Jack soube como havia passado a fazer parte da família, lembrou-se da lenda e compreendeu a razão pela qual seu pai olhava para ele daquele jeito. Ele não era filho legítimo, não tinha sido escolhido por aquela família. Tinha sido imposto a eles. Ele vestia uma pele emprestada, olhava para eles com olhos emprestados e vivia com eles a vida que quase roubara de Carter.

E, tal qual o filho de Bola, Jack estava sempre com fome. Ele comeu e comeu e comeu, queijo fresco, pães, potes de manteiga de amendoim e litros de leite. Às vezes, quando um dos seus pais o levava à mercearia, ele engolia uma dúzia de ovos às escondidas. Os ovos deslizavam goela abaixo, com casca e tudo, enchendo o vazio que doía dentro dele. Ele colhia maçãs azedas das árvores no verão e engolia bolas de algodão embebidas em água quando ficava envergonhado demais para pedir o quinto prato no jantar.

Quando conheceu Hazel Evans, pensou que ela pudesse ser uma criatura como ele. Ela parecia selvagem o bastante, lama colada no cabelo, rosto manchado de suco de amora, correndo pela floresta descalça e com a espada nas costas. Ben Evans vinha correndo atrás dela, quase tão selvagem quanto.

Os irmãos pararam de repente quando encontraram Jack.

— O que vocês estão fazendo? — perguntou Jack.

— Caçando monstros — respondeu Ben. — Viu algum?

— Como você sabe que eu não sou um?

— Não seja bobo — disse Hazel. — Se você fosse um monstro, saberia disso.

Jack não tinha tanta certeza. Mas os dois o ensinaram como achar amoras e como fazer um sanduíche de folhas de dente-de-leão, cebolas selvagens e samambaia. Mais do que qualquer um que ele já conhecera, Hazel era ela mesma. Não tinha medo de nada. Não tinha medo dele.

E Ben compreendia o que era ter poderes. Ele compreendia como ter poderes era *uma droga*.

Uma das razões pelas quais Ben tornou-se um grande amigo. A amizade começou depois que Ben voltou da Filadélfia, em parte porque fizeram um pacto para contar um ao outro todas as coisas que não podiam contar a mais ninguém. Ben confessou que sua música às vezes o tentava e em outras, o apavorava. Contou a Jack histórias sobre como seus pais eram pirados. Por sua vez, Jack revelou ao amigo a magia que faiscava dentro dele e como às vezes era difícil escondê-la. Contou a Ben sobre a fome e a solidão que sentia.

— Então os cavaleiros vieram novamente? — perguntou Ben certa tarde, depois de uma noite de lua cheia. Eles estavam voltando da escola e tinham passado pelo caixão de vidro. Ben sempre ia até lá na hora do almoço, para falar com o príncipe adormecido. Jack pensou em provocá-lo, mas a paixão de Ben pelo garoto de chifres era só *um pouquinho* mais ridícula do que a própria paixão que Jack sentia.

Ele assentiu, desolado.

— Sua mãe desconfia?

Jack deu de ombros.

— Ela nunca diz nada, mas está sempre esfregando erva-de-são-joão nas janelas para manter o Povo do lado de fora, ou eu do lado de dentro de casa. Pendura guirlandas de calêndula em cima das portas na Noite de Santa Valburga.

— Que pena — lamentou Ben, olhando para o céu. — Mas pode ser só o jeito normal dela. Se ela soubesse, diria alguma coisa, não?

— Talvez. Outro dia ela fez Carter enfiar frutinhos desidratados de azevinho no bolso do casaco. Ele ficou furioso e jogou um em mim. O negócio arde muito!

Ben fez uma careta.

— Imagino.

Jack lembrou-se de como, uma hora depois, a pele ainda doía como se ele tivesse sido picado por uma aranha. Fairfold era cheia de proteções. As pessoas as usavam em volta do pescoço, as lambuzavam na soleira das portas, as penduravam nos retrovisores dos carros. Aquela porcaria de erva-de-são-joão dava coceira. Igual a ferro forjado a frio, que queimava ao tocar na pele de Jack. Os bolsos cheios de aveia ou terra de sepultura o faziam espirrar. Alguns amuletos lhe davam dor de cabeça; outros o deixavam tonto. Nada disso era mortal, não só por estar perto, mas o desconforto constante era uma lembrança de como não pertencia àquele grupo de pessoas.

Jack pegou um pedaço de pau e brincou com ele nas mãos.

— Seria melhor se ela *soubesse*.

A primeira vez que vieram tinha sido dois meses antes, na lua cheia. Vestidos em tom prateado, eram três, cada qual em seu cavalo: um preto, um branco e o terceiro, baio. Jack tinha acordado de um sono profundo por causa da música, um som que o fizera desejar intensamente ir à floresta, sentir o vento no rosto e se libertar das coisas mortais. Quando foi até a janela, Jack viu os três no gramado, dando voltas ao redor da casa, os olhos brilhando, cabelos ao vento como flâmulas. Deram sete voltas e depois pararam, olhando para cima como se o tivessem visto na janela. Eram lindos de doer e absolutamente aterrorizantes com seus olhos negros e lábios vermelhos. Um deles tinha um rosto tão familiar que Jack pensou que aquilo só podia ser um sonho. E soube, sem que falassem nada, que os cavaleiros queriam que ele os seguisse. Jack balançou a cabeça negativamente e ficou onde estava, protegido pela janela, as unhas cravadas na madeira. Depois de alguns momentos, um por um foram dando meia volta e partiram.

Pela manhã, quando Jack acordou, a janela estava escancarada, apesar de toda unção que a mãe sempre fizera. Havia folhas espalhadas por todo o quarto.

— Assustadores esses cavaleiros assustadores, hein? — comentou Ben.

— Sim, assustadores — repetiu Jack, sem conseguir soar sincero nem mesmo para os próprios ouvidos.

— Você não vai embora com eles na próxima vez, vai? — perguntou Ben, em tom provocador.

— Cala a boca. — Jack jogou o graveto em cima de Ben, mas ele se esquivou.

Ben parou de andar e também parou de sorrir.

— Espera, você vai?

— Você não entende como eles eram. Como eu me senti. Você não vai conseguir entender. — Jack cuspiu as palavras antes de pensar, sem querer contar a Ben que ele já *tinha* ido da última vez. Ele se arrependera de não ter ido com eles desde que apareceram na primeira noite de lua cheia. Quando recusou pela segunda vez, ficou arrasado. Na terceira vez, foi incapaz de resistir ao chamado. Jack foi e depois temeu não ter forças para resistir outra vez.

Talvez Ben tenha conseguido ver na expressão do amigo um pouco do que ele sentira, porque ficou sério.

— Às vezes fico pensando em Kerem — contou ele. — Tenho medo de que a música tenha feito ele gostar de mim. E mesmo sabendo disso não consigo deixar de querer tocar de novo. Foi por isso que quebrei minha mão. Caso contrário, eu tocaria. Toda vez que eu quisesse muito alguma coisa, eu tocaria.

Jack piscou, chocado.

— Como é que você nunca me disse isso antes?

Ben bufou.

— Estava guardando para uma ocasião especial, eu acho. Uma ocasião especial em que eu pudesse fazer você se sentir menos péssimo contando alguma coisa horrível sobre mim. Mas se você não quer ir com eles, vai ter que se amarrar à cama. Como marinheiros que se amarram ao mastro pra evitar pular no mar atrás das sereias.

Talvez Ben tivesse compreendido mais do que Jack imaginara, mas mesmo assim não seria capaz de imaginar a sensação de cavalgar com eles pela noite ou mergulhar em um lago ao luar. Não haveria de compreender o que Jack sentia ao dançar até que a força das pisadas parecesse capaz de abrir a terra ao meio, como era estar entre criaturas que nunca tinham sido humanas e nunca poderiam ser. E Ben não teria como saber a vergonha que Jack sentiu depois, quando, suando frio, prometeu a si mesmo que não iria com os cavaleiros quando o viessem buscar na próxima vez.

Uma promessa que ele nunca cumpriria.

✦ CAPÍTULO 12 ✦

Em vez de ir almoçar, Hazel foi ao banheiro para jogar água no rosto. Estudou as sardas no reflexo do espelho, olhando além do delineador e da sombra para o azul da sua íris. Esperava ver do outro lado alguém que sabia o que ela estava fazendo. Alguém que pudesse tirá-la dessa situação. Mas não teve essa sorte.

Jack podia levá-la à festa, mas uma vez lá, Hazel teria de saber fazer as perguntas certas, aquelas que os deixariam achando que ela sabia mais do que de fato sabia, aquelas que eles responderiam sem se dar conta de estar deixando escapar a verdade. A garota no espelho não parecia uma mestra dos disfarces. Parecia alguém que já tinha ido muito além de sua alçada.

Se ela não conseguisse enganá-los, então seria bom ter algo para oferecer em troca, já que nada era de graça com o Povo. Se ela fosse Ben, poderia até tocar algo para eles e, mesmo com os dedos quebrados, seria algo tão bom que concederiam qualquer benefício. Se ela fosse como Jack, eles diriam as coisas porque ela seria um deles.

Mas ela era Hazel. Não tinha poderes. O que significava que precisava estar sempre alerta, pensando rápido e prestando atenção em tudo.

Suspirando, tirou uma das toalhas de papel do toalheiro, limpou o rosto e voltou para o corredor.

Um aluno do primeiro ano virou no corredor tão rápido que quase bateu nela. O rosto dele estava molhado. Era o irmão mais novo de Lourdes. Michael era o nome dele, talvez? Lágrimas corriam pelas bochechas vermelhas. Um som sufocado saiu de sua garganta.

— O que houve? — perguntou ela. — Aconteceu alguma coisa?

— Não posso. — Ele conseguiu dizer através das lágrimas e dos soluços, enquanto limpava furiosamente o rosto. — Não posso parar. Ela está vindo. Está quase aqui.

Foi quando Hazel ouviu. Sons de choro vindo de dentro das salas de aula ao redor dela. Gemidos agudos que viravam gritos.

A porta de uma sala à direita de Hazel se abriu e alunos mais velhos inundaram o corredor, os olhos vidrados de terror e molhados de lágrimas. Megan Rojas caiu de joelhos e começou a rasgar as próprias roupas em uma orgia de dor.

— Por favor — soluçou Franklin, virando o rosto para Hazel, em uma angústia tão evidente que ela mal o reconheceu. — Por favor, faça parar. Me dê um beijo. Faça isso parar.

De repente, lembrou-se do aviso de Jack: *Algo ainda mais perigoso do que o seu príncipe anda à sombra dele.*

Hazel afastou-se de Franklin, de seu rosto aterrorizado. Havia um cheiro no ar que lembrava mofo e folhas podres.

— É tão triste — disse Liz, repetindo sem parar as palavras abafadas pelas lágrimas. — Tão triste. Tão, tão triste.

Hazel tinha que fazer alguma coisa, tinha que encontrar Ben antes que acontecesse com ele o que estava acontecendo na escola. Começou a correr, passando por armários e portas fechadas, até dobrar em um corredor que levava à sala de artes. A luz entrava por uma série de janelas viradas para um pátio gramado. Um dos professores de artes da linguagem estava trancando uma porta. Uma explosão de riso veio de outra sala. Mal parecia que tinha acabado de sair de um corredor lotado de alunos aos prantos.

— Você está vindo de algum tipo de reunião? — perguntou a Srta. Nelson. — Eu ouvi um monte de barulho.

Hazel começou a falar, gaguejando, quando um alto-falante estalou acima de suas cabeças. Alguém do outro lado parecia estar chorando. O som grudou na cabeça de Hazel como chiclete.

A Srta. Nelson ficou intrigada.

— Alguém no escritório deve ter apertado o botão sem querer.

Hazel podia ouvir o choro nas batidas líquidas do próprio coração. Em cada respiração. Pinicava no fundo dos olhos. Era tamanha tristeza... Como se toda dor que sentira até então tivesse acordado dentro dela de uma só vez.

A srta. Nelson tropeçou, as mãos apoiaram-se no vidro. Sua respiração embaçou a janela. Seus olhos encheram-se de lágrimas. E Hazel notou manchas esverdeadas, tipo fungos ou musgos, rastejando pelo vidro. Lá fora, corvos negros começaram a pousar nos galhos de uma árvore, grasnando um para o outro.

— Precisamos sair daqui — sussurrou Hazel com a voz chorosa. Começava a perder o equilíbrio quando ouviu o som de um corpo caindo no chão e um choro baixinho, abafado.

Precisava pensar. Os olhos estavam cheios de lágrimas quentes, as mesmas que já lhe engasgavam a garganta, e tudo o que ela perdera enchia seus pensamentos. Hazel lembrou-se de ter visto o corpo de Adam Hicks parcialmente apodrecido e de ter se sentido profundamente impotente. Lembrou-se de quando ficou doente durante uma das festas dos pais dela, quando comeu um pedaço de bolo sem perceber que estava embebido em rum. Tonta, procurou pela mãe, mas todos pareciam desconhecidos. Tinha vomitado no banheiro pelo que pareceram horas, até um pouco do vômito sair manchado de sangue e um homem que ela não conhecia lhe trouxesse um copo de água da torneira. Hazel pensou nessa noite e em outras, pensou nos dedos quebrados do irmão, em como as unhas dele ficaram pretas e caíram, uma por uma. Em todos os garotos que beijara e em como se lembrava primeiro dos que tinham ficado com mais raiva dela, porque tinha mais facilidade em se lembrar de coisas dolorosas do que de coisas boas. Hazel queria deitar no chão pegajoso de linóleo, encolher-se, chorar para sempre e nunca mais levantar.

Parecia inútil não ceder, inútil manter-se de pé, mas ela continuou mesmo assim. Parecia inútil seguir pelo corredor, mas ela o fez mesmo assim.

Vá até lá e puxe o alarme de incêndio, disse a si mesma.

Não achou que fosse conseguir.

Você não tem que achar que consegue, disse a si mesma. *Apenas faça*.

O som de choro ficou mais alto, quase sobrepondo-se a todos os outros pensamentos.

Seus dedos fecharam-se em volta da alavanca de metal vermelho. Jogando seu peso em cima dela, conseguiu empurrá-la com força.

Imediatamente, o alarme soou, mais alto do que o choro, mais alto do que os lamentos e os gritos dos corvos. A cabeça de Hazel deu um solavanco, mas ela conseguia pensar de novo. Depois de algum tempo, os alunos começaram a sair das salas de aula. Suas bochechas estavam molhadas, olhos vermelhos e rostos pálidos. Normalmente, o corredor se encheria de gritos, fofocas, amigos chamando uns aos outros. Naquele momento, estava silencioso como um cortejo.

— Liz? — O professor de design industrial aproximou-se, agachando-se junto ao corpo da Srta. Nelson. — Evans, o que aconteceu aqui? O que está acontecendo?

— Eu não sei — respondeu Hazel, olhando para o alto-falante. Manchas de musgo espalhavam-se pela parede, espessas como pelo de bicho. Se continuasse a crescer daquele jeito, acabaria sufocando o alarme.

Ele piscou para ela, como se ainda não tivesse processado o que via, como se ainda estivesse inventando desculpas em sua cabeça.

A Srta. Nelson piscou e começou a tentar se levantar.

— O que está acontecendo? — perguntou ela com a voz rouca. — Isso é o alarme de incêndio?

O professor assentiu.

— Algum tipo de emergência. Vamos, vamos lá para fora.

Uma pequena rachadura surgiu em um canto da parede. Hazel observou-a aumentar, observou-a se dividir em duas, alastrando-se como vinhas.

— Está pegando fogo? — perguntou um aluno do segundo ano vindo de outro corredor. Tinha a cabeça raspada e vestia roupas de ginástica.

— Para fora! — gritou o professor, apontando para a saída. — Você também, Evans.

Hazel assentiu, mas ainda não estava pronta para se mexer. Ela continuou observando o musgo e as fissuras que aumentavam, como dedos saindo de um túmulo.

Alunos apareceram de todos os lados, fazendo fila para sair dali. Lá fora, esperariam pelos bombeiros que diriam ter sido um alarme falso, quem sabe uma brincadeira. Hazel apoiou-se contra uma janela, trêmula, e respirou fundo algumas vezes.

Foi quando viu Molly vindo pelo corredor, indo contra o mar de gente. Ela estava andando de forma estranha, como se estivesse meio que se arrastando, como se suas pernas não a obedecessem. Sua expressão era vazia, e o olhar que parecia atirar para todos os lados, até que mirou em Hazel.

Os lábios da Molly pareceram azuis num primeiro momento, mas quanto mais Hazel olhava para eles, mais percebia que estavam manchados de verde, de dentro para fora, como se ela tivesse mastigado um daqueles chicletes que pintam a língua.

Hazel congelou e sentiu um arrepio horrível subindo pela coluna. Sentira medo ao ver os outros alunos chorando, mas o pânico que sentiu ao notar os movimentos de Molly foi totalmente diferente. Era o corpo de Molly que Hazel via, mas ela sabia que a amiga já não estava mais por trás daqueles olhos.

— Para trás! — gritou Hazel quando aquilo tentou chegar mais perto, a mão levantada a um centímetro de derrubar a garota no chão.

Uma voz melosa e cantada saiu da boca de Molly. A cabeça estava inclinada para o lado.

— Eu o amava e ele está morto e enterrado, puro osso. Eu o amava e o tiraram de mim. Onde ele está? Onde ele está? Morto e enterrado, puro osso. Morto e enterrado, puro osso. Onde ele está?

A cada palavra, pedaços de terra caíam da língua dela.

— O que você está fazendo com a Molly? — perguntou Hazel, trêmula. O corredor estava quase vazio. O alarme continuava a tocar, mas de alguma forma dava para escutar perfeitamente a voz que vinha da boca de Molly.

— Eu o amava, eu o amava e ele está morto e enterrado, puro osso. Eu o amava e o tiraram de mim. Onde ele está? Onde ele está? Morto e enterrado, puro osso. Morto e enterrado, puro osso. Meu pai o levou. Meu irmão o matou. Morto e enterrado, puro osso. Morto e enterrado, puro osso. Onde ele está?

Molly fora a melhor amiga de Hazel havia dois anos, era com ela que ficava acordada até tarde trocando mensagens sobre garotos, ela em quem confiava para aparar sua franja. Quando ela e Molly caminhavam pelos corredores, Hazel se sentia como se não houvesse nada de errado em ser normal, como se pudesse concentrar-se simplesmente em se divertir sem se preocupar demais com o que viria depois. Molly não ligava para os elementais da floresta; eram apenas histórias para ela. Ela achava que todas as coisas que aconteciam com os turistas eram farsas e que os próprios turistas eram chatos, desesperados por alguém que os achasse especiais. Ver Fairfold através dos olhos de Molly era como ver um lugar totalmente novo. Depois que Molly se afastou dela, Hazel às vezes achava que sentia mais falta de ver o mundo sob esse prisma do que da própria amiga.

Agora Molly não teria outra alternativa a não ser acreditar no Povo. Aquele pensamento deixou Hazel furiosa.

— Você não pode ficar com ela — disse Hazel, procurando o colar que Ben tinha pedido que usasse. Ela puxou a corrente com o pedaço de madeira de sorveira do pescoço. Como a criatura não reagiu, Hazel enfiou o colar pela cabeça de Molly, colocando o amuleto no pescoço dela. — Está vendo? Vá embora! Agora! Você não é bem-vinda aqui!

De repente, Molly revirou os olhos, até que Hazel viu somente o branco do globo.

O coração de Hazel batia forte. Então Molly caiu, como se tivessem desligado seu corpo inteiro de uma vez. A cabeça bateu no chão com um som oco horrível.

— Socorro! — gritou Hazel. Ela se ajoelhou e tentou segurar o braço de Molly para tentar aferir sua pulsação, mas logo se deu conta de que não fazia ideia de como realizar o procedimento. Gritou mais, mas ninguém apareceu.

Então Molly abriu os olhos, piscando loucamente e tossindo com muita força, como se estivesse sufocada. Quando olhou para Hazel, a expressão que tomou conta de seu rosto era uma mistura de vergonha e pavor. Era uma expressão completamente humana.

— Hazel. — Molly gemeu e cuspiu terra e o que pareceu serem folhas.

Alívio e incredulidade fizeram Hazel se encostar na parede.

— Você está bem?

Molly assentiu lentamente e sentou-se, limpando o queixo. O cabelo preto, normalmente espetado com gel com precisão, estava totalmente bagunçado. Sangue escorria da cabeça por um corte superficial. No local onde tinha batido no chão. O colarinho da camisa branca ficando manchado de vermelho.

— Eu vi. O monstro. Era feito de galhos velhos e retorcidos, cobertos de musgo, e tinha uns olhos negros horríveis.

Hazel se agachou e segurou a mão de Molly. A amiga apertou com força. O alarme continuava tocando, uma sirene ecoando pelos corredores vazios.

— Você sempre soube que isso existia de verdade, não é? — perguntou Molly, angustiada. — Como você consegue suportar?

Hazel estava tentando formular uma resposta quando Molly fechou os olhos. Ela estremeceu e caiu como uma marionete de cordas cortadas. Hazel gritou e sacudiu a amiga pelos ombros, mas o corpo de Molly já tinha ficado sem forças como o de Amanda.

O monstro já não estava mais satisfeito em ficar à espera no coração da floresta. Tinha vindo ao centro de Fairfold em plena luz do dia, e Hazel não tinha certeza se era possível matá-lo.

Independentemente de vindo atrás de Severin, respondendo ao chamado de alguém ou por alguma razão além da compreensão de Hazel, ela precisava se concentrar.

Precisava sair daquele corredor e levar a amiga para fora também. Carregá-la nos ombros seria possível, mas estava longe se ser o ideal. Hazel não conseguiria lutar nem se movimentar com rapidez.

— Fique aqui — disse Hazel baixinho para Molly, enquanto se levantava. Passou pela crescente rachadura na parede, de onde brotavam galhinhos de hera iguais a cobras, e seguiu pelo corredor na direção da sala de artes até dar de cara com duas pessoas correndo no sentido contrário. Um deles era Carter, com o celular em uma das mãos e um taco de hóquei na outra. E ao lado dele, Robbie Delmonico, segurando um taco de beisebol. Ele gritou ao vê-la e deu um passo para trás, esbarrando nos armários de ferro e fazendo-os chacoalhar como correntes.

Hazel notou que suas mãos tinham se fechado em punhos.

— Mas que merda é essa?

— Relaxe. Estávamos procurando você — disse Carter, que vestia a proteção de tronco e as joelheiras do uniforme de futebol americano. Hazel nunca havia notado como o equipamento era parecido com uma armadura. Com os ombros largos e o maxilar bem marcado, Carter parecia com Sir Moiren, da Távola Redonda. — Os bombeiros não estão deixando ninguém entrar na escola. Ben e Jack ficaram presos no estacionamento e estão mandando um milhão de mensagens falando onde você poderia estar.

Carter fez um gesto vago indicando a entrada da escola.

— Tem algum tipo de coisa solta por aí — acrescentou Robbie. — Encontramos três alunas do 1º ano embaixo de uma das mesas do refeitório. Achei que estivessem inconscientes, mas aí uma delas abriu os olhos, me disse algo muito esquisito sobre alguém morto e um lance de puro osso, e depois desmaiou de novo. Passamos as três para os paramédicos por uma janela aberta, mas resolvemos ficar até conferir se todos tinham saído.

Hazel assentiu. Foi forçada a relembrar que Robbie era um cara legal e o motivo pelo qual tinha ficado com ele em primeiro lugar, antes de tudo ficar esquisito. O mais difícil de ser desejada era o mais difícil em desejar. Um desejo tão forte que chega a dar dor de estômago, um desejo tão forte que é metade vontade de beijar e metade vontade de engolir inteiro, do mesmo jeito que uma cobra engole um rato, ou o Lobo Mau engole a Chapeuzinho. Um desejo capaz de transformar em estranho alguém que se pensava conhecer. Fosse tal pessoa o melhor amigo do irmão ou um príncipe adormecido em uma prisão de vidro ou uma garota que beijou você numa festa... No momento em que você começa a querer mais do que apenas encostar a boca na deles, todas essas pessoas se tornam apavorantes e você entra em pânico.

— Morto e enterrado, puro osso — disse ela.

Ele ergueu ainda mais o taco e arregalou os olhos.

— Ah não, você também, não!

Hazel balançou a cabeça, suspirando.

— Molly falou isso, antes de desmaiar. Ela estava, não sei, possuída ou alguma coisa do tipo.

— Molly Lipscomb? — Carter olhou além de Hazel, para o corredor ao fundo, e ficou rígido ao notar o corpo de Molly. — Você viu o monstro? Foi aqui?

Hazel balançou a cabeça.

— Precisamos tirá-la dali. Vou pegar uma cadeira. — Ela se virou para Robbie. — Tente encontrar uma corda ou um fio, alguma coisa com a qual a gente possa amarrá-la.

— Ok — disse Robbie, que logo foi na direção de uma das salas de aula.

— Jack acha que... — Carter pareceu perceber que estava falando mais consigo mesmo do que com Hazel e Robbie, então balançou a cabeça para afastar o pensamento. — Eu vou ficar aqui com Molly. Vocês pegam o que acharem necessário.

Na segunda sala em que entrou, Hazel encontrou uma cadeira de rodinhas atrás de uma mesa de professor e empurrou-a para o corredor. Nesse meio-tempo, Robbie conseguiu achar um carretel de barbante azul em um dos armários. Hazel levantou Molly do chão enquanto Robbie segurou a cadeira para que o peso do próprio corpo dela não a empurrasse para trás. E então Carter ajudou a amarrá-la, como se fosse uma prisioneira prestes a ser interrogada ou uma mosca em uma teia de aranha. Com a cabeça caída para o lado e os olhos fechados, Molly logo estava bem presa à cadeira por voltas e mais voltas de barbante.

Então Hazel voltou para procurar algo que pudesse usar como arma. Achou uma tesoura em cima da mesa e bateu com ela no tampo até as duas lâminas se soltarem e ela ter dois punhais.

— Credo, que barulheira. — reclamou Carter, com as mãos nas costas da cadeira da Molly. — Vamos lá.

Juntos, seguiram pelo corredor vazio, olhando para dentro das salas de aula abandonadas. Casacos repousavam nas costas das cadeiras e sobre as mesas ainda havia papéis, canetas e livros. Abandonados, quadros brancos ainda tinham problemas de matemática ainda por resolver. Um documentário sobre genética ainda passava em uma tela de projeção. Algumas mesas nos fundos de uma sala estavam totalmente cobertas por um mar de musgo.

As sombras foram ficando mais altas depois que passaram do ginásio. Hazel deu um passo adiante, a tesoura brilhando sob a iluminação que piscava. Hera descia pelo teto, enroscada nos fios. O coração de Hazel batia com tanta força que cada pulsação parecia um soco. Forte o suficiente para machucá-la por dentro. O ginásio nunca parecera ameaçador, com seu chão brilhante e liso e os esqueletos de metal das arquibancadas; agora, no entanto, Hazel estava absolutamente consciente de todos os lugares onde um monstro poderia se esconder ali, camuflando-se nas pilhas de colchonetes, dedos longos esgueirando-se para fora para agarrar um tornozelo...

— Está vendo alguma coisa? — perguntou Robbie, atrás dela.

Hazel sentiu os músculos tensos. Ela balançou a cabeça, contente por não ter deixado transparecer o susto que Robbie lhe dera.

— Você não precisa ajudar a gente a procurar os retardatários — disse Carter. — Saia do prédio. Leve Molly. Seu irmão está preocupado com você, Hazel. *Meu* irmão está preocupado com você.

Os garotos pareciam diferentes sob a luz que piscava. Robbie estava pálido e levemente agitado, as olheiras mais evidentes. Carter estava mais parecido com Jack do que nunca, o rosto marcado pelas sombras. Se tentasse, Hazel seria capaz de fingir que ele era o irmão. Por um instante de horror, compreendeu por que alguém faria o que Amanda fizera. Seria como beijar o caixão de Severin. Não seria real. Mal não iria fazer.

— Por que *você* não vai? — perguntou Hazel, sem ser particularmente gentil. Ela não gostava nada de ser tratada com condescendência e também não estava gostando do rumo que seus pensamentos tinham tomado.

— Culpa, principalmente. Fui o último a ver a Amanda. Todo mundo está comentando e é verdade.

— O que aconteceu? — perguntou Hazel.

Eles estavam seguindo pelo corredor das salas de literatura e história, na direção da sala do diretor e da entrada da escola; passaram pelo auditório, o palco escondido pelas cortinas. Uma das rodas da cadeira de Molly soltou-se um pouco e passou a emitir um pequeno gemido de protesto à medida que rolava.

Robbie continuou empurrando, estremecendo a cada som.

Ecos vinham de algumas das salas, sons que Hazel não conseguia reconhecer. Na cabeça dela, pareciam o rastejar da hera, o arrastar dos pés do monstro, suas garras arranhando uma parede. Tinha caçado pela floresta e sabia como os barulhos pareciam amplificados em momentos de alerta e adrenalina total. Hazel sabia como era possível ter certeza de ter ouvido alguma coisa, quando na verdade era só a própria respiração. Ao mesmo tempo, sabia como era perigoso ignorar os próprios instintos.

Mas ao menos na floresta ela já tinha experiência em identificar rugidos, brisas e pegadas. Ali, na escola, estava perdida. Cada movimento fazia seus dentes trincarem e o pelo dos braços se arrepiar.

Carter falou novamente, baixinho, para Robbie não escutar.

— Nós brigamos. Amanda e eu. Ela falou umas coisas do Jack que foram... ridículas. Tipo, que ele sequer era uma pessoa. Talvez estivesse apenas tentando me irritar, mas, bem... Funcionou. Eu mandei ela descer do carro, mesmo com aqueles saltos gigantes idiotas, e achei que ela pudesse voltar a pé.

"Uns três quarteirões depois, percebi que tinha sido um imbecil. Minha mãe ia me matar se soubesse que eu tinha saído com uma menina e largado ela sozinha por aí, sem ter como voltar."

— E? — perguntou Hazel.

— Amanda não estava lá quando eu voltei. Depois disso não a vi mais e os pais dela não me deixam ir visitá-la no hospital. — Ele levantou a voz um pouquinho. — Ei, Robbie, e você? Por que você ainda está aqui? Tentando bancar o herói? Por que não cai fora?

Robbie deu um sorriso torto.

— A única coisa que aprendi nos filmes foi: nunca se separar. Além do mais, vocês dois estariam ferrados sem mim.

— Com certeza — respondeu Carter em tom amável, mesmo que não fosse nem um pouco verdade.

— Ei, Hazel, por que... — Robbie começou a dizer, mas não chegou a terminar porque um grito ecoou pelo ar.

Correram na direção do som, a batida dos passos martelando no chão, o rangido estridente da cadeira de Molly castigando os ouvidos. Os gritos vinham do banheiro feminino.

Hazel disparou na frente, empurrou a porta com o ombro e entrou de tesoura em punho, pronta para atacar.

Leonie estava parada junto às pias e, sob os pés, havia uma poça com a água que escorria de uma das torneiras. Quando viu Hazel, ela gritou ainda mais alto. O lugar parecia vazio, mas seu coração batia tão rápido e Leonie estava tão assustada, que Hazel não teve certeza. Abriu a porta do primeiro reservado com um chute, mas havia apenas o vaso sanitário e, dentro dele, três bitucas de cigarro boiando. Chutou a segunda: nada. Estava prestes a chutar a terceira quando Leonie agarrou o braço dela.

— O que você está fazendo? Para! — disse Leonie. — Você está me assustando.

— *Eu* estou assustando *você*? — gritou Hazel. — Você estava gritando!

— A coisa. Eu vi. — disse Leonie. — Meu Deus, eu achei que era seguro sair para o corredor, mas a coisa estava lá. Meu Deus, Hazel. O que houve com Molly?

— Você deu uma boa olhada nele? — perguntou Carter parado na porta. Ele e Robbie estavam do lado de fora como se, mesmo naquela situação, fosse proibido colocar um pé no banheiro feminino, com seus azulejos cor-de-rosa e a velha máquina de tampões na parede.

Leonie balançou a cabeça.

— Eu vi alguma coisa. Era horrível e...

— Estamos bem perto da saída — lembrou Robbie, visivelmente trêmulo. — Vamos embora logo.

— E se a coisa estiver esperando? — perguntou Leonie. — Está em algum lugar por aqui.

— É por isso que precisamos ir logo — disse Robbie, mais alto, como se tivesse esquecido o motivo pelo qual estavam sussurrando, como se tivesse esquecido que tinham ficado para trás exatamente para ver se ainda tinha mais gente ali dentro.

Por um instante, Hazel contemplou a possibilidade de afastar-se deles, voltar mais para dentro da escola e esperar pelo monstro de punhal na mão. Ela já se imaginara lutando contra ele tantas vezes quando era criança... Com a personificação da floresta, a personificação do terror. Na cabeça de Hazel, lutar com o monstro era tipo enfrentar o chefão na fase final de um videogame. Na cabeça dela, se vencesse, todos os outros horrores em Fairfold cessariam.

Os instintos a empurravam para a briga. Seus dedos agarraram a tesoura com mais força e a pulsação acelerou. Ela queria encontrar o monstro e matá-lo.

— Ok, todo mundo quieto! — gritou Carter. — Hazel, o que você acha? Melhor sairmos daqui ou continuarmos procurando por mais sobreviventes?

— Por que você está perguntando isso a *ela*? — perguntou Robbie.

— Porque eu sei o que eu acho e o que você acha. E não importa o que a Molly acha. E porque... — Carter deixou as palavras no ar e virou-se porque ouviram um som estranho. Estranho como se alguém estivesse arrastando um cadáver pelos corredores. De repente, uma das lâmpadas do teto explodiu em uma chuva de faíscas, e o musgo começou a subir dos ralos das pias. O espelho ficou pontilhado de manchas de bolor. Carter empurrou Molly mais para dentro do banheiro, e a cabeça dela caiu para o lado, o cabelo cobrindo-lhe o rosto. Robbie fechou a porta com força e Carter enfiou o taco de hóquei na maçaneta, preparando-se para segurar a porta já que não havia trinco.

Ninguém falou nada. Hazel respirou fundo e prendeu o ar.

Pelo vidro trabalhado dava para ver a silhueta de alguma coisa se mexendo do outro lado da porta. Era enorme, tinha facilmente mais de dois metros de altura e uma forma mais ou menos humana, se um humano pudesse ser feito de galhos, vinhas e terra. Era corcunda e o topo da cabeça parecia retorcer-se em um toco de madeira. Feitos de gravetos, dedos incrivelmente longos pairavam no ar.

A coisa fez uma pausa, como se conseguisse escutar os corações dos quatro martelando, como se fosse capaz de ouvir as respirações presas. Depois passou direto, passos pesados ecoando pelo corredor.

Hazel começou a contar, em silêncio. *Um... Dois... Três Mississippi... Quatro... Cinco...*

— Eu voto para a gente ir — sussurrou. — Eu voto para a gente ir *agora*.

Carter abriu a porta do banheiro e eles correram até a entrada da escola, Robbie empurrando a cadeira de Molly cada vez mais rápido, os tênis de Leonie chiando no piso do corredor. Hazel ficou por último, olhando por cima do ombro a toda hora enquanto fugia. Ela estava à espera que a criatura fosse pegá-los despercebidos, fosse tirá-los do chão com aquelas mãos horríveis e asfixiá-los com terra. Hazel foi tomada pelo pânico e pelo desejo frustrado de lutar. Só quando atravessaram a porta da frente e respiraram fundo o ar frio do outono, é que se deu conta de que tinham conseguido sair.

De todas as árvores ao redor, os corvos levantaram voo grasnando em uma onda de penas negras, como moscas brotando de um cadáver.

O estacionamento estava iluminado com o piscar das luzes das viaturas e de uma ambulância. Havia outros carros e grupos de alunos ao lado deles, mas parecia que a maioria já tinha ido para casa. As luzes azuis e vermelhas nos rostos deixava todos com aspecto fantasmagórico.

— Tem mais alguém lá dentro? — Um dos socorristas perguntou, enquanto eles desciam os degraus.

— Um monstro! — disse Leonie. Sob a luz clara da tarde, Hazel pôde ver como a maquiagem dos olhos de Leonie tinha escorrido, como se ela tivesse chorado.

— Houve um vazamento de gás — explicou ele, parecendo confuso e um pouco assustado. — Talvez você tenha inalado um pouco.

Sem se preocupar em responder, Leonie revirou os olhos e foi andando. Carter levantou a cadeira de Molly para carregá-la melhor. Ao mesmo tempo, Ben correu escada acima e abraçou Hazel. Os braços dela enroscaram-se nele, embora ainda segurasse as lâminas da tesoura.

— Você ficou maluca? — sussurrou ele junto do cabelo dela.

O olhar dela foi até Jack, que estava sentado no capô do carro de Ben, observando-os com seus olhos prateados. *Por três vezes irei avisá-los, e isso é tudo que me permitem*, ele tinha dito. Será que ele sabia disso, mas foi proibido de falar?

— Você sabe que eu sou maluca — sussurrou ela de volta.

Depois de ser examinada por um socorrista muito solícito, Hazel foi orientada a ir para casa, mas sabendo que deveria procurar imediatamente um hospital caso sentisse tonturas.

Ben esperava por ela junto ao carro, conversando com Leonie em voz baixa. Quando Hazel começou a ir em direção a eles, Jack segurou-a pelo braço. Assustada, Hazel se virou e o olhar dele a deixou subitamente constrangida.

— Eu acho que vamos ter que desmarcar o encontro no parquinho.

— É bom que você não esteja prestes a me dizer que não vai me levar hoje à noite. Não depois do que acabou de acontecer — disse ela, tentando manter a voz firme. Não funcionou muito bem.

Jack balançou a cabeça. O hematoma em sua bochecha parecia pior, o inchaço mais acentuado e a pele ao redor do olho estava roxa como uma ameixa.

— Passe lá em casa à noite. Não precisa entrar, ok? Vou sair de fininho e encontro com você no quintal. Podemos ir a pé.

— Ok — disse Hazel, surpresa por não ter precisado argumentar mais. Surpresa, aliviada e, o que era raro, com um pouco de medo. — Então, com que roupa eu vou?

Os olhos dele brilharam de malícia. Pela primeira vez naquele dia, alguma coisa o divertia.

— O que você quiser. Ou nada.

—

No caminho para casa, Hazel descreveu para Ben o monstro que vira através do vidro e como as vinhas e o musgo tinham se alastrado pela escola. Por sua vez, ele explicou como Jack o empurrou para fora assim que os primeiros alunos desmaiaram. Jack estava prestes a entrar de volta para ir atrás dela e de Carter quando alguns professores o impediram, deixando claro que, de alguma maneira, eles o culpavam por tudo o que estava acontecendo.

— Isso tem que acabar — disse Ben, suspirando. — Eles precisam entender que Jack não tem nada a ver com isso. Todos nós o conhecemos.

Hazel balançou a cabeça, mas então se lembrou das pessoas se encolhendo, do hematoma ainda fresco no rosto de Jack e da história que Leonie tinha contado, aquela que tinha guardado para si mesma durante anos. Quantas outras pessoas teriam uma história como a dela? Quantas pessoas tinham visto a máscara de Jack escorregar e nunca conseguiram realmente esquecer?

— E ainda temos que conversar, você e eu. — Ben lembrou a ela enquanto estacionava o carro em frente de casa. — Sobre Severin e o que aconteceu na noite em que ele foi libertado.

Hazel assentiu, mesmo torcendo para conseguir adiar essa conversa até depois da festa das fadas.

Dentro de casa, a mãe estava sentada à mesa da cozinha, fumando um cigarro. Fazia anos que Hazel não a via fumar. Quando passaram pela porta, a mãe apagou o cigarro no prato e ficou em pé.

— O que há de errado com vocês? Nenhum dos dois atende o celular. Eu já estava surtando, ligando para as pessoas, tentando descobrir o que estava acontecendo. Recebi um telefonema da escola, mas nenhuma das explicações que me deram fez sentido. E agora estamos com um toque de recolher. Acho que precisamos conversar sobre a possibilidade de irmos ficar com o pai de vocês por um tempo, na cidade...

— Toque de recolher? — repetiu Ben.

— Anunciaram naquela chamada de emergência da televisão — explicou a mãe, acenando na direção do aparelho. — Querem que todo mundo fique em casa, a não ser que seja absolutamente necessário estar fora. E ninguém deve sair depois das seis hoje à noite, sob nenhuma circunstância.

— E qual é a explicação que estão dando pra isso? — perguntou Hazel.

— Tempestade violenta — respondeu a mãe, erguendo as sobrancelhas. — O que realmente aconteceu hoje?

— Tempestade violenta — retrucou Hazel, antes de subir as escadas de dois em dois degraus.

Quando chegou ao quarto, foi até o armário e abriu a porta. Vários vestidos vintage, calças jeans surradas e suéteres furados, alguns pendurados, outros em uma pilha no chão, por cima de uma pilha de sapatos. Nada parecia adequado para uma festa como aquela. Nada ali poderia fazê-los acreditar que ela era alguém digno de confiança.

Afinal, o noticiário prometia uma tempestade.

✦ CAPÍTULO 13 ✦

Jack tinha dito "ao pôr do sol", mas já estava quase escuro quando Hazel chegou. Ela aproveitou que o irmão e a mãe estavam na sala para sair de fininho assim que terminou de se arrumar: passou direto pela porta da frente, em silêncio e devagar para que não notassem. Deixou o celular em cima da cama, junto com um bilhete informando a Ben que ele não conseguiria falar com ela e, com isso, Hazel torcia para que ele não ficasse preocupado demais. Ela estaria de volta ao amanhecer e *então* contaria tudo.

Jack estava no quintal, brincando de jogar bola com o cachorro deles, um golden retriever chamado Cookie. A luz da varanda iluminava a faixa estreita de gramado por onde corriam. Naquele momento, Jack parecia um garoto humano normal, a não ser que se olhasse para as pontas de suas orelhas. A menos que você acreditasse nas histórias. Nesse caso, era algo que assustadoramente brincava de parecer humano. Quando Hazel chegou perto, Cookie começou a latir.

— Hora de entrar — disse Jack ao cachorro, desviando o olhar para a floresta. Hazel se perguntou se ele podia vê-la no escuro.

Ela esperou, lamentando não ter levado um casaco. A brisa de outono ficou mais fria conforme o brilho laranja no horizonte foi virando noite. Ela se distraiu catando castanhas-da-índia caídas no chão e arrancando as cascas espinhentas. Doía um pouco quando o espinho entrava debaixo da unha, mas era imensamente gratificante sentir alguma coisa se despedaçar em suas mãos.

Hazel tinha a sensação de estar à beira da floresta há séculos, mas provavelmente tinham se passado apenas uns quinze minutos até que uma janela no segundo andar se abriu e Jack saiu por ela para o telhado.

De onde estava, Hazel via a televisão na sala de estar — uma pitada de cor em movimento — e também o pai e a mãe de Jack sentados em sofás opostos. Ele estava com o notebook aberto e o brilho pálido da tela fazia as sombras parecerem mais profundas.

Jack passou do telhado para o galho de uma árvore, escorregou por ela e pulou para o chão. Ela se preparou para o barulho, para ver os Gordon virando as cabeças, para Cookie começar a latir de novo... Mas Jack aterrissou habilmente em silêncio. Ouviu-se apenas o som das folhas quando ele saltou do galho, e foi quase como um sopro de vento.

Hazel encontrou-o à beira da floresta, ligeiramente trêmula, mas tentando ser corajosa.

— Oi — disse ela, deixando cair a castanha que estava segurando. — E agora?

— Você está bonita — disse ele, com os olhos ainda mais prateados no escuro.

Ela sorriu, meio sem jeito. Tinha vestido a única coisa que parecia correta: calça jeans e uma blusa de veludo verde que descobrira bem no fundo do armário. Colocou argolas de prata e as botas favoritas. Esperava estar elegante o bastante para o Mundo das Fadas.

— Por aqui — sussurrou Jack.

Ele então começou a andar e Hazel o seguiu. Sob a luz da lua, a floresta estava cheia de sombras e trilhas secretas que pareciam abrir-se diante deles, e logo ficou claro que Jack enxergava melhor do que ela no escuro. Hazel tentou acompanhar o ritmo, tentou não tropeçar. Não queria dar nenhum motivo para ser deixada para trás.

Quando já estavam bem longe de casa, Jack virou-se.

— Tenho que te avisar sobre algumas coisas.

— Seja sempre educado — disse ela, recitando o que tinha sido dito várias vezes por adultos preocupados, que não queriam as crianças da região se comportando feito turistas. — Faça sempre o que pedirem, a não ser que vá contra uma das outras regras. Nunca agradeça a eles. Nunca coma a comida deles. Nunca cante se você for péssimo cantando, nunca dance... E nunca se gabe, nunca, de jeito nenhum, sob quaisquer circunstâncias. Esse tipo de coisa?

— Não era isso que eu ia falar. — Jack pegou a mão dela de repente e sua pele estava quente. A intensidade na voz dele provocou um arrepio em Hazel. — Eu tenho vergonha de ir lá. Por isso eu vinha escondendo. Eu sei como é imprudente, como é idiota. Não é de propósito, mas eu escuto, sabe? Quando vai ter uma festa é como se houvesse um zumbido dentro da minha cabeça. Como se tivesse alguém assobiando ao longe... Eu mal consigo ouvir a música, mas quando vejo já estou me inclinando, me esticando pra escutar melhor. Então eu simplesmente vou, dizendo a mim mesmo o tempo todo que não vou voltar da próxima vez, mas na próxima vez eu faço a mesma coisa, tudo de novo.

Ele largou a mão dela. As palavras pareciam ter exigido muito dele.

Hazel se sentiu horrível. Tinha ficado tão ocupada com sua própria confusão que não havia pensado sobre o que estava pedindo a ele. A última coisa que ela queria era magoar Jack.

— Você não precisa vir comigo. Eu não sabia disso. Só me diga o caminho e eu irei sozinha.

Ele balançou a cabeça.

— Você não vai conseguir me impedir de ir à festa, ninguém consegue. Esse é o problema. Mas eu queria que você voltasse pra casa, Hazel.

— E você sabe que eu não vou — disse ela.

Ele assentiu.

— Aqui está o resto, então. Eu não sei como proteger você deles e eu não sei o que eventualmente podem tentar fazer com você. O que eu sei é que eles odeiam ser lembrados da minha vida humana.

— E você acha que eu vou ser uma lembrança disso?

— Para eles e para mim. — Jack retomou o passo. — Tenha cuidado. Ben jamais me perdoaria se alguma coisa acontecesse com você.

As palavras bateram forte.

— Tá, ok. Só que Ben não é meu guardião.

— Então *eu mesmo* nunca me perdoaria.

— Você... — Ela hesitou e então forçou-se a perguntar: — Você vai ficar *diferente* lá?

A pergunta provocou uma risada.

— Não. Mas todo o resto talvez fique.

Hazel ponderou sobre o que isso significaria, enquanto iam pela floresta. Ela percebeu que ele estava tentando ir mais devagar para que ela pudesse acompanhar o ritmo, mas ao mesmo tempo também sentia a ânsia, a fome de chegar à festa.

— Me conta uma história — disse ele, parando para olhar a lua cheia e gorda que iluminava umas pedras e depois, para Hazel. — O que você sabe sobre o garoto de chifres e Amanda?

— Depois do que aconteceu na escola, eu já não sei muita coisa — admitiu Hazel. — Ele disse que o monstro estava atrás dele, e você disse que Alderking é que estava. Você acha que Alderking está controlando o monstro?

— Quiçá! — Jack sorriu ao dizer a palavra incomum, exagerando sua excentricidade. — Mas você é quem sabe melhor. Foi com você que ele falou.

— Ele estava procurando por uma espada — contou Hazel. — Falou que era a única maneira de derrotar o monstro.

Desde criança que ela não ia tão fundo na floresta, e já na época fazia isso com a consciência de que estava se aventurando em terras perigosas. As árvores eram velhas, com troncos enormes, e o emaranhado dos galhos formava um dossel denso o suficiente para bloquear as estrelas. A primeira onda de folhas caídas estalou sob os pés de Hazel, como um tapete de papel de seda.

Jack olhou para ela.

— Teve mais uma coisa que você disse, sobre eles usarem você.

— Você se lembra disso... — perguntou ela.

— É difícil esquecer.

— Eu tenho... Eu tenho me esquecido de períodos de tempo da minha vida. Não sei o quanto. — Nunca tinha dito algo assim em voz alta.

Ele a estudou por um longo momento.

— Isso... não é bom.

Ela bufou e continuou andando. Jack não disse mais nada. Ficou feliz por ele ter ficado em silêncio. Estava com medo de que ele tentasse arrancar respostas dela; no lugar dele, ela o teria feito. Mas, aparentemente, Jack ia deixar que ela decidisse o que queria contar, e quando.

Chegaram ao pé de uma colina cercada por arbustos espinhosos. Juntos, formavam um emaranhado que subia junto aos degraus que levavam ao topo da elevação. Lá em cima, restos de um prédio antigo, praticamente coberto por grama alta. Os degraus estavam rachados e gastos e o musgo escorria dos desníveis e subia por um arco. Havia um barulho no ar, uma música ao longe e risadas, às vezes mais altas ou mais baixas, como se trazidas pelos ventos.

De repente, Hazel soube onde estavam, embora até então ela só tivesse ouvido falar do lugar.

Era a capela que um dos fundadores de Fairfold tinha tentado construir antes de descobrir que a colina era sagrada para o Povo. De acordo com a história, o que quer que fosse construído durante o dia era demolido à noite, onde capinassem, o mato cresceria de novo antes do amanhecer. Inúmeras pás se quebraram e acidentes deixaram homens com ossos quebrados e corpos machucados, até que, finalmente, o centro da cidade de Fairfold foi deslocado para alguns quilômetros mais a sul, onde a primeira capela foi construída sem incidentes.

As colinas do Mundo das Fadas são ocas por dentro, ela ouvira a Sra. Schröder dizer certa vez. *Ocas como as promessas das Fadas. Todas feitas de ar e ilusão.*

Hazel estremeceu com a lembrança.

Jack foi até as vinhas emaranhadas cheias de espinhos. As rosas vermelhas que cresciam ali tinham uma camada aveludada nas pétalas, densa e grossa como pelo. Os caules curvavam-se para abrir uma passagem, lentamente, de modo que se você não prestasse atenção, se desviasse o olhar por um instante, poderia ter a impressão de que o caminho sempre estivera ali. Ele deu um sorriso, levantando as sobrancelhas.

— Foi você que fez isso? — perguntou Hazel num sussurro, sem saber bem por que estava sussurrando. — Será que o caminho vai continuar aberto na minha vez de passar?

— Não sei. Mas fique perto — avisou ele, enquanto um galho afiado balançou nas suas costas.

E assim eles subiram o caminho íngreme, Hazel com a mão nas costas de Jack, mantendo-se perto o bastante para que os espinhos permitissem sua passagem.

Jack saltou alguns degraus e, já no arco, bateu com os pés três vezes contra a borda e falou:

— Lordes e ladies que andam sem ser vistos, ladies e lordes vestidos de verde, três vezes eu piso sobre esta terra, deixe-me entrar, colina verde que me deu à luz.

Hazel sentiu um arrepio ao ouvir aquelas palavras. Era um trecho de um poema, quase como o tipo de coisa que teriam inventado enquanto brincavam na floresta na infância, mas parecia bem mais velho e de origem incerta.

— Simples assim? — perguntou ela.

— Simples assim. — Ele deu um sorriso franco e selvagem, quase como se a desafiasse. — Sua vez. — Então, com um passo para dentro do arco, ele se deixou cair para trás.

Hazel nem teve tempo de gritar. Correu para ver se ele estava bem, mas Jack já tinha ido. Tinha desaparecido. Ela viu o restante da colina, a fundação da antiga construção, o tapete prateado de grama alta. Sem saber bem o que fazer, saltou pelo arco, esperando ser levada também.

Hazel aterrissou na grama. Perdeu o equilíbrio e caiu dolorosamente de joelhos, espinhos rasgando sua calça jeans e a blusa de veludo. Ela não tinha caído em outro mundo. Era exatamente o mesmo lugar de antes, e agora ela estava sozinha.

Uma brisa fez os espinhos estremecerem, trazendo com ela o tilintar das risadas.

— Jack! — gritou. — Jack!

A voz dela foi engolida pela noite.

Simples assim, ele tinha dito. Mas os espinhos não tinham se aberto para ela, e era pouco provável que o poema funcionasse. As palavras não eram certas para ela. A colina verde não era onde ela havia nascido. Ela não era do Povo. Ela não tinha nenhum tipo de poder.

Seria algum tipo de teste? Hazel ficou de pé e subiu as escadas de novo. Não era muito boa com rimas, mas talvez, se alterasse o poema um pouco, quem sabe então a colina se abrisse para ela? Era um tipo assustador de magia. Hazel pisou três vezes na borda, respirou fundo e falou:

— Lordes e ladies que andam sem ser vistos, ladies e lordes vestidos de verde, três vezes eu piso sobre esta terra — Hazel hesitou e então deu a única razão que lhe ocorreu, pela qual o Povo poderia deixá-la entrar. — Deixe-me entrar em virtude da alegria.

Apertou os olhos bem fechados e deu um passo por baixo do arco. Ela caiu, como antes, mas desta vez *dentro* da grama, para dentro de uma abertura. Ela se debateu, sentindo o cheiro forte de terra, arrastando as unhas nas pedrinhas e raízes na tentativa de se segurar. Hazel respirou fundo mais uma vez, um último suspiro trêmulo, e então restou só a escuridão em volta dela.

Um grito veio espontaneamente aos lábios e Hazel sentiu o estômago revirar. Deu uma única cambalhota no ar, o mundo lá embaixo parecendo um borrão de imagens e sons delirantes. E então Hazel ficou presa, suspensa por uma rede de raízes pálidas, compridas e peludas. Lá embaixo, a festa, iluminada por luzinhas em movimento e fogueiras. Havia quadrilhas e mesas de banquete; havia fadas cobertas de pele, protegidas por armaduras ou vestidas com saias rodadas. Alguns olharam para cima, apontaram e riram, mas a maioria não notou que ela estava ali, pendurada acima deles como um lustre. E então ela viu, sobre as placas de pedra cinza, um trono que parecia escavado na própria rocha. Estava coberto de peles de animais e um homem de armadura estava sentado nele. Um pajem sussurrou no ouvido dele, e ele se virou para olhar na direção de Hazel. Não fez questão de sorrir.

Hazel havia ido à corte de Alderking em uma noite de lua cheia. Não conseguiria ser mais imprudente, nem se tentasse.

Hazel empurrou com os pés, tentando erguer-se nas raízes para, quem sabe, começar a subir. Mas enquanto tentava, as raízes se desprenderam. Hazel caiu de novo e desta vez bateu no chão com força. Depois de passar um momento implorando a si mesma para fazer algo mais do que piscar a cúpula que cobria o local, ficou de joelhos. Alguém a pegou no braço e a ajudou a ficar de pé.

— Obrigada — disse Hazel automaticamente, abrindo os olhos.

Então percebeu seu erro. *Nunca agradeça a eles.*

Uma criatura monstruosa ficou de pé na frente dela, os olhos negros bem abertos e uma expressão de repugnância no rosto. Pelos claros cresciam na ponte do nariz pontudo, nas maçãs do rosto e seguiam até uma crista no topo da cabeça. O mesmo pelo pontilhava também os ombros e a cintura. A criatura estava protegida por uma peça assimétrica de couro que se estendia ao longo da cintura. Então aquilo soltou Hazel como se tivesse tocado em algo imundo e foi embora, deixando-a atordoada, quase sem acreditar.

— Desculpe! — disse Hazel, sem ter certeza se tinha melhorado ou piorado a situação.

A festa não era nada do que ela imaginara, nem mesmo nos sonhos em que via o lugar de origem do garoto de chifres. Não era do jeito que as histórias contadas na cidade faziam parecer. A música tocava no ar com uma doçura dolorosa. Ela ficou sem ar e cambaleando.

Criaturas giravam no chão de terra, algumas com graça e fluidez e outras, mais pesadamente, aos pulos. Fadinhas voavam com asas esfarrapadas de mariposa, mostrando os dentes para Hazel. Criaturinhas vestidas de marrom, o cabelo espetado como pistilos de flores, jogavam dados e davam grandes goles em cálices intrincados e copos de madeira igualmente trabalhados. Seres altos, brilhando na escuridão como se iluminados de dentro para fora, rodopiavam em vestidos de folhas, em corpetes de casca de árvore habilmente esculpidos ou em requintadas malhas de metal prateado.

Outras criaturas, muito menos parecidas com os humanos, andavam em pernas de pau no meio da multidão ou pairavam sobre ela, seus rostos tão retorcidos quanto os nós das árvores.

Eram ao mesmo tempo assustadoras e belas e terríveis. Todas elas.

No meio deles, aparentemente ignorando o perigo, havia pessoas que ela reconhecia. Gente de Fairfold. A Srta. Donaldson, professora do jardim de infância, dançava descalça com uma criatura com cara de coruja. Nick Sorridente, um cara de cabelo comprido que fazia biscates de porta em porta, como amolar facas, andava trôpego no meio da multidão, os lenços de seda preta em seu pescoço flutuando atrás dele. Ao lado de Nick estava um rapaz cujo nome Hazel não sabia, mas que já tinha visto antes. Ele trabalhava em um mercadinho da cidade, repondo os produtos nas prateleiras. Certa vez, Hazel o tinha visto fazer malabarismo com maçãs no corredor das frutas. Eram poucos humanos, mas aqui e ali ela via roupas normais, mesmo que não pudesse ver os rostos na multidão.

Será que eram realmente humanos? Ou fadas que viviam entre os humanos e usavam suas formas? E se eram humanos, será que sabiam que estavam aqui, ou será que acordariam com os pés enlameados, como Hazel, e sem qualquer lembrança da noite anterior?

Não eram só os humanos que ela reconhecia; uma das criaturas, também. Sentado em um canto, coberto de pelos e mastigando besouros-de-ouro, havia um ogro chamado Rawhead. Ela já tinha ouvido falar dele, de seu apreço por carne humana, e tinha descoberto onde era seu covil no tempo em que era uma menininha carregando uma espada grande e afiada. Rawhead sorriu na direção dela com seu sorriso vermelho, como se talvez a reconhecesse também.

Mexa-se, disse a si mesma. *Não fique aqui parada olhando. Mexa-se.*

Hazel começou a caminhar em uma direção aleatória, apenas colocando um pé na frente do outro, impulsionando a si mesma sem ter qualquer noção de aonde ia. Ela ainda não tinha visto Jack, mas ele tinha de estar em algum lugar por ali. E, por mais assustador que fosse andar pela festa sem ele, por mais trêmula e nervosa que Hazel estivesse, ela precisava descobrir o que poderia fazer a respeito do garoto de chifres e do monstro e das mensagens misteriosas da misteriosa Ainsel. Caso contrário, todo o pânico que sentia e o perigo que estava correndo seriam em vão.

Tentando ficar longe da dança, Hazel foi atravessando a colina oca. Jasmim-da-noite, rosas e sálvia perfumavam o ar, deixando-a tonta conforme andava.

— Aceita um drinque? — perguntou uma pequena criatura nariguda, com um rabo curto e grosso e olhos negros como os de um corvo. Ele trazia uma pequena bandeja com pequenas xícaras de madeira. Dentro de cada uma delas, um líquido que mal servia uma dose. — Juro pelo milho e pela lua que nunca irá provar algo tão doce.

— Não, obri... — Ela se conteve para não agradecer a mais um deles. Em vez disso, balançou a cabeça. — Eu estou bem.

A criatura deu de ombros e seguiu em frente, mas o encontro tinha deixado Hazel inquieta. Ela conhecia todas as regras, mas obedecê-las estava sendo difícil. Era tão fácil fazer a coisa errada automaticamente, mais fácil do que ela poderia ter imaginado.

Uma mulher aos risos, com grossas tranças de cabelo castanho-avermelhado, parou quando ela passou. Ao lado dela, seu companheiro com cabeça de bode.

— Você não me desenhou uma vez? — perguntou ela a Hazel, deixando a garota surpresa.

Por um momento, Hazel não conseguiu entender. Então de repente lembrou-se da velha história, aquela que sempre tinha escutado sobre Ben.

— Você está me confundindo com a minha mãe.

A mulher franziu a testa, parecendo intrigada.

— Faz tanto tempo assim? Você deve ser a minha musicista, então. Agora crescida! Irá me oferecer uma canção como recompensa por minha bênção?

Hazel balançou a cabeça.

— A criança era o meu irmão. Eu ainda não tinha nascido e sou péssima para música. Você não ia querer me ouvir cantar. — Hazel se perguntou se deveria contar à fada quão pouca alegria Ben tivera com o dom dado por ela, mas suspeitou que isso violaria as regras sobre gentileza. — Mas, eu... Eu... Vou dizer a ele que estive com você.

— Faça isso — disse ela. — Diga a ele para tocar para Melia, que então farei rubis caírem da língua dele.

Soou mais como ameaça do que promessa, mas Hazel assentiu e, sem saber muito bem o que fazer, fez uma breve reverência antes de se afastar. Então apertou o passo, abrindo caminho às cotoveladas pela multidão alegre, passando por flautistas e violinistas; por fadas magricelas com asas que soltavam pó; por mulheres verdes com bocas e línguas negras em vestidos finos como a névoa; por meninas de dedos longos com coroas de gravetos trançadas nos cabelos soltos como nuvens; por garotos zombeteiros com patas de leão em vez de pés; por meninas-corvo rindo; por imensas criaturas disformes, musgo lhes cobrindo as pernas enormes e bocas cheias de dentes que, em vez da usual aparência esmaltada, pareciam-se mais com pedras craqueladas.

Novamente, alguém pegou em seu braço. Hazel deu um grito e virou-se, puxando o braço, antes de se dar conta de quem era.

— Hazel. — Jack parecia sem fôlego e um pouco em pânico. — Eu não sabia onde você estava.

— Você me abandonou. — A voz dela tinha soado mais ríspida do que queria.

— Você estava bem atrás de mim — explicou ele. — Achei que você ia me seguir, do mesmo jeito que me seguiu pelo caminho.

— Bem, não deu, Jack — explicou Hazel.

Alguém estava com ele: uma fada alta e magra, com a pele de um marrom reluzente como casca de árvore. Os olhos dela mudavam de cor, do ouro brilhante ao verde.

Ela só poderia ser a mãe elfa de Jack. Os olhos eram exatamente como nas histórias que Hazel ouvira.

— Ruiva — disse ela, virando a cabeça de Hazel de um lado para o outro, observando-a. Segurando uma mecha, a elfa deu um puxão no cabelo dela. — Costumavam dizer que vocês ruivas eram bruxas. Você é bruxa, menina?

— Não, senhora — disse Hazel, lembrando-se ao menos de ser gentil.

— E o que a traz aqui? Ou devo perguntar quem?

— Ainsel — respondeu Hazel, esperando que o nome significasse algo.

— Ora ora, não é que você é esperta? — disse a elfa, fazendo uma careta.

— Então você sabe quem é! — exclamou Hazel, mal respirando de ansiedade. — Por favor, me diga.

— Como você pode não se lembrar? — A expressão dela pareceu um sinal para Hazel ficar calada. Então a elfa se virou e apontou o dedo longo para Jack. — E eu acho que este é o menino que trouxe você. Este rapaz, e somente ele. Um grande erro da parte dele. O que quer que esteja procurando, aqui não é lugar para você.

Hazel não sabia ao certo como responder sem referir-se a Fairfold, já que Jack recomendara que Hazel evitasse mencionar a cidade, nem como redirecionar a conversa de volta a Ainsel.

— Jack? Claro, ele me trouxe, mas...

A criatura andou ao redor dos dois e Jack foi para perto de Hazel, como se estivesse pronto para impor-se diante dela caso a mulher tentasse agarrá-la novamente. A mãe de Jack levantou a voz.

160

— *Jack?* É assim que eles te chamam? Jack de quê? Simplesmente Jack, sem adjetivos?

— Não me preocupo em ter essas definições de vocês. Sou apenas Jack, ultimamente — respondeu ele, e Hazel deu uma risada curta e constrangedora, da qual imediatamente se arrependeu. Culpa da resposta inesperada dele, tão casual e cotidiana diante da irritação de uma criatura mágica.

— Por que eu deveria me importar se ele deseja perder tempo em Fairfold? Se ele quer brincar de ser um garoto humano, o que tenho a ver com isso? Ele pode comer comida de mortais e dormir em uma cama de mortais e beijar uma garota mortal, mas nunca será humano. Sempre estará fingindo. — A elfa estava falando para Hazel, mas as palavras eram claramente direcionadas a Jack. Hazel se perguntou quantas vezes eles já teriam tido esta conversa.

Ele sorriu.

— É preciso crescer onde fomos plantados. — Hazel tinha quase certeza de que era um ditado humano, mas ali fazia um estranho sentido.

A atenção da mãe elfo não fraquejou. Os olhos continuaram fixos em Hazel.

— Então você veio para fazê-lo desmontar de seu cavalo branco, como nos contos? Veio para salvá-lo de nós? — perguntou a mulher, os dedos longos gesticulando na direção do vasto emaranhado de raízes por todo o teto em cúpula. — Ou é ele quem está aqui para salvar você?

— Chega — disse Jack, estendendo o braço na frente da Hazel. — Já chega, ok? Pare de falar assim com ela. Já chega. É mais do que o suficiente.

— Apenas se lembre de que sangue atrai sangue — completou ela.

Um dos cavaleiros de armadura prateada brilhante — um com placas de ombro em ouro entalhado no formato de rostos gritando — aproximou-se deles com uma reverência curta e voltou seu olhar na direção de Hazel.

— Alderking gostaria de cumprimentá-la.

A mãe elfo de Jack assentiu e lançou um olhar para o filho.

— É uma honra para você — explicou ela a Hazel, mas seu tom de voz desmentia as palavras.

Hazel ouvira histórias sobre Alderking, é claro. A cada solstício, os moradores da cidade deixavam oferendas especiais para ele. Quando o tempo estava ruim, diziam que devia estar zangado. Quando as estações demoravam a mudar, diziam que ele ainda devia estar dormindo. Ela nunca o imaginara como alguém real. Embora seu poder parecesse enorme, era uma criatura muito distante e Hazel achava que não poderia passar de uma lenda.

— Irei acompanhá-lo — disse Hazel ao cavaleiro.

Jack fez menção de ir com ela, mas a mãe agarrou o braço dele, apertando seus dedos de gravetos. Embora tivesse tentado esconder, havia pavor genuíno em sua voz.

— Você não. Você fica comigo.

Ele se virou para ela, cabeça erguida, e mesmo em roupas mortais conseguiu transmitir um pouco da soberba de sua linhagem.

— O Marcan aqui não é exatamente conhecido por tratar os humanos com justiça. — Olhou para o cavaleiro. — Certo, Marcan?

— Ninguém solicitou sua presença, *changeling*. — O cavaleiro sorriu. — Além disso, Hazel não há de se importar em vir comigo. Nossas espadas já se cruzaram antes.

Hazel não tinha certeza do que ele quis dizer. Talvez tivesse algo a ver com uma das criaturas que lutara quando era criança? O que quer que fosse, Jack parecia pronto para protestar. A mão dele escorregou até o bolso de trás da calça, como se fosse pegar uma arma.

— Tudo bem — disse Hazel. — Jack, tudo bem.

A mãe elfo de Jack inclinou seu corpo comprido e deu um beijo na testa de Jack. Hazel nunca tinha pensado que ela pudesse sentir falta do filho perdido, nunca se perguntara se havia outro lado da história de como Jack tinha ido viver com os Gordon, mas agora era impossível não pensar.

— Os mortais vão desapontar você — disse a ele, quase em um sussurro.

Com o queixo travado e fúria nos olhos, Jack recuou e permitiu que Marcan guiasse Hazel pelo chão de terra sob a colina.

Alderking estava sentado no grande trono de pedra que tinha vislumbrado quando ficara pendurada sobre a festa. Chifres como os de um cervo brotavam de uma tiara sobre sua testa, e ele vestia uma cota de malha brilhante, feita de mínimas escamas de bronze pontiagudas, sobrepostas como Hazel imaginava ser a pele de um dragão. Tinha olhos verdes tão claros e brilhantes que lembravam bebidas venenosas ou talvez enxaguante bucal. Em cada dedo das mãos havia um anel diferente e ricamente trabalhado.

Em seu colo repousava uma espada dourada, com um guarda-mão ornamentado. Por um momento, pensou que fosse sua própria espada desaparecida e deu um passo em direção a ela, mas logo lembrou-se de que a sua tinha um cabo muito mais simples. Todos os cavaleiros usavam espadas semelhantes; forjadas em metal brilhante, cintilavam como raios de sol sobre as bainhas de obsidiana.

Deitada junto aos pés de Alderking estava a criatura com quem Hazel fizera o pacto tanto tempo atrás, uma espécie de gato branco, pálido e nu, cuja pele tinha as extremidades cor de carmim. Ela olhou para Hazel preguiçosamente pelos olhos semiabertos. Depois acenou com a mão comprida, cheia de garras.

As perguntas cuidadosas que tinha planejado fazer, sobre lembranças e monstros, sumiram de sua cabeça. Hazel apoiou-se sobre um dos joelhos. Quando o fez, viu algo brilhar no meio dos azulejos intrincados do chão, como uma moeda perdida refletindo a luz.

— Sir Hazel — disse Alderking, inclinando-se para frente e olhando para ela com aqueles olhos arregalados. Tão belo como qualquer príncipe dos contos de fadas, era bonito e horrível ao mesmo tempo, a despeito do sorriso cruel em sua boca. — Não me lembro de tê-la chamado até aqui.

Hazel olhou para ele, perplexa.

— Não, eu...

— Na verdade, eu disse explicitamente para você *nunca* vir a uma festa de lua cheia. E ontem à noite, embora precisássemos muito que fosse caçar conosco, você ignorou meus chamados. Você se esqueceu do nosso acordo assim tão rapidamente? Desafie-me por sua conta e risco, Hazel Evans. Não fui eu quem concedeu o desejo mais profundo de seu coração, uma bênção espontânea? Já não fiz de você digna de minha companhia? Saiba que eu poderia tirar-lhe tudo isso com a mesma facilidade. Há maneiras muito mais desagradáveis de me servir.

— Eu... — Hazel abriu a boca para falar, mas não saiu nenhuma palavra.

De repente, Alderking começou a rir.

— Ah — disse ele, não muito diferente da fada ao perceber que tinha confundido Hazel com a mãe dela. — Você não é a minha Hazel, não é? Não é meu cavaleiro. Você é a Hazel Evans que vive durante o dia.

✦ CAPÍTULO 14 ✦

Hazel pensou que talvez devesse ficar de pé, mas estava plantada no lugar. A festa parecia nada além de um zumbido em seus ouvidos.

Sir Hazel, Alderking a tinha chamado.

A mãe elfa de Jack também tinha perguntado uma coisa estranha a ela. *Então você veio para fazê-lo desmontar de seu cavalo branco, como nos contos? Veio para salvá-lo de nós? Ou ele é quem está aqui para te salvar?* Hazel conhecia o conto no qual alguém era forçado a descer de um cavalo branco. Chamava-se *Tam Lin* e nele, um cavaleiro humano forçado a servir uma rainha-fada era salvo por uma mortal corajosa, uma garota chamada Janet. Tam Lin era um cavaleiro humano.

Hazel pensou na mensagem dentro da noz. *Sete anos para pagar o que está a dever. Tarde demais para se arrepender.* E tinha aquele comentário estranho do cavaleiro que a trouxera, sobre as espadas deles já terem se cruzado antes.

Hazel ficou sem ter o que dizer.

— Como... — mesmo assim esforçou-se para falar.

— Você não se lembra do pacto que fez? — Alderking inclinou-se na direção dela e, com ele, inclinaram-se também os chifres em sua tiara.

— Prometi dar sete anos da minha vida. De forma alguma eu esqueceria disso. — Hazel respirou fundo. Começava a recuperar a coragem. Ficou de pé e, com o coração batendo depressa, se preparou para uma batalha cuja arma era a inteligência. Neste lugar, de alguma forma, estavam as respostas que ela precisava. Bastava que fizesse as perguntas certas do modo certo. — Mas... Você está dizendo que eu já venho pagando minha dívida? Eu não me lembro... Não me lembro de fazer isso.

Ele sorriu, pacientemente.

— Não sou generoso de tirar essas memórias de você? Todas as noites, a partir do momento em que você cai no sono até sua cabeça tocar em seu travesseiro novamente ao amanhecer, você é minha. Você é um dos meus cavaleiros, mas sua vida à luz do dia não é afetada. Você sempre teve potencial, o qual eu venho moldando. Transformei você em um dos meus.

Hazel tinha certeza de que as pessoas que ficavam sem dormir por semanas morriam. Por *anos* era ridículo. E era igualmente inacreditável pensar que ela havia sido treinada pelos cavaleiros sob aquela colina, treinada para ser como eles. Ela olhou para os três, de pé ao lado do trono de Alderking, e todos pareciam ter saído de pinturas de um tempo que nunca existiu.

— Isso não parece possível.

— E ainda assim — continuou Alderking, gesticulando no ar, como se aquela fosse toda a explicação necessária. A magia era ao mesmo tempo pergunta e resposta. — Todas as noites, vamos até a sua janela e levamos você pelo ar até nossa corte. Você é o cavaleiro que sempre sonhou ser.

Respire, Hazel, disse a si mesma. *Respire.*

Lembrou-se do cansaço que tinha tomado conta dela na Filadélfia, um cansaço que nunca a deixava. Agora, ela sabia de onde isso vinha, ao menos, e também que não tinha a ver com a puberdade como acreditara sua mãe.

— Eu nunca sonhei em ser um dos seus cavaleiros.

— É mesmo? — disse Alderking em tom de deboche, como se conhecesse a verdade do coração dela melhor do que ela jamais seria capaz. — Eu a proíbo de contar ao seu "eu" do dia o nosso acordo, mas não é pequeno o prazer em vê-la tão atônita.

Hazel estava sem palavras. Sentia-se como se não conhecesse a si mesma. Como se tivesse traído seus próprios ideais imensa e profundamente, embora ainda não tivesse certeza da profundidade da traição. Lembrou-se do sonho em que cavalgava ao lado de outros cavaleiros, de castigar os humanos com um sorriso no rosto, e estremeceu. Era essa a pessoa que se tornara?

Alderking riu.

— Bem, Sir Hazel, se não veio aqui como meu cavaleiro, porque motivo, então?

Hazel precisava pensar rápido. Precisava afastar os pensamentos de seu outro eu, da parte sua que era indigna de confiança.

Ele não devia saber que fora ela quem tinha quebrado o caixão de Severin. Como havia ficado acordada durante toda a noite anterior, seguindo Ben pela floresta, seu outro eu não teria ido à caça com o Povo, não teria sido interrogado, não teria revelado nada. E uma vez que Alderking não queria que ela soubesse sobre seu eu noturno, ele não era a misteriosa Ainsel. O que significava que seu eu cavaleiro talvez tivesse um aliado na corte, alguém com quem Hazel vinha trabalhando.

O olhar de Hazel desviou-se para a criatura deitada junto aos pés do Alderking. Havia sido aquele o ser a quem ela havia feito uma promessa, e como tinha aceitado um pacto em nome do Alderking, talvez ainda tivesse poder sobre ele.

— Eu vim porque há um monstro em Fairfold. Queria saber como matá-lo.

O sorriso de Alderking foi frio à medida que levava à boca uma taça de prata. Alguns dos membros da corte riram.

— Ela se chama Sorrow. Uma criatura enorme e feroz, cuja pele endurecida como casca de árvore é forte o suficiente para dobrar até mesmo o metal das Fadas. Você não pode matá-la, e antes que pergunte, o único antídoto à doença do sono que ela causa, ao musgo que se infiltra nas veias quando ela toca em você, é o próprio sangue dela, que é como seiva. Então que tal fazer outro acordo, Hazel Evans?

— Que tipo de acordo?

— Sorrow está à caça de Severin. Depois de todos esses anos, descobri uma maneira de controlá-la e agora ela me obedece. — Ele levantou a mão para exibir um anel de osso.

Alderking continuou a falar, sem notar a careta de Hazel.

— Traga-me Severin, e eu não usarei a força dela contra Fairfold. Posso até manter meu povo sob controle. As coisas voltarão a ser como antes.

Hazel ficou tão surpresa que riu.

— Trazer Severin? — Ele poderia muito bem ter pedido para que ela trouxesse a lua e as estrelas.

Alderking, impaciente, não parecia achar a menor graça.

— Sim, essa é a ordem que eu pretendia dar à minha Hazel, mas ela não apareceu na noite passada. Com a noite de hoje, já são duas em que você me fez perder os serviços dela. Minha guerreira precisa caçar o garoto de chifres, meu filho, Severin, que escapou de seu confinamento Sorrow vai matar qualquer um que esteja em conluio com ele e o arrastará até mim para enfrentar minha ira.

Trazer Severin. O filho dele. O príncipe dela. Um príncipe de verdade.

Sou realmente capaz de fazer isso? Hazel se perguntou. Ela estava um pouco preocupada com a possibilidade de começar a rir de novo. Toda aquela situação parecia tão impossível.

— Por que eu? — conseguiu perguntar.

— Eu considero que seria adequado se fosse um mortal a derrotá--lo — disse Alderking. — Seu outro "eu" sabe que não deve brincar comigo, mas, caso tenha uma ideia romântica sobre avisá-lo de minhas intenções, deixe-me explicar por que você não deve fazer isso. Você acha que cometi tantas injúrias contra o seu povo, mas deixe-me mostrar o que mais eu poderia fazer, sem muito esforço.

Ele virou-se para um dos cavaleiros.

— Traga-me Lackthorn.

Alguns momentos depois, um *goblin* de aspecto cruel, com a pele acinzentada e as orelhas pontudas, aproximou-se de Alderking, segurando um chapéu sujo nas mãos.

— Que prazeres que eu permito que você tenha na cidade, Lackthorn?

O *goblin* deu de ombros.

— Apenas alguns. Eu roubo chantilly e quebro alguns pratos. Quando uma mulher jogou água suja em mim, eu a afoguei. Nada mais do que você disse que eu poderia fazer.

Hazel ficou pasma com a naturalidade com que ele listou coisas horríveis. Mas ninguém parecia surpreso. Alderking olhava para ele como se aquelas fossem traquinagens normais das Fadas. Talvez fossem, para ele.

— No entanto, nem sempre você os deixa ir tão longe, não é? — perguntou Hazel.

— Eu fui dando mais liberdade a ele à medida que fui vendo a praga que vocês, mortais, podem ser. Mas preste atenção. Lackthorn, se eu lhe desse licença para fazer o que quisesse, o que você teria feito? — Alderking lançou um olhar para Hazel.

— O que eu teria feito? — O pequeno *goblin* riu de um jeito tão voraz e terrível que Hazel sentiu um arrepio na espinha. — Eu colocaria fogo e incendiaria as casas deles quando estivessem dentro. Eu os beliscaria sem parar até doerem seus ossos. Eu lançaria uma maldição para que definhassem e então eu roeria os restos. O que eu faria se você me deixasse? Mais fácil perguntar o que eu *não* faria.

— Você sabia que antigamente se achava que a noz da avelã, cujos povos de língua inglesa chamam *hazelnut*, era o repositório de toda a sabedoria? — perguntou Alderking. — Já que seu nome vem dessa palavra, seja sábia, Hazel. Lackthorn é um dos menos perigosos da minha tropa. Imagine a resposta que Bone Maiden poderia dar. Ou Rawhead. Ou a própria Sorrow, monstruosa e esplêndida. Não teste minha boa vontade. Traga-me Severin ou eu vou atormentar Fairfold. Tenho planos em andamento e não gostaria que eles fossem interrompidos. Sorrow está à caça dele por enquanto, mas preciso dela para outras coisas.

Hazel sentiu como se não conseguisse mais respirar. A música ainda tocava ao fundo, as pessoas ainda rodopiavam, rindo e dançando, mas tudo foi ficando fora de foco em sua visão periférica. Parecia que o dom da fala lhe havia sido roubado. Alderking tinha feito uma ameaça tão horrível que ela quase não conseguia acreditar que tinha escutado direito.

Pela expressão no rosto de Alderking, Hazel percebeu que ele esperava ouvir uma resposta dela tanto quanto esperava que um sapo se transformasse em cogumelo.

Só que ela precisava dizer alguma coisa, então, depois de pigarrear, Hazel falou.

— Se você soltar Sorrow na cidade, eu vou impedir.

Ele soltou uma risada cruel.

— Você? Uma andorinha sozinha não faz verão! Vá agora, Sir Hazel, divirta-se na festa. Amanhã ainda haverá tempo o bastante para começar sua caçada. Darei a você dois dias e duas noites.

O cavaleiro com as placas nos ombros aproximou-se e um alaúde começou a tocar. Lackthorn fez uma reverência e desapareceu na multidão e Hazel soube que estava dispensada.

— Ah — lembrou-se Alderking, e ela se virou para ele. — Só mais uma coisa: Meu filho tem uma espada. Uma que ele roubou de mim. Traga-a aqui e perdoarei sua dívida de sete anos. Está contente em receber essa tarefa agora?

— Quanto tempo eu já servi à corte? — perguntou Hazel. — Fiz aquela promessa quando tinha quase 11 anos e agora tenho dezesseis. São cinco anos, mais ou menos.

— Você só me serviu metade desse tempo — disse Alderking. — Você ainda me deve todos os dias.

Anestesiada, Hazel começou a andar pela multidão. Até que finalmente encontrou Jack, junto a uma mesa posta, com pratos de ouro cobertos de romãs abertas ao meio, as sementes cor de rubi presas na pele úmida e grossa das frutas; havia também ameixas escuras e uvas tão roxas que chegavam a ser negras.

Este é o povo dele. Hazel tinha consciência disso. Contudo, só naquele momento ela realmente viu, *realmente acreditou*. Tudo ali era familiar para Jack, aquele lugar secreto, assustador, belo e horrível. Aquela gente cruel e aterrorizante.

Mas mesmo sabendo disso, Jack ainda era a única coisa familiar em um mar de estranheza.

— O que ele disse? — perguntou o garoto, intrigado. — Você descobriu alguma coisa?

Hazel balançou a cabeça. Ela não queria contar pra ele ali, com todos aqueles olhos e ouvidos ao redor. Lembrou a si mesma que aquele era apenas mais um segredo, mais uma coisa que não podia dizer, mais uma coisa que ela precisaria descobrir como consertar.

Passo 1: descobrir se o eu noturno era um mau.

Passo 2: descobrir quem estava deixando bilhetes para ela. Descobrir se era a mesma pessoa que a fizera quebrar o caixão de Severin e se era a mesma pessoa que estava com a sua espada.

Passo 3: descobrir se Ainsel era amigo ou inimigo.

Passo 4: descobrir como trazer Severin a Alderking.

Era o suficiente para fazê-la querer sentar no chão e começar a chorar. Era demais. Mas não havia mais ninguém para fazer por ela e por isso não poderia ser demais. Tinha de ser perfeitamente possível. Tinha de ser exatamente o que ela era capaz de aguentar, e ela precisava aguentar.

— Quer fazer alguma coisa antes de voltarmos? — Jack parecia malicioso e estranhamente relaxado. — Podemos dançar.

— Nada de dança — disse ela, com um sorriso forçado. — Essa é uma das regras.

Jack pegou Hazel pela mão a puxou pela colina ora, parecendo sair de dentro do Jack que ela conhecia da vida toda, do Jack que era o melhor amigo de Ben, do Jack não ameaçador e totalmente inalcançável apesar daquele beijo.

— Eu não vou deixar você dançar até gastar o couro das botas. Nem vou deixar você dançar até o amanhecer. Que tal essa promessa?

A festa era tão bela quanto horrível. Talvez ele quisesse mostrar a ela a beleza, a alguém que fazia parte de sua outra vida. Havia tantas coisas sobre as quais Hazel não podia ser honesta, que ela compreendia a excitação dele em poder ser honesto sobre aquilo.

Ela revirou os olhos, mas depois das ameaças de Alderking, estava louca por uma distração.

— Promessas, promessas.

— A expressão de Jack ficou sombria por um momento, mas logo sorriu e ele puxou Hazel na direção da música.

À medida que se aproximavam, as músicas tocavam mais fundo na cabeça dela. A dor que sentira ao chegar na festa pela primeira vez voltou, atingindo-a, perfurando-a até os ossos, e fazendo seu corpo se mexer por vontade própria.

No ar, um misto de doçura e selvageria, histórias ousadas de valentia e honra e sorte, as mesmas que ela vivera quando era pequena. Uma alegria feroz estremeceu Hazel, que virou-se na direção das outras criaturas que dançavam. A música a tirou do chão e a conduziu. Animada, desorientou-se, depois sentiu medo e novamente vertigem. A mão de Jack estava colada na dela, depois passou pela sua cintura e afastou-se. Hazel procurou por ele, mas havia muita gente dançando, todos girando e rodando em um círculo em torno da violinista. Uma garota com uma coroa de tranças e expressão pesada e rosto esquisito riu e o riso soou quase como um grito. Um garoto com garras no lugar de mãos passou-as pelos ombros de outro menino. Acima deles, o aclive da colina parecia tão distante quanto o céu noturno, um dossel de raízes e luzes brilhantes. Jack movia-se ao lado de Hazel, ocasionalmente encostado nela, quente e forte e nem um pouco inalcançável. Hazel dançou e, mesmo com os pés esfolados e os músculos doloridos, continuou a dançar. Dançou até que todas as suas preocupações fossem embora. Dançou até sentir um braço passar em torno de sua cintura e puxá-la para fora do círculo.

Eles caíram juntos no chão de terra batida. Jack estava rindo, o rosto encharcado de suor.

— É bom, não é? Melhor do que qualquer coisa.

Ela se sentiu tonta, de repente, e ao mesmo tempo, como se tivesse sofrido uma perda terrível. Arrastou-se de volta na direção das fadas que giravam. Naquele momento, a impressão de Hazel era que se voltasse a dançar com eles, ficaria bem.

— Ei, ei! — Ele a agarrou de novo, puxando-a para mais longe da dança. Hazel cambaleou. — Hazel, não. Vamos, querida, hora de ir embora. Me desculpe. Eu não imaginei que você fosse ficar tão mal.

Querida. A palavra ficou parada no ar, trazendo metade dela de volta do transe. Mas, não, não tinha significado nada. Querida é como se chamam as crianças e as damas em filmes de época. Hazel piscou os olhos, os pensamentos começando a clarear.

Ele riu novamente, desta vez um pouco inseguro.

— Hazel?

Ela balançou a cabeça, envergonhada.

— Eu estou bem.

Jack passou o braço em volta dos ombros dela, dando um meio abraço.

— Que bom.

Nesse momento, uma garota veio correndo da pista de dança e agarrou o pescoço dele. Quando Hazel ia começar a dizer qualquer coisa, a menina encostou os lábios nos de Jack.

O braço dele soltou Hazel e Jack fechou os olhos. A garota tinha a boca vermelha e grande, um tom azulado na pele, rosas azuis trançadas no cabelo castanho bagunçado e o tipo de beleza misteriosa que atraía os marinheiros para o coração da tempestade. Hazel não tinha ideia de *como* eles se conheciam ou mesmo se eles *sequer* se conheciam, mas olhar o pomo de adão dele se mexer durante o beijo, ver a mão da fada passear por dentro da camisa dele, fez as bochechas de Hazel corarem de vergonha. Ela não sabia o que sentir e queria, desesperadamente, parar de sentir qualquer coisa. Jack interrompeu o beijo, olhando Hazel, claramente atordoada.

Taças do que parecia ser vinho âmbar passaram por eles, trazidas por uma criatura numa armadura de ouro. A garota agarrou uma delas e bebeu. E então virou-se para Hazel...

E beijou-a, profundamente. Tão assustada quanto maravilhada, Hazel não se afastou, não recuou. Sentiu a maciez dos lábios da garota e a temperatura fria de sua língua. Um momento depois, Hazel provou o vinho, porque a garota derramou o líquido que tinha sorvido direto da sua própria boca.

Nada de comida ou bebida. Aquela era uma das regras principais, uma das mais importantes, porque depois de provar a comida deles, qualquer outra passa a ter gosto de poeira e cinzas. Ou você pode enlouquecer e findar correndo pela cidade com um cogumelo gigante na cabeça, achando ser perseguido por um exército de grilos. Ou talvez as duas coisas ao mesmo tempo.

Então não era como se Hazel não soubesse como estava sendo tola. Ou como estava ferrada.

A sensação era de ter estrelas descendo goela abaixo. Ela sorriu estupidamente para Jack. Em seguida, escutou um rugido intenso em seus ouvidos e nada mais.

✦ CAPÍTULO 15 ✦

Ben estava na porta do quarto de Hazel. Olhava incrédulo para o bilhete em cima da cama, uma folha arrancada de um caderno, com rabiscos em caneta esferográfica.

Não fique bravo com Jack. Eu que fiz ele me levar. Só quero que saiba que eu estou bem e que não estou sozinha.

Ele esmurrou a parede com a mão machucada. Encolheu-se de dor e franziu a testa ao ver que uma lasca de tinta tinha ficado em seus dedos. Ben estava furioso com Hazel, consigo mesmo, com o mundo.

Ele não entendia por que Hazel *não estava* se gabando sobre ter libertado o príncipe. Não entendia por que a irmã havia deixado que ele se embrenhasse pela floresta úmida e fizesse papel de bobo em vez de contar o que tinha feito.

Talvez estivesse tentando proteger os sentimentos dele. O que o tornava insuportavelmente patético.

Hazel era superior a tudo, sempre fora. Estava sempre tentando proteger as pessoas, proteger a cidade, proteger os pais de lidarem com o fato de que tinham deixado muitas coisas escapar, proteger Ben de ter de encarar a própria covardia depois que parou de caçar. Enquanto alguma coisa estava atacando a escola e o pânico era geral, ela tinha permanecido lá dentro para ajudar Molly. Ben lembrou-se de como a irmã passava por aquelas portas com sua arrogância familiar, de quem diz que não precisa de mágica ou de nenhuma bênção das Fadas.

Ben contava histórias. Hazel transformara-se nelas.

Era corajosa. E uma idiota também, fugindo daquele jeito.

— Ben? — Era a mãe chamando lá de baixo. — Está tudo bem? Você se machucou?

— Estou bem! — gritou de volta. — Está tudo bem.

— Vem aqui. Hazel também.— Na cozinha, a mãe tirava coisas velhas da geladeira para jogar fora. Vestia uma das camisas do pai, grande e cheia de respingos de tinta.

Ela desviou o olhar do que fazia quando Ben entrou, um recipiente de plástico cheio de iogurte mofado em uma das mãos.

— Seu pai ligou. Ele quer que a gente vá ficar com ele no Queens por alguns dias.

— O quê? Quando?

Ela jogou o iogurte na lata de lixo.

— Assim que você e sua irmã estiverem prontos. Eu realmente detesto essa cidade às vezes. As coisas que estão acontecendo me dão arrepios. Onde está Hazel?

Ben suspirou.

— Eu vou procurar.

— Não levem muita coisa. Os dois.

Por um momento, Ben quis perguntar se esses arrepios significavam que ela estava com medo. Queria saber como ela conseguia fingir que coisas ruins não eram assim *tão* ruins. A mãe fazia isso tão bem que às vezes Ben achava que era louco por ter consciência daquilo o tempo todo.

Sem saber o que fazer, saiu da cozinha e ficou sentado na escada por quase uma hora arrancando ervas daninhas, dando nós em seus caules até arrebentá-las e olhando para a lua no céu ainda claro. Era sua obrigação de irmão encobrir o sumiço de Hazel, mas era impossível a mãe não descobrir. Finalmente, Ben voltou para dentro, batendo a porta de tela.

— Hazel não está — disse ele.

A mãe se virou na direção dele.

— Como assim?

— Como assim o quê? Ela não está aqui, ué. Saiu há horas, provavelmente pra tentar descobrir o que realmente está acontecendo na cidade.

A mãe olhou para ele como se o que ele tivesse dito não fizesse sentido.

— Mas isso é perigoso.

Ben bufou e começou a subir as escadas em direção ao quarto.

— É, eu sei.

Ele tentou ligar para o celular de Jack, mas caiu direto na caixa postal. O de Hazel estava no quarto ao lado. Ben se jogou na cama, tomado por uma exaustão avassaladora. Tinha passado a noite anterior em claro e não tinha ideia do que fazer. Deitado ali, pensando, foi fácil fechar os olhos. Logo estava dormindo de roupa e tudo.

Acordou com uma brisa fria entrando pela janela aberta. Piscou para a escuridão lá fora sem ter ideia de quanto tempo tinha dormido; sabia, no entanto, que o buraco em seu estômago era o instinto tomando conta. Algo estava por perto. Adrenalina e medo e uma excitação de gelar a pele inundaram suas veias.

Quando pegou no sono, a janela estava fechada.

Ben se lembrava de ter se sentido assim nos velhos tempos, quando ele e Hazel estavam na floresta, os pelos na nuca ficando arrepiados para alertá-lo de que, mesmo que não conseguisse ver o monstro, com toda certeza o monstro conseguia vê-lo.

Então, Ben escutou uma voz junto ao ouvido:

— Benjamin Evans.

Enquanto lutava para se sentar, Ben viu o garoto de pé ao lado da cama, iluminado pela lua cheia. O garoto usava suas roupas. Por um momento, Ben piscou. O capuz do moletom fazia sombra sobre o rosto do outro, mas Ben conhecia aquela roupa. Era a que havia deixado na floresta, dobrada sobre uma mesa de madeira para o príncipe.

— Oi — gemeu Ben, quase sem voz. Ele sabia que precisava ser melhor do que aquilo. Precisava dizer algo que demonstrasse que não estava com medo, embora estivesse. — Decidiu me matar, afinal?

Severin tirou o capuz. Seu cabelo castanho emoldurava as maçãs do rosto, e Ben pôde notar as pontas dos chifres por trás das orelhas. Sua expressão era indecifrável.

Ele era lindo de morrer, de parar o coração. E ele pertencia a Hazel. Ela quem o havia libertado, portanto Severin estava fadado a amá-la. Hazel, a quem tinha beijado. Provavelmente o seu primeiro beijo em um século. Hazel poderia não se apaixonar imediatamente, mas acabaria cedendo no final. Era assim nos contos de fadas.

Ben era um idiota. Teria se apaixonado instantaneamente.

— Eu vim para contar uma história — explicou Severin, com a voz suave. — Você me contou tantas. É a minha vez.

— Por quê? — Ben perguntou, ainda sem realmente ser capaz de processar o fato de Severin estar ali, no quarto dele. — O que você quer?

Mesmo sem as luzes acesas, ele estava ciente dos pôsteres idiotas na parede, da calça jeans no chão onde ele deixou e nunca se deu ao trabalho de pegar. O cesto estava cheio de roupas sujas, e ao lado da cômoda, pregada num quadro de cortiça, havia uma fotografia do menino de chifres, dormindo. Tudo naquele quarto era constrangedor.

— O que eu quero? Muitas coisas. Mas, por enquanto, apenas conversar — respondeu Severin. — Eu acho a sua voz... calmante. Vamos falar de irmãs.

— Irmãs — repetiu Ben. — Você quer que eu fale de Hazel?

— Você não me entendeu — corrigiu Severin. — Eu quero somente que você me escute.

Ben lembrou-se do que Severin tinha dito pouco antes de beijar Hazel. As palavras pareciam gravadas em sua pele. *Eu conheço cada um dos seus segredos. Sei de todos os seus sonhos.*

Se ele conhecia os segredos de Hazel, então certamente sabia os de Ben ainda melhor. Era Ben quem tinha ido ao caixão quase todos os dias, Ben quem falara com Severin como se conversasse consigo mesmo em voz alta. Tinha confessado a ele que bebera champanhe barato demais no último réveillon, na festa de Namiya, e vomitara nos arbustos. Tinha admitido para Severin em detalhes como se sentira perigosamente bem na primeira vez em que outro menino o tocara. Tinha contado a ele quem é que odiava na escola e quem apenas fingia se odiar. Talvez Hazel estivesse certa em não contar nada importante a Ben.

Severin tomou fôlego e começou a falar.

— São quase sempre fadas solitárias as que vivem em florestas profundas como a que circunda Fairfold. Os nobres cavaleiros das cortes feéricas não costumam vê-las com bons olhos, já que são muito selvagens, muito feias e seus atos de violência são muito grosseiros.

— Fadas solitárias? — perguntou Ben, tentando se inteirar.

— Pucas trapaceiras. Mulheres verdes capazes de arrancar a pele de um homem se ele pisar no pântano errado — contou Severin. — Fêmeas de bumbum empinado que inspiram os artistas ao auge da criatividade e às profundezas do desespero. *Trows*, com caudas compridas e peludas e grandes apetites. *Goblins* travessos, *hobs*, *pixies* com asas das cores do arco-íris, e todo o resto. As criaturas entre nós que fazem morada na selva ou dentro da lareira de um mortal. Aquelas que não vivem em cortes, que não brincam de reis e rainhas e pajens. Aquelas que não são nobres como o meu pai.

— Ah. — A palavra *mortal* chamou a atenção de Ben. Era uma palavra tão estranha e antiquada. Coisas mortais eram coisas que morriam.

Severin levou os dedos frios ao rosto de Ben, que estava quente. Ben sentiu um leve cheiro de terra e plantas quando Severin colocou uma mecha do cabelo dele para trás da orelha.

O corpo inteiro de Ben parecia deliciar-se com aquele toque.

Severin continuou. Ben não fazia ideia do que aquele toque significava, se é que significava alguma coisa. Os olhos de Severin pareciam mais brilhantes do que nunca, reluzindo com intensidade.

— Sorrel, minha irmã, nasceu de uma dama da corte antes do exílio de nosso pai. Ele a levou com ele quando fugiu, junto com sete espadas mágicas, incluindo a que eu estou procurando, e o ferreiro que as forjou, uma criatura chamada Grimsen, capaz de criar qualquer coisa a partir do metal. Meu pai veio para Fairfold com sua comitiva e passou a se intitular Alderking. Este nome deriva de uma árvore chamada amieiro, cujo nome científico é alder, árvore essa que é considerada a soberana da floresta. Mas *Alderking* tem um significado mais sinistro, também. Talvez você já tenha ouvido isso: *Mein Vater, mein Vater, jetzt faßt er mich an! Erlkönig hat mir ein Leids getan!*

Ben balançou a cabeça. Parecia alemão.

Severin se afastou de bem e se encostou na janela, com os ombros contra o vidro.

De repente, Ben sentiu-se como se pudesse respirar de novo. Passou a língua pelos lábios ressecados.

— *Meu pai, meu pai, ele atinge a mim. Alderking me feriu, enfim.*— Severin cerrou as mãos em punhos, os anéis em seus dedos brilhando em contraste ao despojamento da calça jeans e do moletom. — É de autoria de um poeta humano. Fala sobre um homem cujo filho morre em seus braços por causa de Alderking. A dor é a carne que Alderking come e o sofrimento é a bebida. Ele passou a comandar as fadas solitárias de Fairfold e até teve um filho com uma delas.

"Um filho bastante parecido com o povo de seu pai, embora os chifres que brotem de seu rosto sejam um traço da mãe. Minha mãe era uma dessas fadas selvagens, uma puca. O que significa que por mais que o sangue do meu pai corra em minhas veias, ele não me considera um herdeiro de verdade. Sou todo feito de árvores e folhas e ar livre. Talvez se meu pai gostasse mais de mim, tivesse poupado a minha mãe."

O garoto de chifres realmente era um príncipe, pensou Ben. Recordou-se do que Severin tinha dito antes sobre a mãe, sobre ela ter sido esquartejada na frente dele. Teria sido a mando de Alderking?

Severin continuou a falar. Ele era um bom contador de histórias, a entonação subindo e descendo como em uma canção.

— Embora eu quisesse a aprovação do nosso pai, e Sorrel não se importasse nada com isso, ele sempre foi mais favorável a ela. Ele falava sobre seus planos de derrotar a rainha que o havia exilado, Silarial, uma ambição que não esmorecia com o tempo, assim com a raiva que sentia. Minha irmã dizia a ele que o destino havia lhe trazido a Fairfold e que ele devia aproveitar. Ela amava os bosques e a cidade. O que era ótimo, até que ela se apaixonou por um mortal.

Severin disse aquilo como se a irmã tivesse contraído algum tipo de doença fatal.

— Isso é tão ruim assim? — perguntou Ben, desejando que Severin voltasse a se aproximar da cama, mas ele não o fez. Ben sentia-se um idiota.

Severin ergueu as sobrancelhas.

— Para o meu pai? Poucas coisas que ela fizesse poderiam ser piores do que isso.

— E você concorda com ele? — Ben se perguntou o quão repugnante ele era aos olhos de Severin.

— Bem, eu concordava. O garoto se chamava Johannes Ermann, tinha cabelo claro e ombros largos, e gostava de dar longos passeios pela floresta, sonhar acordado e escrever poemas sobre lagos pantanosos e recantos de flores silvestres, que ele recitava para quem quisesse ouvir. Eu não gostava nada dele — completou Severin. — Na verdade, eu o matei.

Ben não conseguiu evitar e riu alto. A história parecia saída de um conto de fadas, louco e assustador.

Severin sorriu, como se também achasse graça. Talvez por causa da reação de Ben, talvez por se lembrar de quão divertido tinha sido matar Johannes. O sorriso deixava Severin ainda mais belo, tão lindo que, de repente, foi fácil lembrar que ele não era humano e que Ben precisaria ser muito idiota para imaginar que ele fosse capaz de se comportar como um.

— Eu não o matei imediatamente. Se tivesse, talvez as coisas tivessem sido diferentes. Minha irmã casou-se com ele, deixando de lado os vestidos tecidos com raios de lua, abrindo mão dos prazeres extravagantes da floresta. Permitiu-se usar um vestido mal cortado de seda, pesado e fora de moda, vindo da Alemanha e emprestado pela mãe do noivo, e foi com ele a uma de suas igrejas para fazer votos.

Ben tentou imaginar a cena. Cochichar através do vidro do caixão parecia um pouco como gritar para um músico em cima do palco, como delirar por causa de estrelas de cinema. Mas o que aconteceria se você fosse escolhido na multidão? O que aconteceria se fosse chamado para a festa? Ele se perguntou se tinha sido assim que Johannes se sentira quando se casou com uma fada.

— Meu pai permitiu que Sorrel se casasse, mas somente se seu marido se submetesse a um geis. Você sabe o que é isso?

Ben não sabia.

— Uma espécie de missão?

Severin balançou a cabeça.

— Um geis é um tabu, uma proibição. Algo que se deve ou não fazer. Meu pai disse que se minha irmã chorasse três vezes por causa de Johannes, ele nunca mais a veria. Johannes, inebriado, concordou.

"Sorrel era uma esposa diligente; fazia o jantar, costurava, cuidava do jardim e ia à igreja aos domingos. Tentou criar uma casa acolhedora para o marido, mas a estranheza era óbvia, não importa o quanto ela tentasse se ajustar. Caprichosamente, Sorrel costurou rosas e folhas nos punhos de um casaco comum. Seu animal de estimação era uma gralha azul. Acrescentava ervas às compotas e geleias, enquanto cantava suas canções de fada em linguajar obsceno. Mas ela adorava Fairfold, e isso eu nunca entendi. Mesmo que os moradores da cidade a olhassem meio de soslaio, ela ainda assim os adorava. Adorava brincar com as crianças, adorava rir com as fofocas. E, por mais que eu implicasse com ele, ela amava Johannes.

"Entenda. Nós não amamos da mesma forma que você. Uma vez conquistado, nosso amor pode ser terrivelmente constante. Depois que se casaram, Johannes mudou em relação a ela. Passou a ter mais medo de sua estranheza, por mais que ela se esforçasse como esposa leal."

— Então ele era um idiota? — perguntou Ben, se endireitando melhor junto à cabeceira. Havia algo de estranhamente perturbador no fato de estar sentado na própria cama ao falar sobre essas coisas, mesmo que a história fosse terminar em tragédia. — Sua irmã estava arrependida de ter se casado com ele?

— Nós amamos até deixarmos de amar. Para nós, o amor não desaparece gradualmente. Ele se quebra, como um ramo quando é dobrado além do possível.

Para Ben, o amor era a chama na qual ele queria renascer. Ben queria ser refeito através dele. Compreendia o motivo pelo qual Sorrel tinha fugido para começar de novo. E pela primeira vez, compreendeu como fugir era um péssimo plano.

— Foi isso o que aconteceu?

— Receio que não — disse Severin, que se levantou e se virou um pouco. Com os dedos na janela e o perfil embaçado sob a luz da lua, Ben suspeitava que ele não queria revelar sua expressão enquanto falava. — Talvez Johannes não se lembrasse do geis ou não tenha pensado nas consequências, mas minha irmã chorou por causa dele. A primeira vez foi porque Johannes a repreendeu em público, criticando seu lado selvagem. A segunda vez porque ele a recriminou por não ficar de resguardo ao sábado. Na terceira vez, porque apanhou dele. Não haveria quarta.

"Das sete espadas mágicas que meu pai trouxe da Corte do Leste, duas eram especiais. Heartseeker e Heartsworn. Heartseeker nunca perdeu a mira. Heartsworn poderia cortar qualquer coisa, de pedra a metal e até ossos. Meu pai me entregou Heartsworn e me disse para matar Johannes. Eu estava com raiva o bastante, desprezava os humanos o bastante e tinha também bastante vontade de agradar meu pai. Enquanto Sorrel estava fora colhendo ervas, eu fui até a casa dela e ataquei Johannes."

— Você o matou? A sangue frio?

Parecia um pesadelo, do tipo que mantinha crianças acordadas, atentas ao menor movimento na escuridão.

— O sangue dele estava quente o suficiente — respondeu Severin, olhando para a floresta. — E o meu também. Eu estava com tanta raiva que não levei em consideração o que Sorrel sentiria.

— Porque ela ainda o amava, certo? Os sentimentos dela por ele ainda não tinham se quebrado como um galho, ou sei lá o quê.

O elfo balançou a cabeça.

— Imagino que tenha sido uma coisa insensível de se dizer. Talvez nosso amor não seja nada diferente do de vocês, talvez todo mundo ame até o amor acabar, ou talvez todo mundo ame de maneiras diferentes, tanto os humanos quanto as fadas. Peço que me perdoe. Eu cresci com um pai que se gabava sobre a superioridade do meu povo, e apesar de ter ouvido vocês falarem por décadas e décadas, isso ainda não espantou todo o mau hábito de ser presunçoso.

Ben, que tinha falado sério ao perguntar sobre a mudança de sentimentos de Sorrel, ficou mortificado ao notar que Severin tinha achado se tratar de deboche ou coisa assim.

— Não, eu...

— Eu não compreendia — respondeu Severin. — Eu achava que, porque Johannes era humano, sua vida não importava. Sendo assim, como a morte importaria? Parecia ridículo que minha irmã pudesse amar uma criatura daquelas, quanto mais sofrer por ele. Se Johannes não era bom para ela, por que não simplesmente arranjar outro? Eu não fazia ideia do quão longo poderia ser um único dia. Imóvel naquele caixão, eu não fazia ideia de que a duração da vida de um mortal pudesse parecer interminável. Não fazia ideia mesmo.

Sem ter decidido de modo muito consciente, Ben levantou-se da cama. Apesar de ter sido claramente a pior ideia do mundo e ele ter pensado que poderia desmaiar ou morrer, Ben colocou a mão nas costas de Severin, sentindo os músculos tensos sob os dedos e os pelos eriçados em sua nuca.

Severin ficou tenso e depois soltou um longo suspiro, estremecendo.

— Talvez a inveja tenha feito minha mão avançar, já que Sorrel era minha confidente na corte. Ela ficava do meu lado contra nosso pai. Ela inventava canções idiotas para mim quando eu estava triste. Sem ela, eu estava sozinho e eu a queria de volta. Somos todos suscetíveis ao autoengano quando este nos é favorável.

Ben ainda tocava em Severin, sem saber o que fazer com a mão. Parecia estranho deixá-la onde estava, mas seria mais ainda ousado levá-la até o ombro ou o peito do elfo. Ben inalou o cheiro de grama cortada que vinha dele, absorveu o calor de sua pele.

Certa vez, Ben foi com um garoto até o caixão de Severin e os dois se beijaram em cima do vidro. Ben tinha feito de conta que era o garoto de chifres quem ele beijava.

E tinha dito isso a Severin, também, nem de longe a coisa mais humilhante que dissera a ele.

Ben não moveu a mão. Depois de algum tempo, Severin falou novamente:

— Ela chorou sem parar por causa do marido morto. E então abandonou sua casa, deitou-se num trecho de musgo na floresta e chorou. A dor de minha irmã era tão terrível que besouros e aves, ratos e veados, todos choraram com ela, todos deterioraram-se a pelo e osso de tão tristes. Rochas e árvores choravam, rachando e deixando cair suas folhas. Eu fui até ela e pedi que ela pusesse de lado a dor, mas ela me odiava por aquilo que eu tinha feito e se recusou. Joguei Heartsworn fora e pedi que ela se vingasse de mim, mas sequer isso ela levou a sério. A dor a transformou. Sorrel se tornou um monstro, uma criatura saída dos pesadelos, feita de dor e tristeza, tudo por minha causa.

— A sua *irmã* é o *monstro*? — Ben gaguejou.

— É — respondeu Severin. — A criatura à solta pela cidade já foi minha irmã um dia e essa é a história que eu vim aqui lhe contar. Você precisa entender que, se eu puder salvá-la, eu irei. E entender também que o perigo que está correndo.

Ben entendia de irmãs. E ele entendia de histórias. Mas não entendia o que tinha feito para merecer ouvir aquela.

— Então você veio para me *avisar*?

— Quando ouvi a sua voz naquela noite, eu a reconheci imediatamente. É uma voz que eu conheço melhor do que a minha própria. Há muitos anos que eu não falo em voz alta. Agora que eu posso, é com você que eu quero falar. É com você que tenho uma grande dívida.

— Uma dívida? — Ele se sentiu como um papagaio, repetindo o que Severin dizia.

— Quase enlouqueci com todas aquelas vozes, sabe? Aquela cacofonia, palavras que eu não conhecia se acumulando, o tempo passando em saltos. E veio você, falando só comigo. Comecei a perceber a duração de um dia no intervalo entre as suas visitas.

Ben ficou corado. Tudo aquilo era demais. Ele percebeu que Severin iria machucá-lo mais do que qualquer um fizera antes, porque Ben já tinha apontado a espada contra o próprio peito e colocado a mão daquele estranho em volta do cabo.

Ele amava Severin e mal o conhecia.

Severin contou o resto, como a forma monstruosa de Sorrel atormentava seu pai, mas como, ao mesmo tempo, ele desejava encontrar uma maneira de aproveitar o poder dela. Contou que Alderking pedira a Grimsen que fabricasse um caixão capaz de segurá-la até que ele encontrasse uma forma de ter controle sobre ela. Severin descreveu a feitura do caixão, a forja da moldura de metal a partir do ferro quente como sangue e o cristal feito de lágrimas. E explicou que tinha sido contrário à decisão do pai, recusando-se a deixar que ele prendesse a irmã. Alderking protestou, dizendo que desejava que Severin e Sorrel nunca tivessem nascido, jurando que se algum dia gerasse outra criança, cortaria a própria garganta em vez de ter de vê-la crescer para ser traído de novo. Severin não cedeu apesar de todos os gritos do pai. Ele não deixaria que a irmã fosse colocada em um caixão.

Foi então que Alderking sacou sua espada mágica, Heartseeker, a espada que nunca errava. E como Severin tinha jogado Heartsworn fora, não tinha saída. Foi enclausurado no caixão em vez da irmã e nele permaneceu até que a irmã de Ben o libertasse.

Ben tentou se concentrar na história, tentou se concentrar nas palavras e descobrir o significado daquilo, mas só conseguia pensar em como estava perdido.

✦ CAPÍTULO 16 ✦

— Acorda! — Jack estava com a mão no rosto de Hazel e sua voz flutuava em algum lugar acima dela. Ele estava rouco, como se tivesse gritado muito. — Por favor, por favor, por favor. Por favor, acorde.

Ela lutou para abrir os olhos. Era como se estivessem colados. Quando finalmente conseguiu, viu Jack debruçado por cima dela, parecendo mais nervoso do que jamais o tinha visto. Ele deu um soco no chão e fechou os olhos por um longo momento, respirando fundo.

— No que você estava pensando? — gritou ele, a voz ecoando pelas árvores. Foi então que Hazel percebeu que ainda estavam na floresta, que havia uma cama de relva e musgo embaixo dela e que, acima deles, o céu tinha o tom cinza da aurora.

Ela tentou ficar sentada, mas estava muito tonta.

— Eu não sei — respondeu ela, confusa. — Eu estava... eu não sei. Me desculpe. O que... o que aconteceu?

— Antes ou depois de você tentar se afogar num lago subterrâneo? — Jack andou de um lado para o outro sobre o tapete de folhas de pinheiro, encostou a cabeça no tronco de uma árvore e olhou para as nuvens, como se não conseguisse acreditar que estivesse precisando lidar com aquele problema todo. — Ou que tal falarmos sobre quando você resolveu recitar números primos em vez de falar palavras? Ou como você ameaçou uma criatura peluda e sombria com uma espada de cavaleiro? Espada essa, por sinal, que eu não faço ideia de como você conseguiu tirar dela? Ou sobre como você desmaiou e eu não conseguia te acordar e fiquei *apavorado*, porque ultimamente muita gente anda apagando por aí?

— Me desculpe — repetiu baixinho, já que não conseguia mesmo pensar em mais nada para dizer. Hazel não se lembrava de muita coisa além do beijo da elfa, do sabor do mel e do vinho. Todo o resto era uma escuridão vazia.

— Não precisa se desculpar — disse Jack, esfregando a mão no rosto. — Eu não estou... eu não sou eu mesmo. Não me dê ouvidos.

Hazel ficou sentada e olhou ao redor. A tontura e a visão embaçada estavam melhorando um pouco.

— Como chegamos aqui? — perguntou Hazel, reconhecendo o trecho da floresta. — Viemos andando?

— Eu carreguei você — respondeu ele, com um sorriso torto.

Ela devia ser muito pesada, como um saco de cimento, só que com a capacidade de babar. E embora não imaginasse uma forma de sentir-se ainda mais humilhada, Hazel descobriu que não importa o quão baixo uma pessoa venha a cair, sempre há um buraco mais fundo.

— Obrigada — repetiu ela, tentando não se encolher. Então lembrou-se de que o Povo não gostava que se agradecessem as coisas. Ela nunca pensava em Jack como alguém a quem tais regras deveriam ser aplicadas, mas, depois da festa, via-se forçada a pensar diferente. — Me desculpa. — Foi o terceiro pedido de desculpas, e Hazel estava tentada a emendar um quarto e um quinto, uma ladainha de me desculpe, me desculpe, me desculpe.

— Hazel — disse Jack, com um grande suspiro. — Eu não estou zangado, ok?

— Ok — disse ela sem acreditar, embora discutir fosse inútil.

Hazel perdeu o equilíbrio. Os pés, dentro das botas encharcadas, estavam totalmente molhados. Ela não conseguia lembrar como tinham ficado assim, mas lago subterrâneo era uma boa aposta. Hazel queria tirá-las, mas também queria ficar onde estava, deitada e sentindo pena de si mesma.

Jack sentou-se numa raiz ao lado dela. Ele tinha perdido o casaco e a parte da frente de sua camisa estava um pouco rasgada, como se alguém a tivesse puxado demais.

— Não estou bravo com *você*. Eu estou com raiva de mim.

— Por quê? — perguntou, descrente. —Eu sabia as regras e não as respeitei.

— Você agiu do jeito que todos os humanos agem quando tomam vinho das Fadas. Absolutamente *todos*, desde quando o mundo é mundo. Eu deveria ter impedido. Eu vi o que você estava fazendo e o que ela estava fazendo, mas fiquei envolvido no momento e não fiz porcaria nenhuma. Às vezes me sinto uma pessoa diferente quando estou com eles. Uma criatura completamente diferente de um ser humano. Mas você... Você deveria estar sob minha proteção. Eu agi mal e depois ainda gritei com você... Bem, eu agi *muito* mal na verdade. Minhas duas mães me fariam implorar pelo seu perdão. Me desculpe, Hazel.

Na voz dele ainda havia um vestígio do modo de falar do Povo. E, estranhamente, isso o fazia parecer mais com ele mesmo. É como quando uma pessoa dormindo fala com um sotaque que ela já perdeu quando está acordada.

As copas das árvores filtravam a luz da manhã, aquecendo as plantas e a grama ao redor de Hazel. Ao longe, pássaros cantavam uns para os outros, e ao lado dela, o perfume de frutas vermelhas esmagadas enchia o ar.

O dia estava chegando.

— Eu estou bem — disse ela, estendendo a mão para puxá-lo para perto. Jack caiu ao lado dela.

— Não graças a mim — retrucou ele.

— Muito graças a você, e ainda assim, tudo bem. Foi uma aventura. — Ela suspirou. — Alderking me disse uma coisa. Disse que eu tenho de levar Severin até ele.

— Severin? — repetiu Jack.

— O príncipe — disse Hazel. — Tenho dois dias. Se eu não conseguir, Alderking disse que mandaria suas tropas atacarem a cidade.

Jack ergueu as sobrancelhas.

— Você me disse que não tinha descoberto nada....

— Eu menti — disse Hazel, com um sorriso envergonhado.

Ele não parecia zangado. Em vez disso, intrigado.

— Por quê?

Não me faça perguntas e não precisarei mentir. De onde vinha isso? A frase ecoou na cabeça de Hazel como uma cantiga de roda. Ela respirou fundo e tentou ser o mais honesta possível.

— Eu não queria ver sua reação porque tinha certeza de que você ficaria horrorizado. Você está meio horrorizado agora, aliás. E eu teria de admitir que estamos todos ferrados.

— Você não precisa fazer isso sozinha — disse Jack, virando de barriga para cima e olhando para o céu que clareava.

Hazel lembrou-se de como era ter um parceiro, no tempo em que acreditava que não havia nada de tão terrível que fizesse Ben recuar, no tempo em que ela achava que sua missão era ser um cavaleiro. O cavaleiro de Ben. Aquela que empunhava a espada, que ia à frente, mantendo-o em segurança para que ele pudesse salvar a todos e contar a história.

— Você não precisa dizer isso — falou.

— Se eu *precisasse* dizer, não significaria muita coisa. — Jack deu um sorriso rápido. — Mas andei pensando. Por que Alderking escolheria você? Por que ele acha que você pode capturar Severin? E por que você não está fazendo essas perguntas também? Hazel, o que você não está me contando?

— Como assim? — Hazel perguntou, tentando ganhar tempo. Seu coração começou a bater três vezes mais rápido. Jack era esperto, inteligente o suficiente para descobrir que ela tinha omitido detalhes, talvez até para adivinhar o que ela não tinha contado.

A ideia de que alguém pudesse ver nas entrelinhas o que ela não estava falando, que pudesse adivinhar seus segredos, deixava Hazel tentada a contar tudo. Estava muito cansada de estar sozinha.

— Eu estou surtando. Meu coração está batendo um milhão de quilômetros por hora. Olha só, coloque a mão aqui.

Ele balançou a cabeça, mas em seguida pareceu ceder, deixando que ela pressionasse a mão dele contra a pele dela A palma aberta, fria e cuidadosamente colocada sobre o coração dela.

— Qualquer um estaria surtando — disse ele. — Isso é normal.

— Eu nunca quis ser normal — disse Hazel com delicadeza, sofrendo ao admitir isso para alguém que provavelmente nunca se sentiu assim. Então, com ainda mais delicadeza, disse: — Quero que você me distraia.

— Distrair você? — Ele olhou para ela com os olhos meio fechados, com a mão ainda sobre o coração dela.

— O quê? — perguntou ela, sorrindo meio sem querer. Hazel não conseguiu decifrar a expressão de Jack, mas compreendeu o jeito com que ele inclinou o corpo na direção dela.

— Você realmente quer que eu...?

— Mais do que tudo — disse Hazel, suave e segura.

Ele se debruçou sem dizer nada e os lábios se tocaram. Por um momento louco, Hazel se perguntou se Jack queria ela. Especificamente *ela*, não simplesmente aquele momento.

No início, o beijo parecia fazer parte da noite e da dança, cheio daquela loucura de sonho. Jack a beijou como se quisesse ter certeza de que ela estava acordada e bem. A beijou como se achasse que ela poderia virar fumaça no momento em que ele parasse.

Ela rolou na direção do garoto, que passou o braço em volta do seu corpo, puxando-a para mais perto. Os dedos dele foram parar na curva das costas, junto à cintura. Tudo parecia líquido e lento. As mãos dela lidavam com a camisa dele, tentando puxá-la por cima dos ombros largos. Hazel pressionava a bochecha contra a pele suave de Jack, que emitiu um som baixinho vindo do fundo da garganta. Parecia a maneira dele de conter outros sons, menos educados, que Hazel queria desesperadamente ouvir. Durante tudo isso, ela não conseguia deixar de pensar em como era estranho fazer aquilo com um amigo.

Ela se afastou e olhou para ele, viu sua boca inchada e sua respiração irregular. Os olhos dele estavam fechados.

— Hazel. — Ele começou a falar e ela adivinhou o que Jack estava prestes a dizer, mas não quis ouvir. Ela não queria desculpas e não queria explicações e não queria parar.

Ela o beijou e o empurrou contra o chão. Depois, o beijou um pouco mais. As mãos dele subiram e desceram pelas costas de Hazel, por cima da camisa, dedos ágeis deslizando sobre as costelas dela. Ele parecia obsceno e sórdido e lindo com a calça jeans desabotoada e caída na altura dos quadris. Hazel espalmou as mãos sobre o estômago dele, e Jack inclinou os quadris na direção dela.

— Hazel — disse ele novamente, desta vez com as mãos nos ombros dela para mantê-la a uma leve distância. Em um primeiro momento, Jack falou lentamente, como se fosse difícil se concentrar. Depois que as primeiras palavras saíram, no entanto, o restante veio depressa. — Hazel, eu só queria dizer que eu gosto de você. E quero dizer... pode ser que eu esteja louco, mas não sei se ia querer ficar comigo se soubesse disso. Eu meio que acho que não, então é por isso que eu estou te contando. Mas se quiser continuar com o que estamos fazendo, então eu estou pronto pra calar a boca agora.

O rosto de Hazel ficou congelado. Ela sentiu a pausa momentânea na qual o pânico emergiu. E por mais que tentasse sorrir para disfarçar, já era tarde demais. Ele a conhecia muito melhor do que ela pensava. Muito melhor do que ela se sentia confortável em ser conhecida.

Jack assentiu ao deslizar as mãos para tentar fechar o zíper da calça.

— *Você*? Gosta de *mim*? — perguntou ela, precisando que ele repetisse aquelas palavras, para ter certeza de que tinha ouvido do jeito que entendeu.

Estranhamente, isso fez Jack colocar a mão no rosto, esfregando os olhos e as bochechas.

— Sim. Você está surpresa? Eu acho que todo mundo já percebeu. Tipo, por que você acha que Carter tá sempre enchendo o seu saco?

— Eu não sei — disse Hazel. — Não é por causa disso, é?

Ele olhou para ela com uma expressão que ela não tinha certeza se já tinha visto no rosto dele antes, faminto e um pouco desesperado.

— Pensei em beijar você tantas vezes em festas. Imaginei eu empurrando você contra o tronco de uma árvore, afastando todos os caras para quem você não dava a mínima. Achei que você ia achar graça, eu sendo o melhor amigo do seu irmão e tudo mais.

— Você acha que eu quero magoar Ben?

Jack deu de ombros.

— Eu acho que vocês dois sempre querem um pedacinho do que o outro tem, só isso.

Aquilo irritou Hazel, ver que ele não estava nem um pouco errado.

— Então, por que você nunca fez isso? Por que nunca me beijou?

A risada dele veio em um sopro suave.

— A última coisa da qual preciso é mais um fingimento. Não queria agir como se eu não tivesse sentimentos por você, uma vez que eu tenho. Enfim. Quero dizer que eu gosto de você já faz um bom tempo. Minha mãe uma vez... Ela me mostrou uma garota com o seu rosto.

Hazel se afastou de Jack, para poder se concentrar no que ele estava dizendo, sem o calor do corpo dele atrapalhando seus pensamentos.

— Com o meu rosto?

— Bem, é. Quero dizer, você sabe que meu povo pode assumir várias formas, certo? Eles estavam mexendo comigo. — Ele corou. — Hazel? O que está acontecendo?

O estômago dela se retorcia de náusea.

— Hazel? — repetiu Jack, mais alto desta vez. Ele acenou com a mão na frente do rosto dela. — Eu não queria assustar você, ok? A gente pode esquecer o que eu disse.

— Não é isso —disse ela, baixinho, ajeitando as roupas. — Eu tenho uma coisa para te contar. Uma coisa que eu já deveria ter dito.

Jack esperou, afastando-se mais um pouco para que ela pudesse se sentar direito. Ele tinha adivinhado tanta coisa, que Hazel esperava que fosse entender as razões que a levaram a esconder o resto. Antes que pudesse pensar melhor, Hazel começou a falar.

Contou tudo. Das caçadas com o irmão, ao pacto, a acordar com lama nos pés e os pedaços de cristal na palma da mão, dos enigmas para o monstro a tudo que Alderking dissera naquela noite.

Jack olhou para ela admirado.

— Então ele disse que você já vem servindo a ele esse tempo todo? Como um cavaleiro?

Ela suspirou.

— Acho que soa meio idiota quando...

Foi quando Jack agarrou um longo galho caído do chão. Com um grito, ele pulou e apontou-o para ela.

Assustada, Hazel reagiu sem pensar. Deu um chute no estômago dele e arrancou o galho de sua mão em um movimento tão fluido que parecia que tudo tinha acontecido de uma vez só. Jack caiu em cima de folhas e espinhos e gemeu. Ela deu um passo à frente e girou o graveto inconscientemente, mas parou antes de perfurá-lo com ele.

Ele rolou pelo chão, atônito, e depois começou a rir.

— Você ficou maluco? — gritou Hazel. — O que você estava fazendo? Por que está rindo?

Jack balançou a cabeça. Uma das mãos estava sobre o estômago e a outra ele usou de apoio para se levantar.

— Não sei. Achei que iríamos descobrir se você... Ai, isso doeu. Obviamente ele estava falando a verdade. Você teve algum treinamento.

Ela esticou a mão para ajudá-lo a ficar de pé.

— Você está bem?

— Dolorido, mas eu mereci — disse ele, cambaleando. — Que ideia brilhante a minha, hein?

— Então você não fazia ideia de que eu era um cavaleiro? Esta não era uma das coisas que você estava proibido de me contar?

Jack balançou a cabeça.

— Se eu soubesse, eu teria te contado. Teria encontrado um jeito. Eu juro, Hazel.

Sem querer, ela sorriu.

— Estou com medo de ter estragado tudo.

— Isso não é possível — disse ele, apertando os dedos dela. — Não está tudo perdido, então você não pode ter estragado tudo. — Por um momento, Jack parecia prestes a dizer algo mais, e ela percebeu quando ele decidiu falar outra coisa. — Vamos, nós dois precisamos dormir um pouco. E se a gente não for agora, não vamos conseguir entrar em casa sem que ninguém veja.

— É, você tem razão. — Hazel tinha tanto para decifrar que dormir parecia uma ótima ideia. Desligar tudo por um tempo, era a melhor coisa que ela podia imaginar.

Caminharam juntos até chegarem à beira da floresta, perto da casa de Jack, onde atravessaram o gramado. Uma luz pálida começava a atravessar a copa das árvores a leste.

— Você está bem para ir para casa? — perguntou Jack. A lembrança de ter tocado nele a assombrava. O cheiro dele estava nos pulmões dela, e os dedos coçavam de vontade de tocar a pele dele de novo, para ter certeza de que ele ainda daria um sorriso, que ele ainda gostava dela. — Eu posso ir com você.

Hazel balançou a cabeça.

— Não precisa, vou ficar bem.

Ele deu um passo para longe dela, com as mãos nos bolsos e um sorriso vago.

— Nos vemos em algumas horas.

Então a porta dos fundos da casa dos Gordon se abriu, e a mãe dele saiu vestida com um robe felpudo azul. Ela estava descalça e tinha um lenço de seda amarrado no cabelo.

— Carter! Entre aqui ago... *Jack*? — Os dois olharam para ela, chocada demais para se mexer, quanto mais responder.

— Jack! — chamou ela, andando pelo gramado na direção deles. — Eu poderia esperar isso do seu irmão, mas de você? E *Hazel Evans*. O que sua mãe diria sobre você passar a noite inteira fora com um rapaz... — As palavras dela foram se apagando, conforme ela deu uma boa olhada neles.

O rosto de Hazel ficou quente.

— Onde vocês estavam? — perguntou a Sra. Gordon.

— A senhora sabe — respondeu Hazel rapidamente. — Como a senhora disse. Passando a noite.

— Na floresta? Com a lua cheia no céu? — Ela disse essas palavras mais baixinho, como se mais para si mesma do que para eles. Então ela se virou totalmente para Jack. — Você a levou até eles? Como você pôde?

Jack deu um passo para trás, como as palavras dela fossem um golpe físico.

— Você sabe o que estão falando sobre você na cidade? Que tudo isso está acontecendo por sua causa.

— Mas isso não faz... — Hazel começou a falar.

A Sra. Gordon ergueu a mão, interrompendo Hazel.

— Já chega, vocês dois. Jack, quero que você suma daqui. Você não pode entrar agora. Vá para a casa dos Evans ou para outro lugar onde possa ficar durante algum tempo. E você não vai voltar até eu falar. Está entendendo?

Hazel nunca pensou que a Sra. Gordon fosse colocar Jack para fora de casa, por motivo algum. Deixá-lo de castigo, sim, com certeza. Mandar fazer mais tarefas ou proibir o celular ou cortar a mesada, mas isso não. Expulsá-lo de casa como se ele nunca tivesse sido filho dela?

Um músculo no queixo de Jack se moveu e seus olhos brilhavam forte, mas ele não protestou, nem implorou. Ele sequer se explicou. Ele apenas assentiu e então virou-se e começou a caminhar, obrigando Hazel a correr atrás dele.

— Vamos para a minha casa — disse ela.

Ele assentiu.

Juntos, sem falar nada, caminharam sempre à beira da estrada. O ar da manhã fazia bem aos pulmões de Hazel e, apesar de as pernas ainda doerem de tanto dançar, era reconfortante pôr um pé na frente do outro no asfalto. O sol estava nascendo rápido e ela sentia o calor batendo nas costas. Ainda era muito cedo para os carros, no entanto, então Hazel preferiu caminhar no meio da pista. Jack acompanhou o ritmo dela, andando ao seu lado como se fossem pistoleiros a caminho de uma cidade nova, em busca de confusão.

✦ CAPÍTULO 17 ✦

Ben estava sentado à escrivaninha, observando Severin dormir. Ainda não conseguia lidar com o fato de que o garoto para quem ele sussurrava através do vidro estava deitado em sua cama, a cabeça enterrada no travesseiro dele, um dos chifres fazendo uma marca profunda na espuma. Fora nesse mesmo travesseiro em que Ben tinha babado e chorado, e quanto mais ele pensava nesse detalhe, mas parecia nojento. Mas isso era parte do que tornava tão impossível o fato de Severin estar ali. O quarto dele era um lugar tão comum, cheio de tralha acumulada ao longo de dezessete anos de vida, e Severin não era nem um pouco comum.

No escuro, eles tinham conversado por horas. Severin tinha se deitado no chão, a cabeça para trás revelando o pescoço longo, os olhos fechando de sono conforme a manhã ia chegando.

— Fique à vontade para deitar na cama — disse Ben, chegando para a beirada, dobrando o edredom ao lado do corpo. — Quero dizer, se você quiser descansar.

Com isso, Severin abriu os olhos. Piscou rapidamente, claramente desorientado, como se tivesse esquecido parcialmente de onde estava.

— Não, é melhor não. Tenho medo de nunca mais acordar.

Ben pensou sobre aquilo.

— Você ainda não dormiu desde que a maldição foi quebrada? Porque já faz mais de dois dias. Quarenta e oito horas acordado?

Severin assentiu vagamente.

— E você planeja *nunca mais dormir*? — perguntou Ben, erguendo as sobrancelhas com um pouco de exagero.

Severin meio que sorriu.

— Acha que estou cansado demais para detectar sarcasmo?

— Isso não é sarcasmo — disse Ben, sorrindo. — Ao menos não *exatamente*.

Com um gemido, Severin se levantou e se esticou na colcha com desenho vintage de *Star Trek*. Ben certa vez dissera a Hazel que estava sendo irônico ao usar aquela colcha, mas que secretamente ele realmente adorava.

— Já não dormi o suficiente? — perguntou ele, mas as palavras se tornaram incompreensíveis no final, conforme seu corpo foi se alongando e relaxando para dormir. Severin estava mais lindo do que nunca, o cabelo escuro repartido em ondas desalinhadas em volta dos chifres, as sobrancelhas curvas e a boca cor de amora levemente aberta. Agora que ele já não estava mais sob um feitiço, dormiu inquieto, mexendo os olhos por dentro das pálpebras e virando o corpo. Talvez estivesse sonhando pela primeira vez desde que ele havia sido trancado no caixão.

E então Ben assumiu a posição solitária de sentinela até o céu ficar claro do lado de fora e ele escutar um rangido na escada. Foi até a porta e abriu uma fresta. Hazel estava no corredor e Jack atrás dela. Ela parecia estar voltando de uma festa e vestia uma blusa de veludo verde que não era a mesma que estava usando na manhã do dia anterior. A calça estava suja de lama e a camisa rasgada ao longo de uma costura. O cabelo estava despenteado e emaranhado com galhos. Ben observou os dois entrarem no quarto de Hazel.

— Tem certeza que você não vai se meter em confusão, por me trazer aqui? — sussurrou Jack, sentando-se na beirada da cama.

Hazel balançou a cabeça e foi fechar a porta.

— Mamãe não vai se importar. Ela gosta de você.

Onde será que eles estiveram? Ben ficou olhando para a porta fechada, tentando entender o que exatamente tinha visto. Ben sabia que, onde quer que Hazel tivesse convencido Jack a levá-la naquela noite, isso tinha a ver com o fato de ela ter libertado Severin e com as outras mentiras que vinha contando ultimamente. Mas vê-los juntos, parecendo prestes a dormir na mesma cama, o deixou preocupado por razões completamente diferentes.

Ele amava a irmã, mas ela certamente já tinha partido muitos corações. Era melhor que Jack não fosse mais um deles.

O corredor ficou escuro de novo. Alguns momentos depois, Hazel saiu do quarto. Ben achou que ela fosse atravessar para ir ao banheiro. Talvez ele pudesse pegá-la antes de ela chegar lá e descobrir o que estava acontecendo. Mas ela parou, se encostou na parede, e começou a chorar.

Um choro silencioso e horrível que a fazia se encolher e se curvar para frente, como se doesse muito chorar daquele jeito. Ela se agachou junto ao chão, quase em silêncio. As lágrimas corriam pelo seu rosto e pingavam do queixo enquanto ela balançava o corpo para frente e para trás.

Hazel nunca chorava. Ela era forjada em ferro, nunca quebrava. Ninguém era mais forte do que sua irmã.

A pior parte foi vê-la chorando tão silenciosamente, como se ela tivesse aprendido a fazer aquilo, como se estivesse tão acostumada que aquele tinha se tornado seu modo de chorar. Ben se lembrava de, na infância, sentir inveja de Hazel por ela ser tão livre de expectativas ou obrigações. Se ela quisesse aprender sozinha a lutar com espadas, vendo vídeos no YouTube ou lendo nos livros da biblioteca, os pais não lhe diriam que ela deveria praticar música em vez disso. Ela não era o alvo da mãe e do pai nos sermões sobre como o talento não podia ser desperdiçado, sobre como os dons vinham com obrigações, sobre como a arte era importante.

Agora, Ben entendia as formas como eles tentavam ter cuidado um com o outro, com medo de tocar nos pontos mais sensíveis, onde poderiam machucar-se quase sem esforço. Mas poupar outra pessoa é uma coisa complicada. É fácil pensar que estamos indo bem, quando na verdade estamos falhando de maneira espetacular.

Depois de alguns instantes, Hazel levantou a camisa para esfregar o veludo nos olhos. Então se levantou com um último suspiro e voltou para o quarto.

Ben andou na ponta dos pés e virou a maçaneta. Jack estava desamarrando as botas, enquanto ela penteava o cabelo para tirar as folhas, os olhos vermelhos e um pouco inchados. Os dois congelaram.

— Sou eu — disse Ben.

— A gente não estava... Nós não... — Jack começou a falar, gesticulando na direção da cama, e Ben entendeu como se ele quisesse dizer "não estou tentando desonrar sua irmã, embora possivelmente eu esteja torcendo para transar com ela". Ao mesmo tempo, Hazel começou a pedir desculpa por ter deixado Ben para trás.

Ele ergueu a mão para que os dois parassem de falar.

— Eu preciso que um de vocês, de preferência Hazel, me explique o que realmente está acontecendo, e eu preciso que isso seja agora, começando por onde vocês foram ontem à noite.

— Fomos à festa das Fadas — disse ela, jogando-se na cama. Hazel parecia exausta, a pele sob seus olhos tão escura quanto um hematoma. Ben não esperava que ela fosse falar com tanta facilidade, depois de despistar tanto. — Não foi exatamente como eu esperava, mas descobri algumas coisas. Alderking ofereceu trocar a segurança da cidade pela captura do filho dele. O único problema é que o sujeito é louco. Ok, tem mais um problema: o conceito dele de cidade segura é balela.

Ben ficou olhando para ela. Já tinha visto o Povo, mas apenas alguns, e tinha sido bastante assustador. Ele não podia imaginar ir por vontade própria a uma festa deles. Especialmente se fosse Hazel, que tinha matado pelo menos três criaturas. A ousadia dela sempre o surpreendia, mas logo a seguir ele ficou pasmo.

— Alderking quer que você capture Severin?

Hazel olhou para ele, desconfiada.

— Como é que você sabe que Severin é o filho dele? Severin não disse isso pra nós naquela noite.

Ben deu de ombros.

— Eu deduzi. Afinal, quem mais poderia ser?

Hazel balançou a cabeça.

— Você é um péssimo mentiroso. — Você ainda está com as mesmas roupas de ontem. Obviamente, não sou a única guardando segredos aqui. Onde você esteve na noite passada?

Ben suspirou e entrou totalmente no quarto, fechando ao passar.

— Lugar nenhum. Fiquei aqui. Severin apareceu. Pedindo a minha ajuda.

Jack ergueu as sobrancelhas e Hazel ficou totalmente imóvel, como se achasse que tinha o dever de fazer alguma coisa, mas não sabia o quê. Ben não conseguiu deixar de ficar um pouco satisfeito ao ver que ele também era capaz de chocar.

— E ele... O que o garoto de chifres falou? — perguntou Hazel.

Jack sentou-se na cadeira em frente à penteadeira, parecendo extremamente desconfortável, como se temesse ter de escolher um lado em uma discussão que sequer havia começado.

— Pra começar, ele quer a espada mágica de volta — disse Ben.

— Espero que você não tenha prometido nada — disse Hazel. — Ela não está comigo. E antes que você me pergunte, eu não sei com quem ela está, nem onde. Eu fui à festa em busca de pistas.

— E o que mais que você descobriu?

Hazel esfregou as mãos no rosto e olhou para Jack, que devolveu um olhar expressivo.

— Não muito — disse ela, finalmente. — Você consegue entrar em contato com Severin de novo? Poderia marcar um encontro com ele?

— Não sei. Você não está realmente pensando em levar ele de volta para Alderking, está? Você não vai machucá-lo.

— Eu estou disposta a fazer o que for preciso — disse Hazel, de pé. Um músculo em seu queixo se enrijeceu, como se estivesse trincando os dentes.

Por um momento, Ben pensou em não contar a ela e se imaginou atravessando o corredor sem dizer nada. Mas lembrou-se das pessoas saindo em macas da escola e do que Severin tinha contado sobre a própria irmã.

— Você vai me contar *tudo*, todas as coisas que você tem escondido de mim?

Hazel olhou para Jack e ele olhou para ela, sobrancelhas erguidas. Ben imaginou que ela devia ter dito alguma coisa para Jack, para trocarem olhares assim.

— Eu vou — disse Hazel. — Deveria ter feito isso antes. Mas precisa ser agora? Porque estou morta de cansaço e há muita coisa para falar.

Embora soasse como mais uma desculpa, desta vez Ben acreditou nela. Hazel parecia cansada e estranhamente frágil.

— Ok. Mas ele está no meu quarto.

— O quê? — Hazel se levantou da cama e deu um passo na direção da porta. — Você está brincando comigo?

— Ah, não — disse Ben. — Nada disso. Você não tem o direito de ficar com raiva, já que tem mentido e escondido tanta coisa de mim. Você que trouxe o meu melhor amigo com você pra casa e fez dele cúmplice na sua mentira. Você não tem o direito de ficar com raiva!

O rosto de Hazel estremeceu.

— Eu estava tentando te proteger.

Jack parecia querer dizer alguma coisa. Ele estava claramente cansado também, os olhos brilhantes e o rosto fundo.

— Ele está dormindo. Não vou acordá-lo para ser interrogado. — O coração de Ben estava aos pulos. Embora tivesse exigido que ela lhe contasse a verdade, depois de ver a reação dela, começava a suspeitar que os segredos de Hazel eram maiores do que imaginava. Estava com um pouco de medo de ouvir.

— Você garante que ele fique até de manhã, mais tarde? — perguntou Hazel.

Ben não tinha ideia de como faria aquilo.

— Garanto. Quando vocês acordarem, a gente resolve tudo.

Jack se levantou, como se tivesse lembrado de que era pouco educado ficar no quarto de uma menina quando já tinha dormido no quarto do irmão dela um milhão de vezes.

— Não, fica — disse Hazel, segurando a mão dele. Jack parecia incapaz de recusar.

O que fez Ben pensar se estava errado sobre Hazel e Severin serem predestinados.

— Durmam bem — disse Ben, recuando antes que Jack tivesse tempo de reconsiderar.

Ele ainda não estava preparado para dividir Severin com ninguém. Tinha acabado de começar a conhecê-lo, acabado de começar a pensar nele como uma pessoa possível de conhecer.

Ao cruzar o corredor, Ben sentiu um flash de medo ao imaginar que, quando abrisse a porta, Severin já não estaria mais lá. Era como se ao falar o nome dele em voz alta, por ter contando à irmã sobre a visita à meia-noite, tivesse quebrado algum feitiço. A janela estava aberta, a cortina balançava e algumas folhas marrons estavam no chão, sopradas para dentro das árvores lá fora.

Em pânico, Ben subiu no declive do telhado, derrubando uma telha solta. O céu da manhã estava suave e claro, e tudo ainda estava úmido de orvalho.

Ben respirou fundo o ar fresco. Por um momento, viu apenas árvores e a estrada. Então, um instante depois, avistou Severin sentado em um galho da grande figueira, junto à calha do telhado.

Com um suspiro de alívio, Ben foi andando lentamente pelo telhado, tentando não escorregar.

— Ei, você está...

— Eu não sou uma mercadoria pra vocês disputarem — disse o garoto de chifres. Ele tinha tirado o moletom de Ben e estava só com a camiseta e a calça jeans emprestadas, os pés descalços encostados no tronco. Mesmo assim, parecia totalmente fora de contexto, encoberto por galhos na pálida luz da manhã.

— Eu sei — respondeu Ben, chegando mais perto da árvore. — Me desculpe. Eu não sei o que você ouviu, mas imagino que tenha ouvido apenas partes da conversa. Ela não faria mal a você, mesmo se pudesse.

Severin sorriu.

— Eu também tenho uma irmã, você deve se lembrar. Eu sei o que é não ver nossos irmãos como realmente são. Você me fez uma boa ação que eu não vou esquecer tão cedo, Benjamin Evans. Você me deu socorro esta noite. Não posso pedir mais nada.

Ben subiu na árvore, sem saber bem onde colocar os pés. Por um momento, achou que fosse escorregar, mas conseguiu manter o equilíbrio.

— Hazel foi à festa. Esteve com seu pai. Precisamos reunir informações, planejar os próximos passos. Além disso, eu sei que você gosta dela, mesmo que finja que não.

Severin pegou no braço de Ben e puxou-o mais para dentro do galho, onde era mais fácil se equilibrar.

— Por que a beijei?

— É que Hazel é tão... As pessoas gostam da Hazel. Os garotos gostam dela. Hazel passa pela vida como se nada importasse, como se ninguém pudesse alcançá-la, como se tivesse um objetivo maior e melhor e mais importante, algo que ela não vai revelar. Isso enlouquece as pessoas. As enfeitiça.

— E você não possui esse feitiço? — perguntou Severin. Ben não tinha certeza se era deboche ou não.

— Tenho certeza de que quando você a beijou, percebeu que ela não era esse garoto mal-humorado e desajeitado. — Ben se sentiu ridículo assim que disse isso. Sentir-se inseguro era uma coisa. Demonstrar isso era outra.

Severin estudou Ben por um longo momento, então se inclinou e encostou sua boca na dele. Foi um beijo faminto, desbravador. O garoto de chifres pôs a mão por trás da cabeça de Ben, segurando nela em vez da árvore. A mão de Ben agarrou o cabelo de Severin e esbarrou no chifre, duro e frio como a superfície de uma concha. Alguns momentos depois, quando Severin se afastou, Ben tremia em uma combinação de desejo, raiva e medo. Porque, sim, ele tinha desejado aquilo. Mas não que fosse jogado na cara dele.

— É errado que eu esteja gostando de ver você tremer? Se esquivar? — perguntou Severin.

Ben engoliu em seco.

— Eu tenho quase certeza de que não é o ideal.

O garoto de chifres ergueu as duas sobrancelhas.

— Então o que você acha que eu notei ao beijar você?

Ben suspirou, baixando os olhos para o gramado irregular. Ele queria que Severin dissesse a ele. Queria saber o que ele tinha pensado quando a mão apertou a pele acima do quadril de Ben, queria saber o que ele havia sentido quando respirou dentro de sua boca. Mas estava sendo infantil.

— Eu entendo, sentir ciúmes é ridículo quando os problemas de verdade são uma irmã monstro e um pai assassino.

Severin se remexeu, fazendo as folhas farfalharem. Seus olhos eram verdes como o fundo dos bosques e dos vales esquecidos, o cabelo lhe caía sobre o rosto.

— Meus problemas são seus também. — Todos em Fairfold sofrem com os meus problemas, e eles não diminuem os seus. Você e sua irmã são muito importantes um para o outro. Para mostrar sua estima, vocês trocam lindos buquês de mentiras.

— Não é assim.

— Eu conheço você, Benjamin Evans — disse Severin. — Está lembrado?

Ben deslizou um pouco, quase perdendo o equilíbrio. Tinha pensado em Severin como alguém frio, um personagem de uma história, um príncipe das Fadas, belo e distante. O tempo todo se esquecia de que Severin o conhecia, que sabia mais sobre ele do que qualquer pessoa no mundo.

— Você disse que me amava tantas vezes — disse Severin baixinho, e ouvi-lo dizer isto fez Ben corar. — Mas talvez aquilo que mais amasse fosse seu próprio rosto refletido no vidro.

Não era justo que ele conhecesse Ben daquele jeito. Não era justo. Não era justo que Severin pudesse enfiar o dedo em todas as inseguranças de Ben, inseguranças mesquinhas que já datavam de anos, aplicando uma série de pequenos cortes cirúrgicos rápidos e afiados. Ben sentiu como se pudesse se esvair em sangue antes mesmo de perceber a profundidade das feridas.

— Não... Não é assim — disse Ben. — Mas sim, eu queria amar como nos livros de histórias, como nas canções e baladas. Queria esse amor que nos atinge como um raio. E eu sinto muito, porque sim, eu sei que você me acha ridículo. Eu sei que você me acha hilário. Eu sei, eu tenho noção de que você está rindo de mim por dentro. Sou muito idiota, mas ao menos eu sei disso.

Com um movimento fluido, Severin desceu da árvore para o telhado. Estendeu sua mão em um gesto cortês, oferecendo ajuda para que Ben descesse da árvore, da mesma forma com que ofereceria a mão para ajudar uma dama de saias a desmontar de um cavalo.

— Eu também sei, Benjamin Evans. E você não é tão idiota quanto imagina.

Ben estendeu a mão e deixou-se ajudar a descer para o telhado. Estavam retornando ao quarto de Ben pela janela quando uma caminhonete parou na entrada da casa. Era de uma das artistas amiga da mãe deles, Suzie, uma escultora muito tatuada que fazia homenzinhos verdes para pôr nos parapeitos das janelas das casas. Ela estava usando uma saia e o cabelo estava preso em um rabo de cavalo, como se estivesse indo para a igreja ou algo assim.

— Isso é estranho — disse Ben, esperando até que Suzie entrasse na casa para se mexer. — Vou descobrir o que está acontecendo.

— E você se pergunta se eu vou esperar — disse Severin.

Ben assentiu.

— Vou estar aqui exatamente do mesmo jeito — completou o príncipe, sentado na cadeira de rodinhas em frente à mesa do computador, olhando para Ben com seus indecifráveis olhos verde-musgo. Ben listou mentalmente todas as coisas constrangedoras que Severin poderia ver se olhasse ao redor e então se deu conta de que não havia nada ali que chegasse perto do que ele já sabia.

Severin sorriu para ele, como se estivesse lendo seus pensamentos. Ben desceu.

— Ah, que bom, você está acordado — disse a mãe. Ela estava mais arrumada do que o usual, com uma calça jeans sem manchas de tinta, uma blusa *oversized* florida e três cordões de prata e turquesas. Não fossem as mechas prateadas do cabelo, à distância poderia ser confundida com Hazel. — Eu ouvi sua irmã chegar hoje de manhã. Diga a ela para começar a fazer as malas. Assim que eu voltar, vamos pegar a estrada.

— Aonde você vai agora?

—Tenho uma reunião na casa dos Gordon. Sobre Jack.

— Jack? — Ben repetiu.

— Você sabe que eu gosto dele. Mas algumas pessoas estão dizendo que ele está em conluio com o Povo. E outros estão dizendo que, se ele voltasse para as Fadas, todas as coisas ruins que estão acontecendo acabariam.

— Mas você não acredita nisso, certo? — Ben pensou em Jack abraçado em Hazel no andar de cima. Sentiu um lampejo de ódio de cada pessoa em Fairfold que achava algo parecido com o que a mãe tinha dito.

Ela suspirou, pegando uma caneca de café para viagem e a velha bolsa de couro marrom, com pássaros azuis bordados.

— Não sei. Acho que ele não está mancomunado com ninguém, mas ele foi *roubado* do Povo. Talvez o queiram de volta. Talvez queiram vingança, também. Pelo menos eu ia querer, se fosse a mãe dele.

— O que está acontecendo não é culpa do Jack.

— Olha, nada está decidido. Vamos só sentar e conversar com os Gordon. E quando eu voltar, espero que a gente possa deixar a cidade por um tempo.

— Mãe — disse Ben. — Se você permitir que eles façam qualquer coisa contra o Jack, eu nunca vou te perdoar. Ele é igual a nós. Ele é tão humano quanto qualquer ser humano.

— Eu só quero você e Hazel em segurança — disse a mãe. — É o que todos nós queremos para os nossos filhos.

— Então talvez você não devesse ter criado a gente aqui em Fairfold — retrucou Ben.

A mãe lançou um olhar severo sobre ele.

— Nós voltamos pra cá por sua causa, Benjamin. Poderíamos ter ficado na Filadélfia, e você seguiria seu caminho para fazer algo que a maioria das pessoas só pode sonhar em fazer. Você foi o único que não suportou a ideia de deixar Fairfold. Foi você quem desistiu da chance de ter uma vida diferente, que não se esforçou a tentar praticar depois que se machucou.

Ben ficou chocado demais para responder alguma coisa. Eles nunca falavam sobre a Filadélfia, pelo menos não daquele jeito, reconhecendo que coisas ruins aconteceram. Eles nunca falavam sobre nenhuma das coisas horríveis e assustadoras e importantes que tinham ocorrido na infância de Ben. Nunca falavam sobre o cadáver que Hazel encontrou na floresta ou sobre a forma como a mãe e o pai os deixavam andar sozinhos por ali, para começo de conversa. Ben sempre pensara que era um pacto de família, que cada um tinha seu próprio poço de amargura e deveria cuidar dele sem incomodar ninguém.

Aparentemente, isso não funcionava mais.

Indo em direção à porta, a mãe olhou para ele, como se o analisasse.

— E fala pra sua irmã fazer as malas, ok?

Ela bateu a porta de tela, mas Suzie, em vez de seguir imediatamente a amiga, cruzou o hall e pôs a mão no braço de Ben.

— Você diz que ele é tão humano quanto o resto de nós. Como você pode ter tanta certeza? Como alguém consegue realmente saber o que há no coração deles? — Suzie saiu antes que Ben pudesse responder. Instantes depois, ouviu os pneus da caminhonete sobre o cascalho da entrada.

Ben apoiou a cabeça na bancada, os pensamentos eram um emaranhado. Então, sem saber o que mais fazer, pegou quatro canecas e começou a servir café.

Estava mais do que na hora de todo mundo acordar.

✦ CAPÍTULO 18 ✦

Hazel nunca tinha dormido na mesma cama com um garoto que não fosse seu irmão. Ela imaginou que isso fosse destacar todos os aspectos de um relacionamento em que ela era péssima. Imaginou que fosse se remexer e revirar, roubar cobertores, chutá-lo durante o sono e, depois, se sentir culpada. O que ela não contava era como seria a sensação de dormir com a cabeça no braço de Jack. Ou como a pele dele seria quente, ou como isso daria a ela a chance de se embriagar do cheiro dele — de florestas e vales e lagos profundos — sem que ele notasse. Não fazia ideia de como se sentiria segura. Não poderia ter adivinhado como ele passaria a mão nas costas dela, preguiçosamente, como se não soubesse como parar de acariciá-la, nem de como isso a deixaria arrepiada.

Pela primeira vez desde que escutara aquilo, Hazel se permitiu sentir prazer com as palavras de Jack. *Eu só queria dizer que eu gosto de você. Eu gosto de você*, ele tinha dito pouco antes de ela contar-lhe que estava a serviço de Alderking. *Eu gosto de você*, pouco antes de ela admitir que não tinha contado a ele um monte de coisas sobre si mesma. Tudo aconteceu tão rápido e foi tão difícil de acreditar.

O que significava que ela nunca tinha dito que também gostava dele.

Ela poderia dizer a ele agora, acordá-lo e dizer alguma coisa. Ou talvez ele estivesse meio acordado, do mesmo jeito que ela se sentia meio dormindo. Talvez pudesse sussurrar em seu ouvido. Enquanto remoía tudo isso, Hazel ouviu passos na escada.

O irmão entrou no quarto sem bater, trazendo três canecas de café. Atrás dele, parado perto da porta e segurando uma caneca, estava o garoto de chifres. Severin, usando roupas emprestadas de Ben, parecia tão confortável naquele ambiente como sempre estivera na floresta. Severin, a quem ela deveria caçar. Severin, a quem ela havia libertado. Severin, que lhe deu um sorriso perverso.

Hazel afastou as cobertas, bocejando. Saiu da cama, pegou um palito de cabelo em cima da cômoda e apontou-o para Severin, como se fosse uma espada. Em seguida, usou-o para prender o cabelo.

Severin cumprimentou-a, erguendo a caneca de café.

— Vejo que ainda não encontrou a minha espada. — Com um sorriso discreto no rosto, ele ergueu as sobrancelhas e tomou um gole de café. Apesar de tudo, Hazel ficou vermelha.

Ben atravessou o quarto e estendeu uma caneca de café para a irmã como uma oferta de paz.

Ela deu um gole grande, mas o cansaço que sentia estava além do alcance da cafeína. Ainda assim, o líquido quente, turvo pelo leite de soja, limpou o gosto das lágrimas de sua boca. Ela se sentou com força na cadeira ao lado do espelho.

— O que está acontecendo?

— Está acontecendo algum tipo de reunião na sua casa. — Ben disse a Jack. — Sobre como o que houve com Amanda e as coisas na escola têm a ver com não devolvermos você para o Povo. E sobre como estão pensando em fazer isso agora. Temos que tirar você daqui e levá-lo para um lugar onde não o encontrem.

— O quê? — Jack arregalou os olhos. Ele passou a mão pelo rosto, pelo cabelo. — Minha mãe acha isso?

— Ele não é um animal de estimação que pode ser passado para outros donos — reclamou Hazel.

— Não acho que seu pais tenham qualquer coisa a ver com isso — disse Ben. — Acho que é só um bando de gente assustada sendo idiota.

— Foi por isso que ela me mandou embora. — Jack disse essas palavras baixinho, como se quisesse que elas fossem verdade, mas tivesse medo de estar errado. — Não foi porque não me queria em casa. Foi porque ela sabia da reunião. Mas... mas eles vão culpar a minha família se eu não estiver lá. — Jack começou a calçar os sapatos.

— Jack, a cidade toda vai estar lá — disse Hazel. — Você sabe que isso não é culpa sua. Isso não tem nada a ver com você. Nada.

— É exatamente isso que eu vou dizer a eles — disse ele, saindo do quarto e descendo as escadas.

— Eu vou com você. — Hazel agarrou as botas, sem se preocupar em calçá-las. Ela se virou para Ben: — Você fica aqui com ele. Mantenha-o aqui até voltarmos.

Hazel desceu as escadas correndo, a voz de Severin seguindo-a logo atrás.

— Acho melhor eu ir também. Estou cansado de ouvir pessoas falando de mim como se eu ainda estivesse dormindo.

Ao chegar no gramado, viu Jack dando a partida no carro de Ben. Provavelmente ele sabia onde Ben guardava a chave reserva. Hazel mal teve tempo de entrar pelo lado do carona antes que ele começasse a andar.

———

A casa dos Gordon tinha o estilo típico da Nova Inglaterra, em perfeitas condições, pintada de cor creme com detalhes em branco e nenhuma lasquinha de tinta descolando. Ficava sobre uma pequena colina, debruçada sobre casas menores e mais modestas. Era antiga, cuidadosamente restaurada e grande o bastante para receber metade da cidade — o que era bom, porque, ao que parecia, metade da cidade estava mesmo lá.

Os carros estacionados ao longo da entrada tinham cavado trincheiras na grama do Sr. Gordon. Ela sempre via o pai de Jack ali durante o verão, podando e regando e plantando, o rosto brilhando de suor. Ninguém atravessava o gramado dele, nem o carteiro, nem os amigos de Carter ou de Jack, nem mesmo o cão, que sabia que era para ficar no quintal se quisesse correr. Os sulcos enlameados estragando todo o trabalho do Sr. Gordon deixaram Hazel inquieta. Era como se as regras tivessem mudado de repente.

As mãos de Jack se fecharam em punhos conforme ele foi andando cada vez mais rápido.

Escancarando a porta da frente, Jack entrou no saguão de casa. Todas as tábuas de madeira da casa eram pintadas de um branco nítido e brilhante. A cor reluzia nos cômodos banhados pelo sol onde as pessoas estavam de pé ou sentadas em cadeiras dobráveis, equilibrando sobre o colo seus copos de plástico com chá. Pufes e cadeiras tinham sido claramente trazidos de todos os cômodos da casa para acomodar o grande número de pessoas. Ninguém pareceu notar a chegada deles.

A Srta. Pitts, que trabalhava no correio, balançava a cabeça para a mãe de Jack.

— Nia, não é como se alguém prefira fazer as coisas dessa forma. Mas não podemos deixar de pensar que... Bem, que o que você fez estremeceu nossa relação com o povo da floresta. Não é coincidência que tudo piorou desde quando você tirou Jack deles.

Isso era verdade? Hazel era criança na época, mal tinha nascido. Quando as pessoas dizem que as coisas eram melhores, que o Povo era menos sanguinário, Hazel achava que estavam se referindo a décadas atrás, não à curta duração de sua vida.

Quando as coisas começaram a ir mal?

— Nós precisamos corrigir as coisas — disse o delegado. — No último mês, alguma coisa está acontecendo na floresta. Alguns de vocês devem ter ouvido falar sobre incidentes que não chegaram a aparecer no jornal, e todos provavelmente ouviram falar sobre o que aconteceu na escola. Amanda Watkins não foi a primeira pessoa que encontramos em coma. Houve um viajante também, nos limites da cidade, há coisa de um mês. O lugar estava coberto de mato alto, as vinhas tão grandes que praticamente cobriam o carro dele. E duas semanas depois, Brian Kenning, que brincava na floresta atrás de casa, foi encontrado enrolado em um monte de folhas. Eles estão contra nós. O Povo. Se alguém esperava que o garoto de chifres acordasse para nos salvar, acho que já está claro que ele não vai.

Hazel pensou na promessa de Alderking. Se ela levasse Severin até ele, as coisas na cidade voltariam ao normal, seriam *como foram um dia*. Como se isso fosse uma oferta generosa. Hazel achava que sabia como iam mal as coisas em Fairfold. Hazel achava que conhecia todos os segredos da cidade. Até descobrir que estava longe de estar certa.

O que eu faria se você me deixasse? A pequena criatura tinha perguntado. *O que eu faria se você me deixasse? Mais fácil perguntar o que eu* não *faria.*

— Não podemos confiar no *changeling* — disse o Sr. Schröder. — Mesmo que eles não o queiram de volta, eu não quero ele aqui. É muito perigoso.

Durante todo o verão em que trabalhara no Lucky's, Hazel tinha gostado do Sr. Schröder. Agora ela o odiava.

— Jack é amigo dos meus dois filhos — disse a mãe. — Eu o conheço há muito tempo. Pôr a culpa nele, só porque ele é o único do Povo que a maioria de nós conhece, é errado. Ele foi criado aqui. É um cidadão de Fairfold tanto quanto nós.

Hazel sentiu um alívio profundo ao ver a mãe falar, mas dava para ver que os outros não estavam convencidos. Já tinham decidido.

— O Povo sempre foi bondoso com os cidadãos de Fairfold — acrescentou a velha Sra. Kirtling. De pé, embaixo de dois sabres da guerra hispano-americana, a mulher parecendo indomável. Tinha sido prefeita de Fairfold há muitos anos e, tanto quanto qualquer um conseguia lembrar, uma prefeita bastante boa. — Nós tínhamos um acordo, mas alguma coisa deu cabo disso.

— Eles nem sempre foram *bondosos* conosco — retrucou a mãe de Jack, corrigindo-a. — Não tente reescrever a história só para tornar mais fácil o que vocês estão pedindo. Não, não é coincidência que as coisas tenham piorado mais ou menos na época em que Jack veio ficar conosco. Como você deve se lembrar, eles não costumavam levar os nossos filhos da maneira com que levaram Carter.

— Sim, está bem, talvez bondosos seja uma palavra muito forte — concordou a Sra. Kirtling. — Mas você não pode negar que viver nessa cidade é diferente de viver em outros lugares. E você não pode negar que gosta daqui, já que arrastou seu marido de volta para cá daquela faculdade importante, em vez de ir embora com ele. Se normal era o que você queria, então você deveria estar morando em Chicago. E aí nunca teria existido Jack nenhum.

Ao lado de Hazel, Jack ficou tenso.

— Mas você recebeu seu filho de volta e ainda pôde criar um *changeling* por um bom tempo apesar de não ter direitos sobre ele, a não ser pela falta de discernimento da mãe biológica dele. Você não achou que ficaria com ele para sempre, certo?

Hazel tinha visto folhetos de faculdades no aparador da casa dos Gordon. Obviamente a Sra. Gordon estava planejando todo o resto da vida dos filhos. Olhando pela sala, Hazel identificou professores, lojistas, pais de pessoas que ela conhecia da vida toda e até algumas crianças. A maioria dos presentes concordava com a Sra. Kirtling e agia como se entregar Jack fosse mais do que simplesmente uma maneira de apaziguar os próprios temores.

Afinal, em Fairfold, o Povo só fazia mal aos turistas e se um morador for ferido é porque devia estar agindo feito um turista. Certo? Essa pessoa deve ter feito algo errado. Alguém deve ter feito algo errado. Enquanto houvesse alguém para culpar, ninguém precisaria admitir que eram impotentes.

— É como quando a gente encontra um desses adoráveis filhotes de abutre — disse Lexie Carver, irmã de Franklin e uma das mulheres mais jovens ali. Sua família era conhecida na cidade por comer animais atropelados e, se os boatos fossem verdade, tinha um pouco de sangue *troll* em sua linhagem distante. — Dá vontade de levá-lo para casa, cuidar dele e alimentá-lo com pequenos pedaços de bife. Se fizermos isso, no entanto, acabamos afastando o instinto de caça dele. E aí ele não será capaz de sobreviver por conta própria mais tarde, quando precisar. O lugar de Jack não é aqui, Nia. Não é bom para ele. Não é certo.

— Bem, você não acha que é um pouco tarde para essa metáfora? — perguntou Carter, surgindo de onde aparentemente estivera escondido sob a escada. — O dano está feito. Ela já deu os pedacinhos de bife ou sei lá. Na verdade, o que você está dizendo é que Jack não seria capaz de sobreviver se voltasse para *lá*.

— *Carter* — interrompeu a mãe deles, com um tom que indicava que ele não deveria ter falado.

— Me desculpe — murmurou ele, prestes a voltar para seu lugar quando se surpreendeu ao ver Jack e Hazel em pé no corredor a sua frente.

— Vamos levar em consideração tudo o que disseram, mas espero que entendam que se trata de uma decisão da família e... — A mãe de Jack começou a falar, mas quando acompanhou o olhar de Carter, seu corpo inteiro ficou rígido. Ao redor da sala, o zumbido de conversa se inflamou e logo foi silenciando à medida que os moradores da cidade iam percebendo que a pessoa de quem falavam estava bem ali, ouvindo cada palavra.

— Eu vou embora! — disse Jack para o cômodo em silêncio.

Ouviu-se apenas o rangido de dedos em copos de plástico e os goles nervosos de chá. Ninguém parecia saber o que dizer.

— É — disse Hazel, talvez um pouco alto demais, segurando no braço de Jack e fingindo um mal-entendido. — Você tem razão, Jack. Vamos embora. Vamos sair daqui. Agora.

— Não — disse ele, balançando a cabeça. — Eu quis dizer que vou voltar para eles. Se isso é o que todos querem, eu vou.

A mãe dele balançou a cabeça.

— Você fica. — Sua voz era firme, desafiadora, mas, pela sala, Hazel viu pessoas acenando umas para as outras. Eles já tinham aceitado a oferta. Aquelas poucas palavras, em uma cidade como Fairfold, selaram um pacto que talvez não pudesse ser desfeito.

Ao menos não se ele não dissesse nada logo a seguir.

— Você não pode — disse Hazel, mas Jack só balançou a cabeça. — Conte a eles — implorou. — Conte sobre Alderking e Sorrow. Fale a verdade pra eles. Posso atestar o que você diz.

— Eles não vão acreditar em mim — disse ele. — E irão encontrar alguma razão para não acreditar em você também.

— Nia, seja razoável. Talvez ele não queira ficar conosco. Nós não somos o povo dele — disse uma das mulheres.

Hazel não percebeu qual, porque o fluxo de sangue que lhe subiu à cabeça fez seus batimentos ficarem fortes a ponto de calar todo o raciocínio. Sentia um aperto no peito e todas as cores da sala pareciam borradas.

— Não se preocupe, mãe — disse Carter. — Ele não vai a lugar algum.

Jack girou em direção do irmão, claramente frustrado.

— Você não tem direito de decidir por mim.

— Que tal eu ir? Talvez eles estejam com raiva porque *eu* fui roubado de volta. Alguém já pensou nisso? — Carter olhou ao redor da sala com um olhar contestador, como se os desafiasse a dizer que ele não era um prêmio. — Quem sabe eles não gostariam de ficar comigo em vez de Jack?

— Isso é muito nobre — concordou a Sra. Kirtling. — Mas acho que não...

— Jack, me escute. — A mãe atravessou a sala na direção dele. — Sei que, se você puder, mesmo que isso signifique se colocar em risco, você desejará evitar que qualquer pessoa sofra. Você é um bom menino, um garoto que põe os outros em primeiro lugar, e foi o que você acabou de fazer, oferecendo-se para ir embora quando todos esses covardes acharam que seria preciso forçá-lo ou enganá-lo. — Ela olhou ao redor da sala, como se desafiasse qualquer um a contradizê-la. — Eles acham que a princípio eu e seu pai vamos insistir para você ficar, mas que logo vamos ceder e pôr o bem-estar da cidade acima do seu. Eles acham que vamos desistir de você quando a coisa ficar feia. E eu aposto que a sua outra família também acha.

Por toda a sala, ouviam-se comentários cochichados.

Jack parecia atordoado. O rosto dele estava impassível, uma expressão que poderia ser de surpresa, mas também de medo do que ela diria a seguir.

A mãe olhou para o marido, que estava de pé apoiado na parede, braços cruzados sobre o peito.

— Sua mãe e eu tivemos uma longa conversa sobre isso ontem à noite — disse ele. — No que nos diz respeito, a cidade inteira pode explodir, porque para nós o que importa é você.

Com isso, Jack riu, surpreso, feliz e talvez até um pouco constrangido. Foi uma reação inusitada, entretanto, Hazel notou nos rostos dos presentes que eles também estranharam. As Fadas riam em funerais e choravam em casamentos porque elas não têm sentimentos humanos pelas coisas humanas.

— Isto está se transformando num verdadeiro show — disse a Srta. Holt, fazendo um beicinho com os lábios pintados de batom coral e levando uma das mãos aos olhos. Seus dedos ficaram molhados de lágrimas. Ela deu um soluço e olhou em volta, confusa.

Então o delegado também começou a chorar e a reação foi se espalhando pela sala. Lágrimas brotavam dos olhos de todos. A mãe de Hazel soltou um gemido de dor e começou a puxar o próprio cabelo.

Hazel olhou para Jack. Os lábios dele estavam cerrados. Ele balançou a cabeça, como se pudesse negar o que estava acontecendo. Sorrow estava ali. Hazel a escutava em sua cabeça e a sensação era de estar presa na correnteza de um rio. Como um mergulhador que perde o senso de direção e começa a se debater, sem saber para qual lado ir...

Hazel piscou. Jack estava terminando de dar um nó no cabelo dela. Ele sussurrou junto ao pescoço dela:

—Você não vai chorar até que eu lhe permita.

Tinha acabado de jogar-lhe um encantamento para protegê-la de Sorrow. Hazel percebeu que suas bochechas estavam molhadas. Ela não fazia ideia de quanto tempo havia se passado, mas por toda a sala as pessoas choravam e se lamentavam.

A porta da frente abriu-se violentamente e Ben entrou correndo na sala.

— Precisamos sair daqui! — A voz de Ben teve o efeito de um copo de vidro que se despedaça no chão. Todo mundo ficou olhando. — O monstro no coração da floresta. Sorrow está vindo.

Severin estava de pé atrás dele. Por um momento, Hazel o viu da mesma maneira com que todos na sala viram. Alto e inumanamente lindo, os chifres despontando em meio aos cachos castanhos e os olhos verde-musgo apontando para eles. Não importava que ele estivesse vestido com roupas comuns; ele não era comum. Era a personificação do que as Fadas deveriam ser, o sonho que ninara aquelas pessoas a Fairfold e o sonho que as convencera a ficar, apesar de todos os perigos.

Naquele momento, Hazel soube o que elas deveriam estar sentindo, a mistura de esperança e terror. Ela sentiu o mesmo. Severin era o príncipe dela. Ela deveria salvá-lo e ele deveria salvá-la de volta.

— Protejam-se — avisou Severin, andando na direção da parede onde estavam pendurados os dois sabres e tirando-os dos ganchos com um só movimento suave. Por um instante, ele empunhou uma espada em cada mão, mexendo-os como se testasse o peso das armas. Então, olhando para o outro lado da sala, sorriu para Hazel e jogou uma espada para ela.

Hazel pegou a arma antes que se desse conta de que seria capaz. Encaixava-se perfeitamente em sua mão, como se fosse uma extensão do seu braço, como um membro perdido que lhe era devolvido. O peso do sabre era considerável, era obviamente uma espada de verdade e não uma reprodução em metal fajuto. Ela se perguntou se seria caro, porque tinha quase certeza de que ia estragá-la com aquele monstro.

Sentiu a pulsação acelerar, espalhando a emoção pelas veias.

— Lâminas comuns não podem cortá-la — disse Hazel, aproximando-se do garoto de chifres.

— Só precisamos fazê-la recuar — explicou ele, indo para a porta. — Vamos cansá-la. Ela não quer realmente fazer mal a ninguém.

Jack bufou e disse em tom de escárnio:

— Aham, claro.

Lá fora, o vento balançou as árvores como se fossem chocalhos.

Do outro lado da sala, Carter estava aos prantos em frente à mãe deles. Jack estava curvado sobre o pai, sussurrando em seu ouvido, seus dedos acariciando os cabelos grisalhos dele.

Hazel se preparou. Todas as dúvidas tinham vindo à tona ao mesmo tempo. O seu eu da noite poderia ter sido treinado pelo Alderking, mas o do dia não sabia lutar melhor do que a garotinha de doze anos que ela fora um dia. E ela não tinha mais a espada mágica. Aquilo seria um fiasco.

Hazel respirou fundo e fechou os olhos.

Você é um cavaleiro, disse a si mesma. *Você é um cavaleiro. Um cavaleiro de verdade.*

Quando abriu os olhos, o monstro estava perto da porta. Ao redor dela, quem já não estava chorando começou a gritar. Alguns fugiram para outra sala ou subiram escada acima, outros se esconderam atrás dos móveis e alguns ficaram simplesmente parados, como se tivessem virado estátuas, tamanho o terror.

Hazel se manteve firme. Quando viu Sorrow pelo vidro, imaginou-a horrível, uma coisa imunda e perversa, mas sua aparência era na verdade a de uma árvore viva, coberta de musgo e trepadeiras secas. Tinha galhos em vez de ossos, e dos seus pés saíam raízes como a cauda de um vestido de noiva. Da cabeça subia um emaranhado de galhos pequenos, concentrados de um lado, cobertos por grumos de terra e folhas. Olhos negros espreitavam através de buracos nos nós da madeira. O rosto dela estava molhado da seiva melada e vermelha que escorria das aberturas nos olhos, imitando caminhos de lágrimas. Era uma criatura tão bonita quanto assustadora.

Sorrow ergueu-se sobre eles. Era ao menos meio metro mais alta do que qualquer um na sala.

— Sorrel — disse Severin, dando um passo hesitante na direção dela. Ele mesmo parecia espantado, como se a irmã tivesse se transformado em algo bem pior do que ele se lembrava antes de ter sido posto para dormir. — Minha irmã, por favor.

Ela sequer pareceu tê-lo visto. Engasgadas de lágrimas, vozes saíram das gargantas de quem estava na sala, um coro de dor.

— Eu o amava e ele está morto e enterrado, puro osso. Eu o amava e o tiraram de mim. Onde ele está? Onde ele está? Morto e enterrado, puro osso. Morto e enterrado, puro osso. Onde ele está?

Mais gente caiu no choro. Os corpos tremiam com soluços.

Sorrow deu um passo na direção do irmão, derrubando um aparador no chão. Quando falou, ela soou mais como o vento soprando através das árvores do que qualquer voz humana.

— Eu o amava, eu o amava e ele está morto e enterrado, puro osso. Eu o amava e o tiraram de mim. Onde ele está? Onde ele está? Morto e enterrado. Morto e enterrado. Meu pai o levou. Meu irmão o matou. Onde ele está? Morto e enterrado. Morto e enterrado.

— Você não quer isso — falou Severin. — Você não faria isso. Minha irmã, por favor. Por favor. Não me obrigue a tentar te impedir.

Sorrow foi até o fundo da sala, com Hazel e Severin ao lado dela. As pessoas gritavam. A Srta. Kirtling, em pânico, correu pela sala e atravessou exatamente o caminho do monstro. Um braço longo com dedos de graveto esbarrou nela, da mesma maneira que alguém afastaria uma teia de aranha. O pequeno gesto foi o bastante para lançar a mulher contra a parede. O reboco rachou e ela caiu no chão com um gemido.

Na rachadura recém-formada imediatamente apareceram musgos e fungos, como a água que invade o barco através de um buraco no casco.

Do outro lado da sala, uma mulher começou a tossir terra.

Sem ter ideia do que mais poderia fazer, Hazel golpeou a lateral do corpo do monstro com seu sabre.

Por toda a vida Hazel ouvira falar do monstro no coração da floresta. Ela imaginava que, se o monstro fosse morto, as fadas voltariam a ser apenas travessas e mágicas. Imaginou isso tantas vezes que, mesmo sabendo da verdade, parte dela acreditava que, quando a lâmina atingisse o monstro, realmente seria capaz de cortá-lo profundamente.

Mas o golpe não deixou qualquer marca; só fez Sorrow virar-se e esticar seus longos dedos em direção a Hazel. A garota se esquivou, não sem sentir o roçar das folhas e o cheiro de terra molhada. Contudo, não foi rápida o suficiente para impedir que Sorrow puxasse seu cabelo. O monstro arrancou alguns fios, que se espalharam pelo ar como faíscas. Sorrow aproveitou a pegada para fazer do cabelo de Hazel uma corda, chicoteando-a para cima de um sofá. O movimento fez o sabre aterrissar no chão.

Mesmo machucada, Hazel se levantou. Sua cabeça doía e os ossos pareciam soltos, como se não se encaixassem mais. Conseguiu cruzar a sala até onde tinha ido parar a arma e conseguiu levantá-la novamente e virar-se para o monstro.

Severin tinha saltado em cima das costas de Sorrow, agarrando-se nos galhos e cipós, mas ela balançou o corpo e o jogou longe. Ele rolou e levantou-se com uma rapidez que Hazel nunca tinha visto igual. A lâmina da espada dele cortou o ar. Severin era um excelente espadachim, mas, mesmo assim, a lâmina resvalou para longe do alvo. Mesmo assim, a criatura o derrubou.

Foi só então que o Sr. Gordon desceu correndo as escadas com um rifle de caça nas mãos. Ele apoiou a coronha no ombro e fez a mira, apontando para Sorrow.

— Por favor, não — gritou Severin do chão, mas Hazel não teve certeza de que o Sr. Gordon o escutara, porque puxou o gatilho.

A arma ribombou na sala como um trovão, um som que fez Hazel ficar imediatamente de pé. Só que as balas atingiram o tronco do monstro e desviaram, como pedrinhas inocentes atiradas por uma criança. Sorrow partiu para cima do Sr. Gordon.

Carter entrou à frente do pai empunhando um castiçal, mas a criatura enroscou nele os dedos compridos e puxou-o para ela. Hazel correu na direção deles e golpeou Sorrow pelas costas com o sabre. O monstro sequer pareceu notar.

— Ei! — gritou Jack, e então alguma coisa respingou no monstro. O cheiro forte de álcool encheu o ar. Ele tinha jogado conhaque nela, de uma garrafa que estava guardada no armário de bebidas dos pais.

— Vou colocar fogo em você — ameaçou Jack, segurando uma caixa de fósforos na mão trêmula. — Fique longe deles. Vá embora daqui.

Sorrow pareceu observar Carter por um longo momento e, em seguida, ela jogou o garoto no chão. Ele estava inconsciente e uma mancha verde se espalhava por seus lábios.

Tudo aconteceu muito rapidamente.

Hazel ouviu a mãe gritar do outro lado da sala. Ela olhou para o lado e viu que Ben a arrastava para trás de um velho piano.

Jack acendeu um fósforo.

O monstro correu para cima dele, rápido o bastante para que a chama se apagasse. Hazel se jogou entre eles, de sabre em punho, mirando nos olhos da criatura. O golpe arranhou o rosto de Sorrow, mas não escorreu mais seiva.

Jack se apressou para tentar acender outro fósforo, mas enquanto isso, a sala se encheu de vento.

Em algum lugar distante, os corvos começaram a grasnar, chamando uns aos outros.

Com um grito, Severin jogou-se nas costas dela de novo. Agarrado em seus galhos, ele apertou o sabre sobre a garganta da criatura, claramente esperando que isto a detivesse, claramente esperando que ela ficasse com medo. Mas Sorrow se sacudiu, tentando jogá-lo para longe. Hazel tentou golpeá-la, tentou cortar seus braços, seu tronco, até mesmo os dedos incrivelmente longos. Nenhum golpe deixou uma única marca. Hazel foi jogada contra uma parede e as pessoas amontoadas em um canto gritaram quando ela caiu em cima deles.

Todo o corpo de Hazel doía. Ficar de pé exigiu um enorme esforço. A cabeça martelava e as tonturas ameaçavam derrubá-la. Ela piscou para afastar sangue e suor dos olhos. O sangue escorria por uma dúzia de cortes que ela não se lembrava de ter sofrido. Não tinha a mínima ideia de quantas vezes mais poderia fazer aquilo.

Severin caiu no chão, rolando para uma posição de alerta. Ele ainda estava se mexendo, mas Hazel já podia notar que parte dele havia desistido.

Então ela ouviu o som do piano.

Virou-se e mais uma vez foi arremessada para longe por Sorrow. Hazel aterrissou no chão de madeira com força, num baque violento que a deixou sem ar. Ela se virou de lado e viu o irmão sentado em um banco, seus dedos quebrados espalhados pelas teclas. Tocando.

As notas enchiam o ambiente. Era como se Ben estivesse tocando o som do choro. Sorrow uivou no ar.

Então ele pareceu errar uma nota. A música vacilou e Ben já não conseguia mais tocar. Seus dedos quebrados, os que ele nunca tinha colocado de volta no lugar, muito menos curado, não eram mais ágeis o bastante para o piano. Mas Hazel não devia estar ali parada, olhando com espanto. Pelo contrário, deveria estar se aproveitando daquele momento estático que ele lhe dera. Então forçou-se a ficar de pé, na esperança de que não fosse tarde demais.

Ela correu para Sorrow, mas o monstro estava à sua espera. Ele a agarrou e a jogou no sofá com tanta força que as pernas do móvel trincaram. Depois rolou para trás, levando Hazel junto. Atordoada, ela olhou para a criatura debruçada sobre si. Galhos e musgo e olhos brilhantes.

— Morto e enterrado, puro osso. Morto e enterrado, puro osso — disse Sorrow, calmamente, seu braço longo esticando-se para Hazel.

Então Ben começou a cantar. Notas sem forma, como as que ele teria tocado se os dedos funcionassem, começaram a sair de sua garganta. Soou quase como um choro; o choro de Sorrel. Era um som de dor, terrível e paralisante. Apesar do nó no cabelo e do feitiço de Jack, Hazel sentiu as lágrimas brotarem no fundo da garganta e queimarem o fundo dos olhos.

Sorrow deu um grito de lamento horrível. Depois cambaleou para trás e para frente, derrubando várias cadeiras. As pontas afiadas de seus galhos quebrados rasgaram o estofado do sofá. Ela gritou de dor.

— Ben! — gritou Hazel. — Você está piorando a coisas.

Mas Ben não parou. Continuou cantando. As pessoas gemiam de desespero, de raiva. As lágrimas encharcavam suas roupas, molhavam seus cabelos. Todos desmoronavam aos pedaços, socavam as paredes. Sorrow trovejou na direção do piano, e o instrumento tombou de lado com um estrondo terrível. A criatura cobriu o rosto com os dedos de gravetos e seus ombros sacudiam com o choro.

E então Hazel entendeu. Ben a estava guiando através da tempestade de dor. Ele cantava a raiva e o desespero. Ele cantava a terrível solidão, porque não havia maneira de desligar um sofrimento, de deixá-lo de lado ou lutar contra ele. A única forma de acabar com a tristeza era passando por ela.

Quando Hazel se deu conta disso, a canção começou a mudar. Ficou mais suave, mais doce, como a manhã que vem após um choro demorado, quando a cabeça ainda dói, mas o coração já não está mais tão quebrado. Como flores que desabrocham sobre uma sepultura. E por toda a sala, uma por uma, as pessoas foram parando de chorar.

O monstro ficou imóvel.

Ben parou de cantar. E desmontou sobre o banco do piano, exausto. Ainda chorando, a mãe deles estendeu a mão e entrelaçou os dedos com os do filho.

Por um momento, só havia silêncio. Sorrow olhou ao redor com os olhos negros estranhos, como se acordasse de um sonho longo. Severin conseguiu ficar de pé e caminhou até ela.

Ela olhou para ele, estendeu a mão com seus longos dedos. Desta vez, parecia consciente da situação, embora sua expressão fosse indecifrável. Hazel não tinha ideia se ela seria capaz de atacá-lo ou não.

Ele esticou uma mão e tocou no rosto coberto de musgo dela. Por um instante, o monstro inclinou-se para receber o toque, quase com carinho. Em seguida, deixando para trás a mobília esmagada e os moradores da cidade atordoados, simplesmente marchou para longe e se foi.

✦ CAPÍTULO 19 ✦

Hazel largou o sabre, que bateu no chão com um som metálico. Os nós de seus dedos estavam machucados. Ela se sentia toda machucada, mas ao menos os ossos estavam intactos. A sala de estar dos Gordon estava uma bagunça: quadros quebrados, pufes rasgados, folhas e terra espalhavam-se pelo chão de madeira arranhado.

Uma mulher gemia em um dos cantos. Outra chorava em soluços que não pareciam mais forçados garganta a fora. A mulher chorava por vontade própria.

— Precisamos do sangue do monstro! — Do chão, Jack gritou para Hazel. Em seu colo, Carter repousava, inconsciente. Hazel virou-se na direção dele, surpresa. Jack não costumava ser tão vingativo. Ao ver a expressão dela, ele balançou a cabeça. — Foi isso que você disse que acordaria as pessoas, isso é o que pode curar Carter. Precisamos do sangue dela.

Hazel assentiu. É claro. Foi o que Alderking tinha dito a ela. O que consistia em um problema, como aqueles de matemática que havia na escola: para tirar o sangue de um monstro, você precisa de uma espa-

229

da mágica; para conseguir uma espada mágica, você precisa saber com quem o seu "eu" da noite andou conspirando; para saber com quem o seu "eu" secreto está mancomunado, você precisa saber quem teria interesse em libertar Severin; para saber quem gostaria de ver Severin livre, você precisa...

— Vamos — chamou Ben. A voz dele estava baixa e rouca, como se ele a tivesse machucado ao cantar daquele jeito. Bem estendeu a mão para Jack, segurando no ombro dele. — Vamos sair daqui. Agora estamos todos atrás da mesma coisa e não temos muito tempo.

— Heartsworn — concluiu Severin, abaixando levemente a cabeça na direção de Hazel. — Você lutou muito bem.

Guiada pelo instinto, ela se movimentara de um jeito que não sabia ser capaz. Bastava que não pensasse demais. Nos momentos em que tinha se perguntado por que estava segurando a espada em determinado ângulo ou o que faria a seguir, tinha vacilado e perdido o tempo de reação. O medo executara um bom trabalho o foco de Hazel, mas agora que ela não estava mais com medo, não conseguia que seu corpo fizesse mais nenhum truque.

Jack se levantou, relutante. O povo da cidade também já estava de pé, descendo do segundo andar ou saindo de onde tinham se escondido. As pessoas fugiam pelo gramado, em direção aos carros, para suas casas... Enfim, para qualquer lugar bem, bem longe dali. Precisamos ir embora daqui.

À porta, Hazel olhou para trás. Do outro lado da sala, a mãe dela estava de pé, a mão enganchada num castiçal de parede para recuperar o equilíbrio. Ela olhou para os filhos como se nunca os tivesse visto antes. Hazel se virou para Jack. Ele observava os pais ajoelhando-se sobre Carter, a Sra. Gordon tentando levantar o corpo do filho. Hazel pôde notar a expressão de angústia no rosto de Jack. O Sr. Gordon tinha dito que, por ele, a cidade podia até pegar fogo, mas Hazel tinha certeza de que ele não estava se referindo a Carter.

— Não é culpa sua. — Hazel o tranquilizou.

Jack assentiu e eles saíram, passando pelos sulcos profundos que Sorrow tinha deixado na grama, muito diferentes das marcas de pegadas apressadas. Hazel virou-se para olhar para a casa, para as vigas partidas na varanda, e se perguntou como a cidade explicaria aquilo. Será que os moradores de Fairfold precisariam rever o acordo que fizeram ao irem viver ali? Encarar que nem todas as fadas se contentavam em bebericar o leite de tigelas lascadas? E que algumas queriam sangue?

— Você está bem pra andar de carro de novo? — perguntou Ben ao garoto de chifres, conforme aproximavam-se de Volkswagen.

— No seu carro? — perguntou Severin, acompanhando o olhar de Ben. A expressão desconfiada de Severin quase fez Hazel rir, apesar de tudo. Por fim, ele inclinou a cabeça. — Se esse for o meu destino, então eu aceito.

O garoto de chifres sentou no banco do carona e Hazel e Jack se enfiaram no banco de trás. Ela segurou na mão de Jack e apertou.

Ele apertou de volta uma vez, mas logo soltou.

Eles voltaram para casa em silêncio. Quanto mais o tempo passava, mais a cabeça de Hazel pulsava, mais seus braços doíam por conta da queda no sofá. Um de seus tornozelos estava inchado e um pouco bambo. O corpo dela doía, mas, ao cair da noite, se pegasse no sono, se tornaria outra pessoa. Alguém com lembranças diferentes e, talvez, lealdades diferentes.

Ela não conseguia deixar de pensar no sonho que tivera, em que era um dos cavaleiros de Alderking, tão cruel quanto os outros. Hazel não tinha certeza de que algum dia iria gostar da pessoa que era à noite.

Assim que entraram pela porta da casa dela, Hazel foi até a pia e bebeu um gole grande de água, direto da torneira. Em seguida, sentou-se em cima da bancada.

Ben colocou a chaleira no fogão e tirou um pote de mel do armário. Depois foi até o banheiro buscar água oxigenada e gaze.

— Aquilo que você fez lá — disse Hazel, baixinho. — Foi incrível.

Ele deu de ombros.

— Eu estou surpreso que tenha funcionado.

— O que torna tudo ainda mais incrível. — Ela limpou as mãos na calça jeans.

Severin foi até a mesa e sentou-se em uma cadeira com as costas viradas, como se estivesse montado em um cavalo mágico. Um hematoma começava a despontar em seu queixo. Jack ficou em pé no meio da cozinha, parecendo perdido.

— Então, Heartsworn, hein? — disse Severin. — Mas tem algo mais que você não contou pra gente, não tem, Hazel? Eu disse que você lutou muito bem e é verdade. Eu dei a outra espada a você porque, pela sua postura, vi que sabia lutar. Era melhor que ela estivesse nas mãos de alguém com um pouco de treino, do que nas de alguém sem nenhum. Mas o jeito que você lutou... Eu reconheço. Não é o jeito com que os mortais lutam.

Hazel se esticou até um dos armários e tirou uma tigela. Derramou água oxigenada dentro dela e molhou um pano de prato para passar nos cortes. Tinha chegado o momento que ela temia, o momento em que tudo viria à tona. Hazel não olhou para nenhum dos três quando começou a falar.

— Na festa, eu descobri que estive a serviço de Alderking pelos últimos cinco anos. Todas as noites, assim que durmo, eu acordo e me transformo em outra pessoa. E eu não sei o que essa pessoa fez, só que ela foi treinada para lutar. Acho que o meu corpo se lembra disso, mesmo quando o restante de mim, não.

Pelo menos Jack já sabia. Pelo menos Jack não estava olhando para ela do jeito que Ben estava, como se Hazel tivesse se tornado uma estranha.

— Vocês precisam entender — disse Hazel, forçando-se a continuar. — Eu fiz um acordo há muito tempo, mas eu sei...

— Você fez um acordo com Alderking? — gritou Ben, fazendo com que ela estremecesse. — Você cresceu nessa cidade. Você deveria saber.

Hazel observou o pano de prato ficar cor-de-rosa por causa do sangue à medida que ela o esfregava no braço.

— Eu era criança. Fui idiota. O que você quer que eu diga?

— Por que você fez isso? — perguntou Ben. — Qual foi o acordo?

— Sobre o fogão, a chaleira começou a apitar.

Depois de alguns longos momentos, ela desceu da bancada e desligou o fogo.

— Fiz o acordo na época em que caçávamos as Fadas e vivíamos nossas aventuras. — Hazel começou a explicar, virada para o irmão. — Eu não queria parar. Você sabe que não.

Ela esperava ver Ben zangado quando percebesse a estupidez que fizera. Mas não esperava vê-lo com medo.

— Hazel, o que você fez?

— Fiz um acordo para que não precisássemos parar. Você disse que, se fosse melhor na música, poderíamos continuar. — Havia um tom infantil na voz dela, algo que ela detestou.

— Você fez isso por mim? — perguntou Ben, com uma expressão de puro terror no rosto.

Hazel balançou a cabeça com força. Ele tinha entendido tudo errado.

— Não, eu fiz isso por *mim*. Eu não queria parar. Eu fui egoísta.

— Você conseguiu aquela bolsa pra mim... Foi você. — A voz dele agora saía bem baixa. Ben quase parecia estar dizendo as palavras para si mesmo.

— Ben...

— Qual foi a natureza exata deste acordo? — perguntou Severin, com uma indiferença fria que era um alívio.

— Eu prometi que daria a eles sete anos da minha vida. Achei que isso significava que eu simplesmente morreria mais cedo. Como se anos de vida fossem algo que eles pudessem tirar pela extremidade.

Severin assentiu com uma expressão sombria. Ben parecia achar que morrer sete anos mais cedo não fazia daquela troca um acordo melhor. Ele parecia querer sacudi-la e Hazel desejou simplesmente poder parar de falar. Desejou poder fazer com que todos os seus erros desaparecessem.

— Por isso você não me contou nada — concluiu ele.

— Por isso eu não contei nada. Não importa o motivo pelo qual eu fiz. E, seja como for, eu obviamente estraguei tudo o que deveria ter acontecido na Filadélfia. Estraguei tudo e não importa o que me levou a fazer o acordo, porque eu estraguei tudo.

— Do que você está falando? — Ben olhava para ela como se realmente não fizesse a menor ideia.

— Você sabe o que eu fiz. — Ela odiava ter de explicar. Ela odiava que Jack estivesse olhando para ela todo preocupado, e sabia que tudo mudaria quando ele soubesse o que ela fizera. Jack tinha dito que quem dava o coração de bandeja merecia o que recebesse, mas estava errado.

— Hazel, do que você está falando? Da vez em que Kerem te beijou?

— É óbvio que é disso que estou falando — desabafou Hazel.

Ben jogou os braços no ar em um gesto exasperado.

— Não foi *você* quem fez aquilo, foi ele. Porque Kerem era um idiota de treze anos, totalmente confuso a respeito de tudo. Ele estava surtando. Eu falei com ele no Facebook e ele está ótimo agora, sabia? Ele se assumiu e os pais o apoiaram. Ele está até namorando. Mas naquela época Kerem estava surtando, os pais dele estavam surtando e ele queria provar que não gostava de mim. Você simplesmente estava lá. Foi só isso.

— Eu sei o que aconteceu por causa daquele beijo — disse Hazel, olhar fixo na chaleira, enquanto enchia as xícaras de chá.

A voz de Ben tinha ficado mais suave.

— Aquilo não foi por sua causa... você não pode se culpar por eu ter perdido o controle. Eu vivia perdendo o controle. Eu quis ir pra escola de música exatamente porque já estava com medo do quanto estava perdendo as estribeiras. Quando vi Kerem com você, a primeira coisa que pensei foi que talvez eu tivesse colocado um feitiço nele, pra ele gostar de mim. Porque eu gostava *muito* dele. Depois do que aconteceu, depois da minha professora... Você sabe o que eu fiz com a minha mão... Mas aquilo foi bom. O que aconteceu na Filadélfia foi culpa minha e de mais ninguém.

Hazel chegou a ter um "não" na ponta da língua, tinha *sim* sido culpa dela; mas logo se deu conta de que aquilo soaria ridículo. Eles vinham escondendo segredos um do outro, ressentindo-se com o outro, a troco de nada. Ben nunca a culpou. Por muito tempo, a determinação dela em esconder aquilo do irmão foi o centro de muitas das suas escolhas. Agora, sentia-se inacreditavelmente leve sem aquele peso.

— Quebrar os próprios dedos não foi uma coisa boa, Ben. O seu dom é incrível.

— Você vendeu malditos sete anos da sua vida em troca da minha bolsa e nunca me contou. — Ben ainda parecia irritado, mas não com ela. — Você devia ter me contado. Talvez a gente pudesse ter dado um jeito.

— Bem, agora nós *realmente* temos que dar um jeito. — Jack interrompeu os irmãos. — Conte o resto, Hazel.

E Hazel contou. Contou sobre as mensagens, sobre acordar com lama nos pés e com medo de ter chegado a hora de pagar a dívida. Contou também sobre a festa das fadas e o que Alderking tinha dito. Em seguida, Severin contou a história dele e de Sorrel, enquanto Ben balançava a cabeça em aprovação.

— A questão é: por que agora? — perguntou Ben. — O que mudou? O que Alderking anda tramando?

— Ele encontrou alguma forma de controlar Sorrow — disse Hazel. — Não é isso?

Jack balançou a cabeça.

— Acho que não temos de pensar no que mudou recentemente. Precisamos olhar para o passado. Alguma coisa o irritou e fez com que ele soltasse a coleira das fadas solitárias, como o pessoal falou na reunião. Há oito anos, a Corte do Leste foi tomada. Será que isso seria o bastante?

— Acho muito recente — respondeu Ben.

— Quem manda lá agora? — perguntou Severin, mas Jack ergueu os braços, impotente.

— Não presto atenção em nomes. Não significam nada para mim.

Severin balançou a cabeça, pensativo.

— Eu ainda tenho alguns contatos na corte do meu pai. Ninguém com poder de verdade, mas alguns dos selvagens que conheceram a minha mãe falavam comigo. Disseram que há pouco mais de três quinquênios, Alderking começou a ter um caso com uma das fadas solitárias. Só que a mesma também se envolveu com um mortal e teve um filho dele. Acho que foi mais ou menos nessa época que outros mortais começaram a morrer em maior número, não foi? E foi quando meu pai encontrou realmente uma maneira de controlar a minha irmã, transformando os ossos do finado marido dela em um anel encantado.

— Um quin... o quê? — perguntou Hazel, com um arrepio de terror. Ela tinha visto um anel de osso no dedo de Alderking, mas nunca poderia imaginar ter sido esculpido a partir de um cadáver.

— Quinquênio. Três quinquênios. Quinze anos — explicou Jack, mexendo a boca como se tivesse provado algo ruim. — É uma palavra que cai em exames de admissão para as faculdades. E a mulher de quem você está falando é a minha mãe.

Ben levantou as sobrancelhas. Até Severin pareceu surpreso.

— Sua mãe? — perguntou Hazel. Ela se lembrou da elfa na corte das Fadas, segurando Jack pela manga da camisa. Havia um medo muito real no rosto dela.

Jack assentiu.

— Foi por isso que ela me escondeu. Ela era a amante de Alderking, mas, como ele não era muito bom para ela, ela acabou se envolvendo com um humano e engravidando de mim. Foi por isso que quis me deixar com humanos, para me manter fora do caminho dele. Pelo menos até que ele se esquecesse um pouco.

Hazel se perguntou se Jack já tinha contado essa história a alguém antes. Considerando a maneira como olhava fixamente para a xícara, sem olhar nenhum deles nos olhos, ela suspeitava que não.

A expressão de Severin era puro pesar.

— Se a sua mãe foi infiel a ele, se o rejeitou por um mortal, a vingança dele seria terrível. Não apenas sobre a cidade, nem sobre o tal homem, mas sobre a sua mãe também. Ele a teria machucado.

Jack parecia enjoado.

— Não. Ela teria me contado.

— Parece ser uma boa razão para querer que Alderking morra — notou Ben. — Será que é a sua mãe quem está com a espada?

Hazel hesitou, mas acabou falando.

— Ela realmente me falou uma coisa estranha. Quando eu contei que estava na festa procurando por Ainsel, ela demonstrou saber de alguma coisa, mas ficou me dando indiretas para que eu ficasse quieta.

Jack esfregou a mão na boca, frustrado.

— Ela também fez aquele comentário estranho sobre eu estar lá pra te salvar. Isso significa que as pessoas naquela reunião estavam certas? Tudo isso é culpa minha?

— Não — corrigiu Hazel. — Nunca. Não é culpa sua, de jeito nenhum.

— Mas a mãe de Ja... Como é o nome dela, Jack? — perguntou Severin.

— Eolanthe.

— Eu estive com ela uma vez. — Severin olhou para Jack de um jeito estranho, que fez Hazel imaginar que o príncipe a conhecia mais do que um pouco. — Ela é muito bonita, muito inteligente, mas não é espadachim. Se ela conseguiu tirar Heartsworn de Hazel, seja com truques, por força ou graças à bondade do coração noturno dela, mesmo assim ela precisaria de alguém para usá-la.

— Ok então. Vamos imaginar — divagou Ben. — Jack conta para a mãe sobre uma garota que ele conhece, fala que ela encontrou uma espada. Então Eolanthe decide convencer Hazel a quebrar a maldição de Severin? Convence Hazel a libertar um príncipe adormecido das Fadas, mas sem dar a ele a única coisa que o permitiria enfrentar Alderking empunhando Heartseeker?

Jack assentiu. Ele começou a andar pela cozinha sem olhar para ninguém, envolvido em pensamentos.

— Eu posso ter dito qualquer coisa sobre a Hazel e a espada, quando eu era mais novo. E Hazel provavelmente não precisaria de muito convencimento para quebrar a maldição do Severin.

Hazel riu.

— Ben precisaria menos ainda. — O irmão fez uma careta e ela voltou-se para Jack. — Sua mãe não parece ser o tipo de pessoa que faz alianças por aí. Muito menos comigo. Ela não gostou muito de mim.

— E se for mais simples? — perguntou Ben. — Talvez ela tenha simplesmente roubado a espada e espalhado um monte de bobagens enigmáticas pra confundir a gente. Para nos fazer correr atrás do rabo enquanto ela põe o plano em ação.

— Mas e a maldição de Severin? — perguntou Hazel. — Por que se dar ao trabalho de quebrá-la?

— Pode ter sido uma maneira de desviar a atenção de Alderking — arriscou Jack, olhando para Ben com a testa franzida como se estivessem traçando um plano especialmente maligno em vez de tentar adivinhar um. — Além disso, a libertação de Severin seria a prova de que a espada que estava com Hazel era mesmo Heartsworn. Somente ela poderia esmigalhar o caixão e quebrar a maldição. Não faria sentido roubar uma espada qualquer até ter certeza de que era a espada certa.

Severin erguera as sobrancelhas delicadas.

— Então, voltamos ao ponto de que Eolanthe precisaria de um espadachim.

Ben deu de ombros.

— Você falou que ela era bonita e inteligente. Talvez tenha encontrado alguém bom com a espada e que também quisesse deter Alderking. Deve haver alguns corajosos na corte, certo?

— Bem, pelo menos um — retrucou Hazel com um riso que não tinha nada a ver com humor. — Eu ia gostar de acabar com ele.

— Tem um jeito de mandarmos uma mensagem pra minha mãe — comentou Jack. Ele foi até a gaveta de talheres, tirou de dentro dela uma faca pequena e disse: — Sangue atrai sangue — e com isso saiu pela porta da cozinha para o quintal. — Se ela estiver com a espada, eu vou prometer qualquer coisa em troca dela. Se ela me quiser, serei dela. O que tiver de jurar, eu jurarei.

— Jack! — gritou Hazel. — Você não precisa fazer isso.

— Pode ser que a espada não esteja com ela — alertou Ben. — Pode estar com alguém que nenhum de nós conhece, com alguém que não lembramos de ter conhecido.

— Ou pode estar com a pessoa que escondeu o filho dela de Alderking e que tem um bom motivo para odiá-lo. O que é mais provável? — O rosto de Jack parecia assombrado. — Se não recuperarmos essa espada, Carter já era.

— Jack! — Hazel chamou mais uma vez, mas ele não se virou, não hesitou. Furou a ponta do dedo indicador com a faca, pegou uma folha e escreveu nela com sangue, do jeito que alguém rabiscaria com uma caneta no papel. Depois sussurrou alguma coisa e soprou a folha no ar.

Mas Hazel tinha visto as palavras: *Mãe, se você estiver com Heartsworn, venha com ela até a casa no final da River Street. Feito isso, tudo o que você me pedir eu lhe darei.*

Depois de mandar a mensagem, eles esperaram.

Ben estava intrigado, tinha a impressão de se lembrar do nome Ainsel de algum lugar. Então, levando consigo a caneca de chá com mel, foi dar uma olhada em alguns dos livros no escritório, para ver se conseguia encontrar a palavra em algum índice. Severin foi ao barracão da casa buscar o machado de Ben e ver que outras armas poderia afiar para usar.

Sem guardar mais segredos, Hazel estava ansiosa, sentindo-se terrivelmente vulnerável. Havia sombras à espreita. Para se ocupar, foi em busca de todo o ferro e as tesouras da casa, de todo o sal e terra de túmulos, de toda a aveia, frutinhas vermelhas e amuletos. Depois que Severin voltou com as armas, ela espalhou um pouco de cada coisa nos batentes das portas e janelas.

Terminada a tarefa, sentou-se em uma das cadeiras e cochilou. A magia que a deixava servir a Alderking sem dormir parecia estar passando. Foi tomada pela exaustão.

Ao acordar, viu o sol se pondo em uma chama de ouro derretido. Ouviu a voz de Severin no andar de cima, um resmungo baixo e caloroso, e então uma risada contida de Ben.

— Ei — disse Jack, baixinho, chegando perto dela. A calça jeans estava caindo da cintura, deixando à mostra um pedaço da pele negra na faixa onde a camiseta não cobria. Ela imaginou sua mão repousada ali e fechou os dedos para não ter vontade de tocar nele. — Vim aqui acordá-la antes que você... se transforme.

Hazel estremeceu. Tinha quase se esquecido.

— Nada disso é culpa sua — afirmou Jack. — Só para esclarecer.

— Eu perdi a espada. Eu libertei Severin. Fiz um acordo idiota. Ao menos um pouco da culpa é sim minha. — Ela começou a pentear os cabelos com os dedos e trançá-los. — Mas não vou deixar que ela te leve embora, se você não quiser ir.

Jack deu um sorriso que não era realmente um sorriso.

— Ah, não seria tão ruim. Eu não precisaria estudar para as provas finais, nem arranjar um emprego no verão, nem escolher uma faculdade. Poderia beber vinho de flor-de-sabugueiro o dia todo, dançar a noite toda e dormir em uma cama de rosas.

Hazel fez uma careta.

— Eu tenho certeza de que existem algumas faculdades onde você pode fazer isso. Aposto que existem algumas faculdades onde você pode *se formar* nisso.

— Talvez — disse ele, e depois balançou a cabeça. — Aqui em Fairfold sempre foi como se eu estivesse em um jogo elaborado de fingir, sabe? Fingir ser humano. Fingir que nenhum dos parentes achou estranho quando minha mãe telefonou para tentar explicar que na verdade tinha dado luz a gêmeos, mas que não havia contado a ninguém porque um dos dois ficou muito doente. Fingir que todo mundo tinha acreditado nela. Fingir que meu pai não acha estranho eu existir. Fingir que ninguém na cidade fica me olhando. Fingir que eu não tenho ido à floresta escondido todos esses anos. Fingir que eu nunca fiquei tentado a ir embora. Fingir que eu não consigo fazer mágica. A minha vida sempre foi um barril de pólvora à espera de um fósforo.

— Olá, muito prazer, fósforo! — Hazel apontou para si mesma com os dois polegares, mas sorriu ao fazê-lo na esperança de que isso adoçasse as palavras.

— Olá, fósforo. — De alguma maneira, a voz doce dele deu às palavras um significado totalmente diferente. Hazel pensou sobre quando acordaram na floresta, o cheiro de agulhas de pinheiro no ar e a sensação da boca dele na dela, o chão duro e irregular sob as costas — e estremeceu.

Mas eles estavam longe da floresta inebriante. E ela ainda não tinha contado a ele.

— Eu gosto de você. — Hazel deixou escapar abruptamente, as palavras saindo totalmente erradas, como uma acusação.

Jack ergueu as sobrancelhas.

— Sério?

— Por que mais eu diria isso? — Agora ele sabia e agora podiam voltar a falar sobre faculdades, sobre matar criaturas ou sobre estratégias ou sobre *qualquer outra coisa*. Agora poderia voltar a se preocupar com a possibilidade de Jack ser levado para as Fadas. Ao menos ele sabia. Ao menos Hazel tinha dito.

— Se você gosta de mim, por que parece estar com raiva disso?

— Eu não estou *com raiva*. — Mas Hazel soava como se estivesse com raiva. Soava furiosa.

Ele suspirou.

— Você não precisa dizer que gosta de mim só porque eu estou tendo um dia ruim ou porque eu disse antes. Você não é obrigada, Hazel.

— Eu sei disso. — Ela sabia disso. Sabia mesmo. Mas fazia séculos que ela gostava de Jack, tanto tempo que o amor que sentia era uma dor que nunca a abandonava. Jack, que a beijara como se nada mais importasse. Jack, que a conhecia tão bem. Ela o amava e tinha acreditado que ele nunca retribuiria esse sentimento. Acreditara nisso com tanta força que, mesmo lembrando das palavras ditas por ele, ainda sentia como se ele fosse retirar tudo e dizer que tinha cometido um erro.

Provavelmente ele deveria mesmo retirar o que disse. Hazel era muito confusa. Não conseguia nem mesmo dizer a um menino que gostava dele do jeito certo.

— Você não me deve isso! E se você me disse isso achando que não faz diferença, já que eu não vou estar aqui para descobrir que é mentira... — falou Jack.

E, de repente, ela percebeu que ele realmente não acreditava nela. A declaração tinha sido ainda pior do que ela pensava.

— Não. Não, Jack. Eu não estou mentindo.

— Hazel... — Ele começou a falar, com a voz calma.

— Olha só... — Ela o interrompeu, na esperança de que fosse acertar desta vez. — Depois que fiz aquele acordo, achei que seria levada pelo Povo. E eu poderia ter sido! Eu não queria me envolver com ninguém, ok? Eu não sou boa em me aproximar das pessoas. Eu nunca tive um namorado. Eu nunca saí mais de uma vez com alguém. Eu fico com os garotos nas festas, mas com certeza não digo que gosto deles. Eu não sou boa nisso, ok? Isso não quer dizer que não seja verdade.

— Ok — concordou Jack. — Mas eu conheço você da vida toda, Hazel. Seu irmão é meu melhor amigo. Eu escuto as coisas que vocês falam um pro outro, e também as que vocês não falam. Eu sei que você não quer se aproximar de ninguém, mas não é só por causa das fadas.

— Como assim?

Ele balançou a cabeça.

— A gente não devia falar sobre isso.

— Não — discordou ela, embora estivesse gelada dos pés à cabeça. — No que você está pensando?

Ele suspirou.

— Ah, Hazel. Foi você quem me mostrou como procurar comida na floresta, sabe? Tínhamos o quê, nove, dez anos? Você se lembra do motivo pelo qual aprendeu isso? Por que era tão entendida do assunto? Você se lembra daquela vez que ficou pra jantar lá em casa e escondeu comida no guardanapo pra comer depois? Porque não tinha certeza se os teus pais iam lembrar de oferecer comida, mas todo mundo fingia que estava tudo bem? As festas que os seus pais costumavam dar eram lendárias, mas ouvi histórias sobre você e seu irmão comerem do pratinho do cachorro. Eu ouvi você contar essa história, também, como se fosse uma piada. Você fala da sua infância como se tivesse sido uma loucura boêmia, uma coisa divertida, mas eu me lembro de como não era divertido para você na época.

Hazel piscou. Tinha ficado tão boa em reprimir as memórias que não gostava, tão boa em trancá-las bem guardadas. Nada do que ele disse devia tê-la surpreendido; eram apenas fatos sobre a sua vida, afinal. Mas ela se viu surpreendida mesmo assim. Tudo aquilo tinha acontecido há tanto tempo que ela achava que não importava mais.

— Os meus pais estão bem agora. Eles cresceram. Ficaram melhores com as coisas.

Ele assentiu.

— Eu sei. Eu também sei que você sempre acha que é você que tem que resolver tudo, mas não tem que ser. Algumas pessoas são de confiança.

— Eu ia salvar Fairfold.

— Não dá para salvar um lugar. Às vezes não é possível salvar nem mesmo uma pessoa.

— A gente pode se salvar? — perguntou Hazel. Soava importante, como se a resposta dele fosse *a* resposta, como se de alguma forma ele pudesse realmente saber.

Ele deu de ombros.

— Precisamos tentar, não é?

— Então você acredita em mim? Que eu gosto de você? — Ela perguntou. Mas ele não chegou a responder.

Ben entrou na cozinha triunfante, segurando um livro no ar.

— Eu achei. Eu achei! Eu sou um gênio! Minha memória é de gênio! Eu sou tipo aquelas pessoas que contam cartas em Las Vegas!

Hazel se levantou.

243

— Ainsel?

Ele assentiu.

— Aliás, Hazel, isso estava no teu quarto.

Ela reconheceu o livro, assustada. A lombada dizia: FOLCLORE DA INGLATERRA. Era o livro que tinha encontrado no baú, embaixo da cama. Como não tinha compreendido o significado?

O irmão abriu o livro.

— Tem uma história de Northumberland sobre uma criança que não quer ir dormir. A mãe diz a ele que, se ele ficar acordado, as fadas virão para levá-lo embora. Ele não acredita, então continua brincando enquanto o fogo da lareira começa a morrer. Um tempo depois, uma fada aparece, uma fadinha linda, criança, que quer brincar com ele. O menino pergunta à fada o nome dela, e a criatura responde: 'Ainsel'. Então ela pergunta o nome do menino e ele diz, 'my Ainsel', ou seja, minha Ainsel com um sorriso perverso.

"Então eles brincam mais um pouco e o menino tenta reanimar o fogo. Ele consegue avivar as chamas, mas uma das brasas rola para fora e queima o dedão da fadinha. Ela uiva loucamente e a fada mãe, enorme e assustadora, desce pela chaminé. O garoto pula na cama, mas ele ainda pode ouvir a fada mãe exigindo da filha o nome de quem a queimou. 'My Ainsel! My Ainsel!', a menina fada grita. Aparentemente, 'my Ainsel', quando dito com o sotaque de Northumberland, soa igualzinho a 'my own self', ou seja 'eu mesma'. Ao ouvir aquilo, a mãe fada fica muito zangada. 'Então está bem', diz ela, pegando a fadinha pela orelha e arrastando-a para dentro da chaminé, 'você não tem ninguém para culpar além de si mesma'. E é isso. Ainsel. *My Ainsel. My-own-self.* Você mesma." — Ben fez uma reverência exagerada.

— Mas o que isso quer dizer? — perguntou Jack.

Eu mesmo. O meu próprio "eu".

— Me dá uma caneta — pediu Hazel com a voz um pouco trêmula. Ela abriu o livro em uma das últimas páginas, em branco.

Ben tirou um marcador da gaveta de tralhas da cozinha e entregou a ela:

— O que houve?

Com o marcador na mão direita, ela escreveu "sete anos para pagar o que está a dever". E então, trocando de mão, escreveu as mesmas palavras, agora com a esquerda.

Era a mesma letra que tinha visto nas mensagens dentro das nozes, a mesma letra que tinha escrito AINSEL na parede. Por um longo momento, Hazel ficou apenas olhando para a página diante de si. A palavra rabiscada com lama na parede não era o nome de um conspirador nem de um inimigo. Era uma assinatura. A dela.

Não havia um alguém. Nenhuma figura sombria mexendo os pauzinhos, deixando pistas, guiando a mão dela. Era apenas ela mesma, descobrindo uma maneira de abrir o caixão, tentando descobrir o valor da espada que tinha. Apenas ela mesma percebendo o que Alderking pretendia fazer com Fairfold e tentando impedi-lo.

My Ainsel. O meu próprio "eu".

Uma mensagem codificada, porque Alderking a proibira de revelar a natureza do acordo deles para a Hazel do dia. Sendo assim, tudo o que ela podia fazer era deixar algumas dicas e charadas desesperadas.

Ela se lembrou do que Severin tinha dito sobre quando foi acordado. Ele tinha ouvido a voz dela, mas *quando acordei completamente,* o céu já estava claro e você tinha ido embora. Claro que tinha ido embora; ela teve de correr para a cama e virar a Hazel do dia. Mal deve ter tido tempo, porque não pôde sequer limpar a lama dos pés. Em pânico, escreveu na parede e jogou o livro no baú recém-esvaziado. Tinha quebrado o caixão com um plano na cabeça, com a possível intenção de negociar com Severin ou devolver a espada a ele. Quaisquer que fossem os planos, antes de ele acordar, Hazel deve ter percebido que descobririam que ela estava em posse de Heartsworn.

Então decidiu escondê-la em algum lugar onde ninguém pensaria em procurar, um lugar onde Alderking não conseguiria encontrar, mesmo se encontrasse a própria Hazel.

E então — bem, então Hazel tinha passado a noite seguinte em claro, procurando por Ben na floresta e sendo ameaçada por Severin.

245

Tinha dormido apenas alguns instantes, quase ao amanhecer. Tempo suficiente para o «eu» da noite escrever o bilhete que ela encontrou na mochila. *Se no céu lua cheia a pino; é melhor que cedo já esteja dormindo.*

Mas Hazel não obedeceu. Tinha ficado mais uma noite em claro, não deixando tempo para a Hazel noturna recuperar a espada, não deixando tempo para que ela traçasse um plano B, não deixando tempo para nada.

O primeiro bilhete, aquele dentro da noz que Hazel achou no Lucky's, poderia ser um teste do "eu" da noite, para ver se conseguiria mandar uma mensagem para o "eu" do dia sem ser flagrada por Alderking. E o bilhete seguinte teria sido no auge do pânico, quando não tinha certeza se estava prestes a ser descoberta e não queria deixar nada incriminador, caso alguém do Povo visse. Hazel também não queria deixar tantas pistas para o "eu" do dia a ponto de colocá-la em perigo sem que soubesse de toda a história.

Que bagunça que tinha feito.

Severin desceu a escada, segurando um artefato pontudo que ele tinha feito com lâminas de serra e o cabo de madeira de um ancinho.

— Tem alguém lá fora — disse ela.

Hazel foi até a janela e os viu cercando a casa. Cavaleiros em corcéis mágicos e, atrás deles, a mãe de Jack, com um longo vestido verde e dourado esvoaçante. Eolanthe desmontou do cavalo e caminhou na direção da casa.

— Mãe! — disse Jack escancarando a porta.

— Espere! — gritou Hazel. — Ela não está com Heartsworn, Jack!

Mas Ben já tinha espalhado o sal e as frutas com os pés, de modo que a fada poderia entrar. Os olhos de Eolanthe eram prateados e o cabelo verde como grama nova. Quando olhou para Severin, seu sorriso virou gelo.

— Achei mesmo que encontraria você aqui — comentou.

Ele fez uma pequena reverência respeitosa.

— Eolanthe, minha senhora. A que devemos o prazer de sua visita? Vejo que estão com a senhora os guardas do rei, e eu não estou em boas graças com ele.

— Entenda — explicou ela, virando-se para Jack, que estava de pé, paralisado, a mão ainda na maçaneta. — Quando eu revelei onde o filho dele estava, ele prometeu poupar o meu. Ele me garantiu a sua segurança. Você não sabe o que isso significa, Jack.

Hazel já suspeitava que eles estavam errados, gravemente errados, ao suporem que Eolanthe estaria com Heartsworn. Agora percebia que também estavam errados sobre a lealdade dela. Tinham errado em todos os aspectos.

— Como você pôde fazer isso? — Jack cuspiu as palavras. Todo o seu corpo tremia, como se estivesse prestes a desmoronar. — Como você se diz minha mãe e negocia a vida dos meus amigos?

Ela deu um passo para trás, irritada com a força da raiva dele.

— Pela sua segurança! Não tenho mais do que alguns instantes para levá-lo daqui. Vamos. Independentemente do que pense a respeito de mim, você poderá fazer mais pelos seus amigos se não estiver acorrentado junto com eles.

— Não! — gritou Jack. — Eu não vou com você. Não vou.

— Preste atenção no que ela diz — disse Severin. — Não há vergonha em querer viver. Sem Heartsworn, não podemos ganhar.

Mas Jack apenas balançou a cabeça.

Hazel precisava fazer alguma coisa, mas só conseguia pensar em um movimento possível. Lembrou-se da história que Leonie tinha contado a ela, sobre como Jack fizera Matt socar a própria face. Lembrou-se do jeito com que Jack tinha dado um nó em seu cabelo para que ela não chorasse.

— Jack — disse Hazel, agarrando-o pelo braço para que Jack olhasse para ela. — Você pode me fazer dormir?

Os olhos de Jack estavam cheios de angústia. Ele parecia não entender o que Hazel estava pedindo.

A mãe dele franziu a testa e falou:

— Jack, você precisa vir comigo.

— Você pode me fazer dormir? — perguntou Hazel de novo, levantando a voz até quase um grito. — Como um feitiço, como o que você fez pra que eu não chorasse diante de Sorrow. Ainda é noite, então se eu dormir e acordar de novo, não serei eu mesma. Serei ela, a outra Hazel. Ela irá te contar tudo.

Todos olharam para ela sem entender coisa algum, mas Hazel não podia falar mais nada, não com Eolanthe ali, pronta para contar tudo ao Alderking.

— E se a Hazel da noite não estiver totalmente do nosso lado? — perguntou Severin, erguendo uma das sobrancelhas. — Ao menos você, a *nossa* Hazel, irá lutar por nós.

Ela sorriu com aquilo, o príncipe a chamando de "nossa Hazel". Exatamente como em uma das histórias que ela e Ben inventavam.

— Hazel está sempre do nosso lado — corrigiu Jack.

Ele tocou no rosto dela com carinho. Ela pensou que ele fosse dizer as palavras para enfeitiçá-la, mas em vez disso ele se inclinou e deu um beijo nela. Ela sentiu a pressão suave da boca dele, sentiu o sorriso em seus lábios. Então ele se afastou um pouco e disse:

— Durma.

Ela sentiu a magia tomar conta dela com uma onda, e no último segundo, mesmo tendo pedido a Jack que fizesse aquilo, Hazel lutou contra o encantamento. Tentando manter os olhos abertos, se debateu na almofada. Até que cambaleou e caiu. As últimas coisas em sua memória eram o grito de Ben e a mão de Jack segurando-a instantes antes de ela bater com a cabeça no chão.

✦ CAPÍTULO 20 ✦

Entre um piscar de olhos e outro, Hazel acordou.

Ao lado de vários cavaleiros de Alderking, marchava através de uma espécie de caverna. Acima deles, uma luz leitosa passava por entre as folhas e o vento fazia os galhos dançarem. O dia tinha chegado. Então eles seguiram para a escuridão da colina oca. Em seu interior, o teto estava coberto de raízes serpenteantes, braços pálidos acenando para eles; espinhos e cipós subiam pelas paredes, desabrochando em estranhas flores brancas. Cogumelos azuis ladeavam a trilha.

E logo atrás dela, guardada por dez cavaleiros de cada lado, havia uma jaula de metal negro retorcido em formato de galhos dobrados. Apoiada em grandes rodas ornamentadas, a jaula rangia. Dentro dela, Severin e Ben, que estava sentado no chão do cativeiro parecendo apavorado, mas sem ferimentos. Severin andava dentro dela como um animal no zoológico, sua raiva parecendo irradiar. Tinha um corte no rosto e uma mancha escura no tronco que, mesmo àquela distância, Hazel sabia que era sangue.

Hazel vacilou. Por que ela estava livre se eles tinham sido capturados? Quando tinha sido a luta? O que Hazel tinha feito?

Por que ela não tinha lutado com eles? Por que ela não estava na jaula?

— Sir Hazel? — chamou uma voz familiar.

Hazel então percebeu que estava entre cavaleiros de Alderking, vestida como um deles, com o gibão rígido que tinha encontrado onde a espada deveria estar, ao lado do livro. Ao olhar para o cavaleiro que tinha falado, Hazel se deu conta de que usava uma roupa igual à dele, embora ele tivesse placas de metal dourado e brilhante em um dos braços, uma grande peça no cotovelo e uma placa ao longo do maxilar inferior. Era estranho e ameaçador, mas ainda assim, lindo.

Marcan. Foi assim que Jack o chamara na festa da lua cheia.

Não, ela não estava simplesmente junto dos cavaleiros de Alderking, não estava somente vestida como eles. Ela *era* um deles. Por isso Marcan tinha dito seu nome em tom preocupado. Ele a conhecia — conhecia a Hazel da noite, a Hazel cavaleiro, a Hazel que tinha servido ao Alderking e que ainda servia, aquela que deveria estar ali em seu lugar momentos antes. Lembrou-se das palavras de Marcan na festa: *Hazel não há de se importar em vir comigo. Nossas espadas já se cruzaram antes.*

— Eu estou bem — garantiu Hazel. Então levou a mão ao cinto automaticamente, mas não havia espada na bainha. É claro que não. A espada tinha desaparecido. Ela a escondera.

— Você está encrencada — alertou Marcan, em voz baixa. — Tenha cuidado.

A procissão parou em frente ao trono de Alderking, onde ele aguardava junto à sua corte. Ao lado dele havia um caixão de metal negro e cristal, ainda mais intricado e cheio de detalhes do que aquele que um dia ficara na floresta. Ao lado dele, de pé e com uma das mãos sobre o painel transparente, havia uma pequena criatura franzina, que tinha uma nuvem de cabelo prateado e trajava um gibão escarlate. Usava pulseiras intrincadas de pedrarias nos braços e havia um broche preso ao tecido de sua camisa, com asas que se mexiam ao vento, como se uma mariposa de ouro e pérolas, com olhos de pedras preciosas, pudesse estar viva. *Grimsen*, Hazel se lembrou, da história de Severin. O ferreiro cujos poderes eram tão grandes que Alderking o trouxera da antiga corte.

O mesmo Grimsen que, junto com os irmãos, tinha feito Heartseeker e Heartsworn. Ele, que podia dobrar metais em qualquer formato. Hazel deve ter olhado fixamente para ele, porque Grimsen se virou na direção dela e deu um sorriso falso. Seus olhos negros brilhavam.

Hazel procurou desesperadamente por Jack em meio à corte sombria. O avistou montado à frente da mãe em um corcel malhado. Seu rosto não tinha expressão alguma, um curioso vazio. O olhar dela fixou-se nele, até que Jack finalmente percebeu. Ele arregalou os olhos, abriu as palmas das mãos e baixou o olhar para elas.

Confusa, ela imitou o gesto.

O coração de Hazel voltou a bater acelerado. Na mão direita, em tinta preta, como a de um marcador, estavam as palavras *cenouras* e *arame*, com a mesma letra rabiscada de todas as outras mensagens. E na esquerda as palavras *Lembre-se de se ajoelhar* escritas em caligrafia familiar — a dela própria.

As duas primeiras pistas eram uma referência à história do agricultor e do *bicho-papão*, a que Hazel tinha achado que não fazia sentido algum. Eram as mesmas palavras que haviam sido circuladas com lama, mas ela continuava sem entender a pista.

E a terceira pista... Uma lembrança para que tivesse bons modos?

Esquadrinhando a multidão, procurou novamente por Jack. Passou os olhos por uma mulher corcunda de bengala, por um homem verde narigudo e de cabelo preto arrepiado, por uma criatura dourada com pernas longas iguais às de um gafanhoto.

Ninguém correspondeu ao olhar dela. Jack não estava lá.

— Sir Hazel — disse Alderking. — O sol está nascendo e então você não é mais minha pequena marionete.

Várias damas da corte, algumas vestidas com saias de renda delicada, outras vestindo nada, começaram a cochichar atrás de leques e mãos. Uma puca riu tanto que relinchou como um pônei.

Ela fechou a mão em punhos, tentando lutar contra o pânico.

— Olhe só a sua cara! — gritou a puca, revirando alegremente seus estranhos olhos dourados de cabra — Você precisava ver a sua cara!

Hazel olhou para Ben, na jaula. Ele estava de pé, agarrando as barras. Quando viu que ela estava olhando para ele, Ben deu um sorriso um pouco inseguro, como se estivesse tentando parecer corajoso. Era um sorriso que Hazel não merecia de forma alguma.

— Mas você ainda é minha — prosseguiu Alderking. — Você faria bem em não se esquecer disso, Hazel. Venha à frente e se ajoelhe diante de mim.

Ela se ajoelhou, sentindo o frio da pedra se espalhar pelo tecido estranho, quase metálico, da calça que vestia.

Lembre-se de se ajoelhar.

— Olhe para mim — exigiu Alderking.

Ela obedeceu, olhando para o verde venenoso de seus olhos e para a longa capa de penas de corvo em cima dos ombros, cada uma delas brilhando no mesmo tom preto-azulado de uma mancha de óleo. Alderking era absurdamente lindo, do mesmo jeito que facas e bisturis podem ser belos. Tinha tentado evitar pensar nisso, já que ele era o pai de Severin e não era certo que ele fosse tão belo quanto o filho, mas olhando assim para ele, era impossível de ignorar. Ele era um rei dos contos de fadas, radiante e terrível. Parte dela *queria* servir a ele, e quanto mais ele olhava para ela, mais forte era esse sentimento.

Ela se forçou a desviar o olhar dos olhos dele, obrigando-se, em vez disso, a estudar seus lábios.

— Imagine a minha surpresa ao encontrar Severin escondido em sua casa. Você não apenas falhou em sua missão, como também desperdiçou a minha boa vontade.

Ela ficou em silêncio, mordendo a parte interna da bochecha, e baixou a cabeça.

Alderking claramente não esperava nada menos.

— Vai negar, pequena traidora? Vai fingir que pretendia traí-lo? Vai dizer que ainda é minha serva fiel?

— Não — disse Hazel, tentando não mostrar o pânico no rosto. — Eu não vou.

Pela primeira vez desde que tinha sido levada até ele, Alderking parecia desconfiado.

— Venha cá, Eolanthe. Diga à corte o que sabe.

A elfa, mãe de Jack, deu um passo adiante, com uma folha em uma de suas mãos. Hazel soube imediatamente o que era. Eolanthe leu as palavras escritas com o sangue de seu filho e, quando pronunciou Heartsworn, o zumbido das conversas cessou, como se o nome da espada em si fosse um feitiço.

Eolanthe estava levemente trêmula. Alderking a observava com olhos ardentes e possessivos. Olhava para ela como se tivesse relembrado que estava com raiva dela e como se a lembrança da própria raiva o excitasse. Hazel percebeu porque Eolanthe não queria que Jack chamasse a atenção de Alderking.

Um instante depois, toda a força daquele olhar estava novamente em Hazel.

— Diga-me, Hazel, o que lhe faz pensar que um dos membros da minha corte poderia estar com Heartsworn?

Hazel engoliu em seco.

— Ela tem de estar com alguém. Somente Heartsworn poderia ter quebrado o caixão, somente ela poderia ter libertado Severin.

Alderking inclinou-se para frente, ávido por mais.

— E quem compartilhou essa parte da maldição com você?

Hazel balançou a cabeça. Essa parte era fácil.

— Severin.

Alderking fez um sinal e a jaula foi empurrada para mais perto dele. Ele estudou o filho com estranha possessividade, olhando para ele do jeito que se olha para uma valiosa pintura guardada no depósito por ter ficado arranhada. Uma pintura que você não quer mais pendurar onde os outros possam ver, mas que também não está disposto a abandonar.

Severin o encarou de volta com os olhos famintos. Ben estava de pé à sombra, de modo que era difícil ver o rosto dele. Hazel se perguntou no que ele estaria pensando.

— Quem libertou você? — Alderking perguntou ao filho. — Diga-me onde está a espada e eu irei perdoá-lo. Você poderá se sentar ao meu lado como meu herdeiro novamente. O que você acha? Eu tenho os meios para me vingar da Corte do Leste. Com sua irmã sob meu controle e as espadas gêmeas de novo sob meu poder, nada mais estará em meu caminho.

"Destruiremos Fairfold, destruiremos todos aqueles que ficaram boquiabertos por todos esses anos enquanto você dormia. Mostrarei a você o que pode ser a força da sua irmã, quando controlada. Você verá a facilidade com que retomaremos a Corte do Leste, com que arrancaremos daquele trono o cavaleiro aproveitador que lá está".

Hazel prendeu a respiração. Ele falou sobre destruir Fairfold como se isso fosse nada, como se a cidade fosse uma mancha a limpar.

Na jaula, Ben sussurrou alguma coisa para Severin, mas o garoto de chifres balançou a cabeça. Quando ele se virou para o pai, seus olhos ardiam e brilhavam.

— Deixe que os mortais partam e me sentarei ao seu lado, pai. Deixe-me sair da jaula e tomarei o meu lugar ao seu lado.

A boca de Alderking era um esgar.

— Onde está Heartsworn?

Severin balançou a cabeça negativamente.

— Você primeiro. Eu estou na jaula.

Por um momento, Hazel se perguntou se Alderking deixaria Severin sair, se Severin os trairia. Mas então Alderking riu e chamou uma criatura de armadura vermelha, com uma cauda que chicoteava e orelhas iguais às de uma raposa.

— Solte o mortal e me traga Bone Maiden, com todas as suas facas.

Ben gritou, e uma dúzia de cavaleiros se reuniu em torno da jaula e enfiou as espadas entre as barras de metal para manter Severin no fundo. Então abriram a porta e arrancaram o irmão de Hazel para fora.

Severin agarrou um dos cavaleiros e torceu o braço dele com força, quase puxando-o entre as grades. A criatura gritou e Hazel ouviu um som seco, como um osso quebrando.

Hazel fez menção de ir até eles.

— Alto lá, Sir Hazel. — Alderking a impediu. — Você ficará exatamente onde está ou cortarei a garganta de Benjamin.

Ela parou de se mexer. Três cavaleiros pressionaram suas lâminas contra a pele de Severin, que ofegava e não mais oferecia resistência. Dois cavaleiros pegaram Ben e o arrastaram pelo chão de pedra, depois empurraram-no em direção a uma bruxa. Invocada por Alderking, a criatura tinha um rosto tão azul quanto pena de pavão e vestia um roupão negro. Ela apertou os dedos longos — cujas pontas sem carne revelavam os ossos brancos — na testa de Ben, inspecionando sua marca de nascença.

— Agora, você ou meu filho vão me contar tudo o que aconteceu com Heartsworn. Caso contrário, Benjamin irá sofrer. — O sorriso de Alderking era terrível.

— Bendito e maldito, maldito e bendito — disse a mulher azul, antes de pegar um dos dedos dele e torcer com força.

Ben gritou, verdadeira e incontrolavelmente.

— Chega! — gritou Hazel. Se ela soubesse onde Heartsworn estava poderia dizer a Alderking, mas era impossível pensar, impossível raciocinar qualquer coisa com Ben gritando. Ela ficou contente por ainda ter no cabelo o nó que Jack fizera. Sem ele, já teria chorado. — Chega. Pare com isso ou irei impedir você.

Alderking riu.

— Ah, sim, agora sim a sua verdadeira natureza está vindo à tona. Você brinca de ser obediente, mas não é obediência se você responder apenas às ordens que desejar. Assim como meu filho faz.

Ben gritou de novo. Um segundo dedo.

Alderking tinha Heartseeker à sua direita, dentro de uma bainha feita da pele de uma criatura peluda qualquer. Hazel seria capaz de conseguir outra arma e cortar a garganta dele antes que Alderking apontasse a espada contra ela? Improvável, pensou Hazel. No entanto, reparou que, entre as damas da corte, havia uma menina com pés de bode que trazia uma faca presa ao cinto. Ela se imaginou pegando a lâmina. Contou mentalmente quantos passos havia até o trono e calculou o quão rápido ela poderia chegar lá se corresse. Seus dedos tremeram.

Precisava fazer alguma coisa.

— Não se pode curar os dedos de um músico sem quebrá-los — disse Alderking. — Seu irmão está sofrendo, mas o sofrimento pode ser uma bênção para ele. Se vocês dois continuarem com a teimosia, farei muito pior. Certas torturas são tão terríveis que mudam uma pessoa para sempre. Certas torturas são tão terríveis que as mentes se recusam a suportá--las. É melhor me contar o que você sabe e é melhor que seja agora.

— Deixe Benjamin em paz — gritou Severin. — O seu assunto é comigo, pai. Deixe ele ir!

Hazel precisava fazer alguma coisa. Precisava impedir que Ben sofresse mais.

— Fui eu — reconheceu Hazel. — Eu que libertei Severin. Eu. Então deixe Ben ir. Fui eu que fiz isso, e fiz tudo sozinha.

— Você? — Alderking ficou de pé, com os olhos em chamas. — Você, que veio ao nosso espinheiro sagrado e pediu a nossa ajuda? Não foi você quem entregou sete anos da sua vida voluntariamente? De bom grado, até? Eu poderia ter tirado esses sete anos da maneira que quisesse, mas não fui cruel. Em vez disso, dei não apenas o que me pediu, mas todas as coisas que você nunca ousou pedir. Quando você veio a mim era uma criança de apenas 11 anos. Tiramos você de sua cama para voar pelos céus agarrada em juncos e cipós. Treinamos você para usar uma espada e para aparar um golpe. Ensinamos você a montar nossos velozes corcéis como se fosse o próprio Tam Lin. Uma parte de você se lembra, se recorda do vento jogando seu cabelo para trás e do uivo do céu noturno. Alguma parte de você se lembra das aulas de boas maneiras na corte. Se lembra de rir quando você derrubou uma garota de Fairfold no meio da estrada, os passos dos outros cavaleiros atrás de você, o seu cavalo ultrapassando os deles...

— Não. Você está errado. Eu não fiz essas coisas — negou Hazel, tentando controlar a voz para não falhar. Mas Alderking não estava mentindo, o Povo não *podia* mentir, então parte daquilo era verdade. Hazel lembrou-se do sonho que teve, aquele no qual torturava uma família e ria quando eles se transformavam em pedra. O quanto ela havia mudado quando estava a serviço dele? O quanto podia confiar em seu outro "eu"?

— Realizei seus desejos. — Alderking abriu os braços em um gesto de ampla aceitação, sorrindo. — E se as nossas bênçãos têm farpas, você conhece o bastante de nossa natureza para esperar por isso. Então, me diga: quem lhe disse como libertar meu filho? Quero a verdadeira resposta agora. Quem deu Heartsworn a você? E onde está a minha espada?

— Eu não sei — respondeu Hazel, em pânico, porque ela *realmente* não sabia onde estava a espada. Alderking, no entanto, não tinha qualquer motivo para acreditar nela.

Ele fez um gesto para Bone Maiden, que avançou em direção ao trono apontando uma lâmina fina e serrilhada. O metal parecia ter manchas de ferrugem ou de sangue seco.

— Os mortais são mentirosos natos — disse Alderking. — É a única coisa na qual vocês têm excepcional talento.

Hazel engoliu em seco e se preparou. Permitiu-se sentir medo, deixou-se levar pelo momento e tentou não pensar demais. Ela precisava de seus instintos. Esperava parecer apavorada o bastante para que Bone Maiden achasse que ela seria passiva, que se deixaria torturar, que gritaria e choraria sem jamais lutar. E quando a criatura se aproximou, a ponto de Hazel sentir seu cheiro de pinho, a ponto de ver o brilho estranho de seus olhos de rubi, ela partiu para cima da faca enferrujada.

A arma arranhou seu braço quando Hazel executou o movimento e então fechou a mão ao redor da lâmina. Cortou a palma da mão, mas conseguiu desarmar a bruxa e cortar sua garganta. O sangue negro começou a jorrar. Os dedos longos da criatura foram até o pescoço, mas os olhos já estavam embaçados e seu brilho se extinguia.

Um cavaleiro agarrou Ben e puxou suas mãos para trás das costas, sem tomar nenhum cuidado com seus dedos. O garoto urrou de dor.

Três dos cavaleiros cercaram Hazel, atentos à faca fina e enferrujada. Ela se agachou, sem tirar os olhos deles.

— Não — ordenou Alderking. — Deixem que ela fique com a faca. Está vendo, Sir Hazel? Desde que eu tenha o seu irmão sob meu poder, será a minha mão empunhando a faca.

— Parece que sua mão escorregou — disse ela, enquanto a bruxa estremeceu pela última vez e então ficou imóvel. Hazel estava vermelha, uma reação à vitória e à violência do embate. Sentia-se como seu "eu" mais perigoso, como o "eu" que antes andava pela floresta de Fairfold acreditando ser seu defensor. Em volta dela, os membros da corte tinham ficado em silêncio. Ela trouxera morte àquele lugar, àquela gente imortal e antiga, e eles a observavam com olhos bem abertos e intrigados.

— Observe — disse ele, como se estivesse dando uma aula a uma criança muito pequena. — Agora, Hazel, quero que você recite a rima para convocar o monstro no coração da floresta, a minha querida filha. Você sabe, não sabe? Diga as palavras ou meu cavaleiro irá estripar seu irmão.

Hazel hesitou por um momento, se dando conta de como estavam todos encurralados.

— Está bem — disse ela, respirando fundo. O ritmo de cantiga de roda trouxe de volta lembranças; pular corda, pés descalços sobre o chão quente de um dia de verão, a sempre presente tentação de dizer aquela palavra final. — Há um monstro em nossa floresta. E ela irá te pegar se você não se comportar. Irá te arrastar por folhas e galhos. Te castigar por todos os malhos. Partidos teus ossos e cortadas tuas asas. Você nunca, nunca mais voltará para... casa.

~

Hazel sentiu as ondas de magia, sentiu a brisa que soprava na colina oca, sentiu o toque frio que vinha junto dela. Sorrow se aproximava, e se Alderking realmente podia controlá-la, estavam todos condenados.

Alderking assentiu.

— Muito bem. Agora, vamos ver o que mais você é capaz de fazer. Corte o seu próprio braço ou meu cavaleiro irá rasgar o rosto do seu irmão. Vê como urge em me obedecer? Vá em frente.

Hazel arregaçou a manga da camisa, os dedos tremendo. Ela levantou a faca torta da bruxa e apertou a ponta contra a pele. Então apertou com força até a dor aguda e viva se espalhar pelo braço, até um fio de sangue escorrer até a palma da mão e pingar em cima da pedra.

O sorriso que rasgou o rosto de Alderking foi horrível.

— Pare com isso, Hazel! — implorou Ben. — Não se preocupe comigo.

— Já chega, pai! — gritou Severin com a voz cheia de autoridade. — Heartsworn não está com ela.

— Ela é uma mentirosa! — acusou Alderking. — Eles mentem! Todos os mortais mentem.

— É a mim que Hazel está protegendo — disse Jack, dando um passo adiante dos outros membros da corte, os olhos prateados brilhando e a cabeça erguida. Eolanthe tentou segurá-lo, mas ele ignorou o toque da mãe. Todos ao redor calaram-se. Jack se aproximou do trono de Alderking e fez uma reverência elaborada, do tipo que Hazel nem imaginava que ele soubesse como fazer. — Eu conspirei para trair a você. Deixe-a ir. Deixe-a ir e venha punir a mim.

— Não! — gritou a mãe dele. — Você jurou! Você jurou que não faria mal a ele.

— Jack? — perguntou Hazel, franzindo a testa.

Estava tonta, talvez por causa do sangue que escorria pelo braço. Por um instante, se perguntou se havia alguma verdade naquilo, se ainda havia outro segredo a ser revelado. Então viu o lampejo de pânico no rosto de Jack e ouviu a voz dele falhar.

Ele estava ganhando tempo para ela. Tempo para ela decifrar as pistas que tinha deixado para si mesma.

Cenouras. Arame. Lembre-se de se ajoelhar.

O que isso queria dizer? O fazendeiro tinha enganado o *bicho-papão* plantando cenouras embaixo da terra. E os arames tinham sido enterrados também.

Talvez ela tivesse *enterrado* a espada.

— Você? O garoto que brinca de ser mortal? — Alderking estudou Jack com os olhos estreitados e, em seguida, voltou para o trono, jogando a capa para trás. — Que motivos você teria para ficar contra mim? Seu nascimento foi a prova da traição de sua mãe e ainda assim você está aqui, vivo e saudável.

Lembre-se de se ajoelhar.

— Por que o motivo importa? — perguntou Jack, e havia algo em sua expressão, como se estivesse desafiando Alderking.

— É muita presunção, jovem *changeling*. — Alderking ergueu as sobrancelhas. — Eu posso ter prometido à sua mãe que não deixaria ninguém fazer mal a você, mas Sorrow verá com bons olhos sua dor, sua morte, porque tudo o que ela conhece é dor, morte e sofrimento. Coloquem-no na jaula com meu filho.

Jack respirou fundo e então sorriu, deixando-se levar para longe de Hazel, na direção da jaula. O desespero tomou conta dela. Iriam todos morrer. Ela não queria nada além de se ajoelhar na pedra fria e implorar, oferecer qualquer coisa, o que quer que fosse. Mas Hazel não tinha nada a oferecer.

Cenouras. Arames.

Lembre-se de se ajoelhar.

E naquele momento ela se deu conta de qual deveria ser a resposta. Ela sabia onde tinha escondido a espada.

Heartsworn, uma espada que podia cortar qualquer coisa, uma lâmina tão afiada que perfuraria até pedra. E era lá que ela devia tê-la escondido, do mesmo jeito que a encontrara pela primeira vez, enterrada na terra e na areia junto do lago Wight. Tanto quanto não procuraria por Heartsworn entre as nuvens do céu, Alderking não olharia dentro do chão da sala do trono.

Lembre-se de se ajoelhar.

Ela baixou o olhar até o chão, à procura de qualquer brilho no meio da terra, entre as placas gigantes de pedra. Viu algo que achou que poderia ser um brilho, mas que também poderia ser uma ilusão de ótica. Teria apenas uma oportunidade de descobrir.

Três cavaleiros vestidos de dourado conduziram Jack até a jaula e, cuidadosamente, abriram a porta. Nesse momento Severin se abaixou e rolou por baixo das espadas que os cavaleiros tinham enfiado entre as barras para segurá-lo. Estivera claramente esperando por essa oportunidade e agiu rápido. Rápido o bastante a ponto de já ter passado pela porta e estar de pé quando os cavaleiros sacaram as espadas.

Ferido em alguma luta anterior, vestia os trapos de uma camisa rasgada e ensanguentada enrolada na cintura. Uma camiseta de Jack, ela percebeu.

Os cavaleiros que estavam junto de Hazel correram na direção de Severin, as espadas reluzindo. Hazel teve então sua oportunidade. Atravessou rapidamente o salão até o local onde achava ter visto um lampejo do cabo.

Então, sem querer, olhou para trás na direção da jaula.

Embora os cavaleiros tivessem cercado Severin, nenhum deles tinha a ousadia de atacá-lo, mesmo o príncipe estando desarmado.

— Entregue sua espada — disse Severin para Marcan. Ele parecia exatamente com o príncipe da infância de Hazel, o que um dia acordaria e consertaria tudo. — Entregue sua espada e me deixa morrer com uma arma nas mãos. Eu não quero lutar com nenhum de vocês e meu pai já está com Heartseeker. Portanto não há o que temer por ele. Certamente ele lutará contra mim e é impossível que eu vença.

Os membros da corte se entreolharam, tomados por uma energia nervosa.

Alderking ficou de pé e desembainhou Heartseeker com um terrível som metálico. Então olhou para a multidão reunida que a tudo assistia com ansiedade e algo mais — algo que Hazel achava que podia ser ódio. Alderking não podia perder, não com aquela espada encantada na mão, mas ninguém ficaria feliz com a vitória dele.

— Fique com a minha — disse Marcan, colocando sua espada na mão de Severin.

— Eu não dei licença para você entregar sua arma a ele — gritou Alderking.

— Nenhum príncipe deveria morrer desejando uma espada — disse Marcan, com os músculos tensos na mandíbula. Não era nada seguro dar uma bronca em um rei.

Alderking sorriu com desdém.

— E ainda assim, muitos morrem.

Mas contra uma espada encantada, Severin iria morrer. Mesmo que fosse o melhor espadachim do mundo, iria morrer. Nenhuma habilidade poderia protegê-lo de uma espada que não errava nunca. Se Hazel não conseguisse pegar Heartsworn, Severin estaria condenado.

Ela notou um brilho que podia ser o pomo de um cabo e se ajoelhou. Deslizou os dedos nela e tentou segurá-la, tentou puxá-la para cima. A coisa escorregou de seus dedos. Ninguém tinha reparado nela ainda, agachada, mas eventualmente reparariam, com certeza. Hazel precisava ser rápida.

No outro lado da sala, Severin e o pai tentavam encurralar um ao outro. Heartseeker disparou na direção do ombro do príncipe, que tentou bloquear o golpe. A outra espada era muito rápida, porém, e afundou em seu braço, fazendo Severin gritar. Seu controle sobre a própria espada vacilou. Metal contra metal, os dois trocaram uma enxurrada de golpes. Severin não conseguia esquivar-se com rapidez suficiente. Várias vezes, Heartseeker cortou sua carne. Já ferido, logo Severin se tornou uma confusão de pequenos cortes, sangrando profusamente.

E ainda assim, Hazel sabia que Alderking estava frustrado. Severin era claramente o melhor espadachim entre os dois. O rei constantemente perdia o equilíbrio por causa da própria espada, que dava guinadas nas direções que precisava atacar. Alderking ora dava golpes desleixados, ora golpes que passavam longe, mas que depois se corrigiam. E Severin continuava implacável, defendendo-se sem titubear e atacando com fúria, mesmo quando já não havia mais esperança de vencer, mesmo quando sua derrota já era certa. O rei poderia ser capaz de matá-lo, mas não poderia jamais vencê-lo.

— Por mais divertido que seja — disse Alderking, sem fôlego —, isso não pode continuar. Desista, Severin. Sua irmã está chegando e irá esquartejar você membro a membro, isso se eu não cortar a sua garganta primeiro. De qualquer forma, desta vez quando você deitar no caixão de vidro estará realmente morto, morto e exposto para todo o resto da floresta.

Severin passou a espada no tronco do pai e acertou, cortando o tecido para revelar uma linha fina de sangue escorrendo. Alderking olhou para o filho como se o visse pela primeira vez.

— Heartseeker nunca erra, pai — disse Severin, andando em círculos de novo. — Isso não quer dizer que eu sempre erre.

Alderking partiu para cima dele sem qualquer postura de combate. E então, súbita e brutalmente, ele enfiou Heartseeker na barriga de Severin. O garoto de chifres gritou e caiu de joelhos, as mãos apertando o estômago. Alderking o golpeara bem onde ele já estava ferido.

Mas, ao recuar, o rei levou a mão ao próprio braço. Sangrava muito, a maré vermelha cobrindo sua mão como uma luva. Ele tinha acertado o filho, mas Severin tinha lhe dado mais um golpe.

— Já chega! — gritou Alderking ofegante, apontando para seus cavaleiros. — Acabem com ele.

Todos ficaram parados, como se não tivessem ouvido o comando. Podiam ser criaturas cruéis e voluntariosas, podiam não se importar nem um pouco com os mortais, mas ainda assim eram cavaleiros, como aqueles dos livros que Hazel tinha lido quando era pequena. Cavaleiros como nas histórias de Ben. O que o Alderking pedia ia contra seu código de honra. Eles não cairiam em cima de um homem ferido, muito menos um que tivesse apanhado tanto em uma luta claramente injusta.

Passado um momento, Marcan deu um passo à frente. Um dos outros pôs uma espada em sua mão. Pareciam ter chegado à conclusão de que, embora fossem obrigados a seguir as ordens de Alderking, somente enfrentariam Severin um por vez, como lhes exigia a honra.

Hazel finalmente conseguiu pegar o cabo da espada. Ela enfiou os dedos dentro da terra, o mais fundo que conseguiu, fincando a unha por baixo do metal e mexendo os dedos até conseguir segurá-la. Com cuidado, ela puxou a espada de dentro da pedra onde estivera enterrada. através do corte profundo na rocha. Até Heartsworn estar em sua mão.

A espada que era dela. Com sua lâmina de ouro brilhante, a tinta preta há muito lascada. A espada que levara em suas costas. Aquela que fazia dela um cavaleiro. Heartsworn.

Quase sem acreditar no que tinha feito, Hazel deu vários passos na direção de Severin, mas naquele momento se deu conta de que já era tarde demais. Ele sangrava muito, por muitas feridas. Quando Marcan começou a cercá-lo, Severin tropeçou. Ele mal conseguia ficar de pé. Não tinha forças para empunhar a espada e vencer o pai, quanto mais a irmã feroz.

Ela havia fracassado. Era tarde demais.

— Ben! — gritou Severin, enquanto caía no chão. — Benjamin Evans, você está errado, mas não é burro.

— O quê? — Ben gritou de volta de onde estava, à beira da jaula, agarrando as barras com seus dedos quebrados. Seu olhar se alternava entre Severin e Hazel, como se ele não soubesse com quem se preocupar mais.

— Eu te amo — anunciou Severin, olhando para cima, olhando para o nada, com o rosto exultante. — Eu te amo como nos livros de histórias. Eu te amo como nas baladas. Eu te amo como um raio. Eu te amei desde o terceiro mês em que você foi e falou comigo. Eu te amei porque você me dava vontade de rir. Eu te amei porque você era gentil e por causa do jeito que você fazia pausas quando falava, como se estivesse me esperando responder. Eu te amo e não estou tentando zombar de ninguém quando eu te beijo, ninguém mesmo.

Ben tentou ir até ele, agarrando as grades da jaula, mas um cavaleiro o impediu.

— Você é louco! — gritou Ben, e Severin começou a rir.

Hazel atravessou o salão passando diante do trono. Ela não sabia se os outros cavaleiros reconheceram o que trazia nas mãos ou se simplesmente não estavam prestando atenção.

Alderking girou, com os olhos arregalados de surpresa. Então decidiu ser debochado.

— O que você acha que está fazendo, cavaleirozinho? Você ao menos se lembra de como segurar uma espada? Você acha que está sendo honrada? Ele não será capaz de salvar você.

— Não! — disse Hazel. — Sou eu quem tem de salvá-lo.

Alderking a golpeou, mas ela estava preparada e não se preocupou em tentar bloqueá-lo. Ela não apontou Heartsworn para ele, mas para Heartseeker, e bateu com toda sua força.

Heartsworn partiu a lâmina de sua gêmea ao meio com um estalo terrível, tal qual vidros estilhaçando. Alderking olhou para ela, como se não conseguisse acreditar. Então o rei desviou o olhar para algo que ela não conseguia ver, e sorriu. A expressão dele fez Hazel congelar, coberta de medo.

Sorrow tinha chegado.

As damas da corte levaram as mãos à boca para abafar os gritos contidos. Pelas costas, Hazel escutou os passos pesados do monstro, ouviu o chiado de seus galhos e estremeceu, respirando fundo.

E então pressionou a ponta de Heartsworn contra o pescoço de Alderking. A espada fez um furo superficial e o sangue que apareceu marcou a pele dele como um rubi solitário.

— Ela está chegando mais perto, cada vez mais perto — ameaçou o Alderking.

O rei engoliu em seco, segurando a lâmina partida em uma das mãos como se estivesse prestes a se render, como se quisesse largar a espada no chão. Mas Hazel tinha quase certeza de que ele não a deixaria cair.

— Não se esqueça de que eu tenho o anel de osso. Lembre-se que graças a isso eu posso controlá-la — continuou ele.

Hazel engoliu em seco e tomou uma decisão.

— Se você se virar, terá uma chance — disse ele. — Tudo o que você precisa fazer é se virar. Você está com a espada. Mas se não atacar agora, você será dela. Ela lhe fará tossir terra e cipós e a colocará para dormir em uma cama feita com as suas próprias lágrimas.

Uma corrente de ar passou por eles, como se algo se movesse muito rápido. Talvez o monstro estivesse recuando para atacar. Hazel conhecia o gosto da derrota tão bem que já não sentia mais o sabor da vitória; sequer tinha certeza de que se lembrava dele.

Talvez estivesse prestes a perder de novo.

Hazel pensou na criatura que tinha visto na escola, a mesma que vira no dia anterior na casa de Jack. Pensou na beleza estranha e trôpega daquele ser em formato de árvore, na impossibilidade de sua existência. Pensou no jeito com que Ben tinha cantado e em como o monstro tinha deixado Severin tocar em seu rosto.

Sorrow ainda estava mesmo sob a influência de Alderking? Ou estava acordada, consciente, não mais passível de ser enganada por um pedaço de osso?

— Vá em frente! — disse Alderking. — Rápido, você confia em mim ou em um monstro?

— Não... — gritou Jack, mas Hazel não podia esperar ele terminar de falar.

Ela se movimentou rapidamente e deu um golpe certeiro, de modo que a ponta da lâmina partiu em dois o anel macabro de osso.

— Eu jurei que derrotaria o monstro no coração da floresta, e derrotei mesmo. O monstro nunca foi ela. O monstro sempre foi você.

Foi então que os dedos de galho agarraram Alderking. Chocado, ele arregalou os olhos e gritou, chamando por seus cavaleiros, berrando maldições. Ela o segurou até que o corpo dele ficou mole e ele deixou cair a espada quebrada.

Então, soltou-o no chão de pedra.

Hazel se abaixou para afastar dele o que tinha sobrado da Heartseeker. Quando fechou a mão em torno do cabo, Alderking abriu os olhos de repente e esticou-se para tocar em Hazel. Passou o dedo no rosto dela e cuspiu palavras de uma boca manchada de sangue:

— Lembre-se, Sir Hazel. Lembre-se, meu cavaleiro desleal. Eu o amaldiçoo a se lembrar. Eu o amaldiçoo a lembrar-se de tudo.

— Não! — gritou Hazel, balançando a cabeça para frente e para trás e afastando-se dele, trôpega. — Eu não quero. Eu não vou!

Alderking fechou os olhos e seu rosto foi ficando mais relaxado, como se estivesse indo dormir.

Mas Hazel continuou gritando.

◆ CAPÍTULO 21 ◆

Era uma vez uma menina que encontrou uma espada na floresta.
Era uma vez uma menina que fez um acordo com o Povo.

Era uma vez uma menina que tinha sido um cavaleiro a serviço de um monstro.

Era uma vez uma menina que jurou que salvaria a todos, mas que com isso esqueceu-se de si mesma. Era uma vez uma menina...

Hazel se lembrou de tudo de uma vez, todas as fechaduras se abriram, todas as memórias voltaram das profundezas sombrias onde ela as enterrara, tudo o que ela era voltou em um golpe só. Não só as lembranças que Alderking lhe havia tirado. As maldições das fadas eram mais poderosas do que isso. Hazel recebeu de volta todas as lembranças que ela alguma vez já tinha tentado esquecer.

Na noite do dia em que Hazel matou a bruxa, seus pais deram uma festa que foi até tarde, ficando mais e mais barulhenta com o passar do tempo.

Uma discussão sobre o valor artístico da ilustração em comparação com a pintura se transformou em uma briga sobre alguém que traiu alguém.

Ben e Hazel estavam sentados do lado de fora, junto da cova onde tinham acabado de enterrar o cachorro, e ouviram o som distante de uma garrafa sendo quebrada.

— Estou cansado e com fome — reclamou Ben. — E com frio.

Ele não disse *e não podemos entrar em casa*, mas Hazel entendeu essa parte mesmo assim.

— Vamos fazer alguma coisa — sugeriu ela.

Ben olhou para as estrelas. A noite estava clara e fria. Os dois tinham tido um dia cansativo e assustador, e ele parecia desconfiado diante da possibilidade de mais emoção.

— Tipo o quê?

— No seu livro, há um ritual que você precisa passar para ficar pronta para ser cavaleiro. Uma vigília. Temos de fazer isso. Para provar que somos capazes.

O livro estava na varanda, onde eles o haviam deixado. A espada estava escondida no barracão, onde o facão costumava ficar. Ela foi buscar os dois.

— O que diz que temos de fazer? — perguntou Ben, sua respiração condensando no ar em pequenas nuvens de ar quente.

De acordo com o livro, primeiro eles tinham de jejuar. Como eles não tinham jantado, Hazel achou que já contava. Depois, eles tinham de tomar banho para se purificar, vestir túnicas e ficar a noite inteira rezando de joelhos em uma capela. Daí estariam prontos para receber as honras de cavaleiro.

— A gente não tem uma capela — disse Ben. — Mas podemos fazer um altar.

E assim fizeram, usando uma pedra grande. Acenderam umas velas de citronela que encontraram e o quintal ficou iluminado por uma luz fantasmagórica. Então se despiram e se lavaram com a água gelada da mangueira do jardim. Tremendo de frio, enrolaram-se em toalhas de mesa que tinham encontrado na área de serviço.

— Ok. Agora a gente reza? — perguntou Ben.

Eles não eram uma família particularmente religiosa. Hazel não conseguia sequer lembrar-se de ter ido algum dia à igreja, mas, como havia fotos do batizado dela, sabia que sim, que com certeza já tinha ido. Não sabia exatamente o que envolvia o ato de rezar, mas sabia que aparência tinha. Ela botou Ben de joelhos ao lado dela.

O chão estava gelado, mas a espada escorregou para dentro da terra com facilidade. Hazel segurou no cabo e tentou se concentrar em pensamentos de cavaleiro. Pensamentos sobre bravura e honra e rigor e correção. Ela balançava o corpo para frente e para trás sobre os joelhos, murmurando baixinho. Depois de alguns instantes, Ben começou a imitar os movimentos dela. Hazel sentiu como se estivesse caindo em um sonho... Não demorou muito até ela quase conseguir ignorar o frio que estava sentindo, quase não sentir mais o peso do cabelo que começava a congelar, quase controlar a tremedeira que lhe tomava o corpo.

Em algum momento, Hazel teve a consciência de que Ben se levantara, dissera a ela que estava frio demais e implorara para que entrassem em casa. Ela só balançou a cabeça. Em algum momento, as pessoas foram embora da festa. Ela ouviu carros saindo, algumas trocas de palavras tensas e o som de alguém vomitando ruidosamente nos arbustos. Mas ninguém reparou que ela estava ajoelhada no jardim dos fundos.

Em algum momento, o sol nasceu, fazendo a grama brilhar.

Mais tarde naquela manhã, os pais de Hazel a encontraram ajoelhada no gramado. Entraram em pânico quando descobriram que ela não estava em sua cama e saíram trôpegos pelo quintal, tontos de ressaca. A mãe ainda estava com o vestido da noite anterior, a maquiagem borrada no rosto. O pai estava de camiseta e cueca, andando descalço pela grama coberta de geada.

— O que você está fazendo aqui fora? — perguntou o pai, apertando os ombros de Hazel. — Você ficou aqui a noite toda? Meu Deus, Hazel, em que você estava pensando?

Ela tentou ficar em pé, mas as pernas estavam duras demais. Não conseguia sentir os dedos. Quando o pai a pegou no colo, Hazel quis explicar, mas seu queixo batia demais e as palavras não saíam.

—

Também se lembrou de outra noite, voltando para casa pela floresta depois de passar a noite a serviço de Alderking, quando um arrepio não saía de seus ombros.

Nas cavalgadas com o Povo, ela fingia rir enquanto eles torturavam mortais, macaqueando sua crueldade e tudo mais que haviam ensinado a ela.

Vamos lançar uma maldição, para que sejam pedras até algum mortal reconhecer sua verdadeira natureza.

Ela sabia que era ela quem tinha mais chance de quebrar a maldição. Deitada sozinha em sua cama, momentos antes do amanhecer, enquanto aguardava as memórias irem embora como a maré, ela refletiu sobre o enigma. Tudo o que ela precisava fazer era ir até a clareira onde eles estavam e sua verdadeira natureza seria reconhecida. Ela os reconheceria.

Mas isso só seria possível se ela permanecesse como seu "eu" da noite. A Hazel do dia não saberia.

Pensou rapidamente que poderia deixar um recado para Ben. Quem sabe, se ela explicasse direito, ele poderia quebrar o feitiço. Mas não importava o quanto tentasse, ele provavelmente diria a coisa errada à Hazel do dia — em quem ela não sabia se confiava.

A Hazel do dia era ela, só que com menos espinhos. A Hazel do dia não sabia como era cavalgar junto com as fadas em suas montarias elegantes, com o vento soprando seu cabelo para trás. A Hazel do dia não se lembrava de brandir uma espada prateada com tanta força que o próprio ar parecia cantar. Não sabia como era surpreendê-los ou ser surpreendida. Ela não tinha visto as coisas grotescas e selvagens que a Hazel da noite já vira. Não tinha contado as muitas, muitas mentiras.

A Hazel do dia precisava ser preservada, protegida. Não haveria ajuda lá.

E então ela concebeu um plano. Os termos de serviço dela eram simples. *Todas as noites, a partir do momento em que você cai no sono até sua cabeça tocar em seu travesseiro novamente ao amanhecer, você é minha,* o Alderking tinha dito.

A maneira como ela conseguira vencê-lo também era simples. Ela botava a cabeça no travesseiro, mas não se deixava dormir. Em vez disso, se levantou para forçar a Hazel da noite a ficar até o amanhecer, quando as lembranças iriam embora com a escuridão.

Em certas noites, conseguiu roubar quase uma hora. Em outras, meros momentos. Mas isso permitiu que ela quebrasse maldições, desfizesse danos.

E, ao mesmo tempo, isso permitiu que traçasse um plano.

Ela sabia o que Alderking pretendia fazer com Sorrow. Ele expôs a iminente destruição de Fairfold para ela, gabou-se dos planos de conquista e vingança contra a Corte do Leste. Da mesma forma ele tinha deixado escapar detalhes que julgava desimportantes, como a espada perdida e a maneira de libertar o garoto de chifres. Lentamente, Hazel percebeu o valor da espada que tinha encontrado havia tantos anos. Lentamente, foi percebendo que ela era a única que tinha os meios para derrotá-lo.

Posso estar presa a serviço do rei, pensou Hazel, *mas, se eu libertar o príncipe, ele poderia derrotar o pai. Ele não está preso por qualquer tipo de promessa. A sede de vingança dele há de ser o bastante para nós dois.*

E foi então que tudo deu errado. Hazel lembrou-se do pânico que sentiu quando o caixão se espatifou e nada de o príncipe acordar. Lembrou-se do terror que foi tentar esconder a espada e, às pressas, ter de deixar pistas para si mesma antes de correr para a cama e fugir dos primeiros raios de sol.

Hazel achou que teria mais tempo, mas tinha roubado só alguns minutos... até que finalmente acordou, em sua própria casa, com o irmão e Jack e Severin de pé ao seu redor e metade da corte de Alderking do lado de fora.

— Onde ela está? — perguntou Ben.

Foi então que a primeira das fadas entrou pela porta da frente. Hazel tateou em busca do marcador e subiu correndo as escadas para vestir sua armadura.

Caída no chão, Hazel foi se lembrando de todas essas coisas enquanto Ben falava que eles tinham vencido; enquanto Severin colocava o corpo do pai no caixão, onde dormiria pelo resto de seus dias; enquanto a corte cercava o monstro; enquanto Jack repetia inúmeras vezes o nome dela.

Ela fechou os olhos e se deixou levar pela escuridão.

✦ CAPÍTULO 22 ✦

Hazel acordou em um lugar que não conhecia, com cheiro de madressilva no ar e música de harpa tocando ao longe. Ela estava deitada em uma cama grande, ornada, os pés sob um cobertor prateado que era mais leve do que seda e mais quente do que plumas de ganso. Quis se enterrar debaixo dos lençóis e continuar dormindo, mas sabia que havia algum motivo pelo qual não deveria fazê-lo.

Ela se virou e viu Jack sentado, de perfil. Ele estava em uma cadeira de balanço, empurrando-a com um pé só, apoiado na parede. Tinha um livro aberto sobre o colo, mas não parecia estar lhe dando qualquer atenção. Havia alguma coisa na maneira como a luz suave das velas definia os contornos de seu rosto, alguma coisa nos cílios pesados e na maciez de sua boca que era ao mesmo tempo familiar e infinitamente estranha.

Hazel se deu conta de que, por mais que já tivesse visto Jack inúmeras vezes antes, nunca tinha olhado para ele de verdade, não com os olhos da Hazel da noite.

Quem era ela?, Hazel se perguntou. *Sabendo o que ela fazia, tendo feito o que ela fizera? Será que havia nela o bastante da Hazel Evans que ele gostava? Será que ela era uma Hazel Evans de quem ela própria conseguiria gostar?*

Quando completasse o serviço para Alderking, se ele não fizesse um truque para mantê-la como serva eterna nem a matasse imediatamente, Hazel imaginava que ele retiraria dela todas as memórias de seu tempo na corte. Sempre tinha pensado em seu "eu" da noite como algo descartável, e em tudo o que havia enfrentado como cicatrizes que um dia simplesmente desapareceriam.

Agora ela sabia que não seria assim. Mas Alderking também tinha lhe dado talentos. E conhecimento.

Como a Hazel do dia, ela já havia escutado muitas vezes a história sobre como Jack se tornara um *changeling*; mas, agora, olhando para ele, percebeu que tinha escutado a mesma história na corte das Fadas, também. Já tinha escutado a mãe dele contar sua versão e explicar como tinha escolhido Carter por ser uma criança tão linda, doce e alegre, que ria nos braços dela. Contar sobre o horror do ferro quente marcando a pele de Jack, o cheiro de carne queimada e o grito que ele tinha dado, tão angustiado que até uma *banshee* entraria em desespero ao ouvir. Contar como os mortais foram indiferentes à dor dele e ficaram com ele por despeito, por uma curiosidade de exibi-lo aos amigos, sobre como ela temia que pudessem fazer do filho um serviçal. Hazel ouvira histórias sobre a maneira como os *hobs* espiavam pelas janelas, certificando-se de que ele estava bem, sobre como deixavam bolotas e castanhas do lado de fora para ele comer se tivesse fome, como brincavam com ele no jardim quando a mãe humana não estava vendo e como beliscavam Carter até ele chorar.

Pensando nisso, Hazel respirou fundo e se preparou para virar e falar, quando ouviu alguém entrar no quarto.

— Eu mandei inúmeras mensagens para você — disse Eolanthe. — Você nunca se dignou a responder qualquer uma delas.

— Eu estive aqui. — Jack fechou o livro e colocou-o ao lado das velas. — Você sabia que eu estava aqui. Você poderia ter vindo falar comigo a qualquer momento, como está fazendo agora.

Hazel entreabriu os olhos para ver a fada, de pé junto da parede de barro.

— Eu entendo sua raiva sobre o meu acordo com Alderking, mas você não compreende que era necessário... — começou Eolanthe.

— O que faz você achar isso? — perguntou Jack. Havia um certo tom de alerta na voz dele.

Hazel sabia que era errado ficar escutando, fingindo que estava dormindo e os deixando falar na frente dela. Mas também parecia horrível levantar-se e admitir que estava acordada, como se os acusasse de dizer alguma coisa que eles queriam manter em segredo, quando estavam apenas conversando.

A indecisão a manteve em silêncio por muito tempo, porque, quando Hazel percebeu aquele tom na voz de Jack, soube que iam falar de segredos.

— Queria saber por que você hesitou durante seu discurso diante de Alderking, como se tivesse pensado em dizer alguma coisa e mudado de ideia. — Eolanthe quis saber.

— Quando eu me perguntei se Heartsworn estaria com você, isso me fez pensar sobre todas as coisas que não faziam sentido — respondeu Jack.

— Sim, você pensou que eu tinha arquitetado tudo isso. Você estava errado, mas estava certo ao mesmo tempo, porque eu tinha um plano. Depois que descobri que Heartsworn tinha sido encontrada, achei que você e eu poderíamos dar tempo ao tempo e esperar que eles se matassem um ao outro. — Ouvia-se o leve farfalhar de tecidos, como se ela estivesse andando pelo quarto. — Se Severin e Alderking morressem, então haveria apenas uma pessoa capaz de herdar o trono. Se você simplesmente não tivesse falado, se ele tivesse lutado com o filho por mais alguns minutos, as coisas poderiam ser diferentes. Você não quer me perguntar o que isso significa?

— Não, não quero — disse ele.

— Você está com medo de eu dizer quem é o seu...

— Eu disse que não quero perguntar. — Jack a interrompeu. — E não vou. Se você insistir em me contar, eu vou fingir que não ouvi.

— Então eu não preciso dizer — disse ela. — Você já sabe.

Por um longo momento, ele não falou nada.

— É o seu dom — continuou ela. — Adivinhar o que há no coração do outro. Severin precisaria de alguém com o seu dom, alguém do lado dele que conheça o mundo dos mortais como você conhece. Não é mais necessário se esconder.

— Nada mudou — respondeu Jack. — Vou para casa agora. Para a minha casa humana, para ficar com a minha família humana. Não importa quem foi meu pai.

Hazel ouviu o farfalhar do tecido.

— Eles nunca vão amar você de verdade. Sempre vão ter medo de você.

— Não importa. Me deixe viver este tempo como humano — disse ele. — Você sempre me fala que nunca serei mortal, que o período de uma vida humana é tão curto que não significa nada. Certo, então me deixe viver minha vida humana. Deixe que todos os mortais que eu amo morram e virem pó. Deixe-me ter Nia como mãe e Charles como pai e Carter como irmão. Deixe-me ser Jack Gordon e, quando eu terminar, quando virar poeira e cinzas, voltarei para você e aprenderei a ser seu filho.

Ela ficou em silêncio.

— Me deixe viver isso, mãe, porque quando eles morrerem, eu nunca mais terei essa chance. — Na voz dele, Hazel reconheceu o mesmo tom sinistro que antes associara a Severin e Alderking. Jack era um deles, eterno e inumano. Mas ele ficaria no mundo dela por um pouco mais de tempo.

— Vá — disse ela, finalmente. — Seja Jack Gordon. Mas lembre-se que a mortalidade é um trago amargo.

— E ainda assim eu tomaria uma dose dupla — retrucou.

Hazel manteve os olhos fechados, tentando controlar a respiração, certa de que um deles descobriria o fingimento. Mas, após alguns minutos respirando e expirando com calma, ela pegou no sono de novo.

Quando acordou, era Ben quem estava ao lado dela, sentado do outro lado da cama, reclinado em outros travesseiros macios iguais aos que ela vinha abraçando. Uma de suas mãos estava enfaixada demais para ser usada, mas ele digitava com a outra.

Ela se forçou a se levantar para uma posição sentada e gemeu.

— Estamos no Mundo das Fadas? — perguntou Hazel.

— Talvez — disse Ben. — Se é que existe esse lugar. Quer dizer, se estamos todos no mesmo espaço dimensional, então, tecnicamente, estamos sempre no Mundo das Fadas. Mas o júri ainda não decidiu sobre isso.

Ela ignorou a segunda parte e preferiu se concentrar na primeira.

— Então você está mandando mensagem do Mundo das Fadas. Está falando com quem? Em que rede você está conectado?

Ben fez uma careta para ela.

— Mamãe e papai. Mamãe ficou apavorada, como todo mundo que estava na casa dos Gordon, e parece que metade da cidade foi se proteger naquela igreja antiga da Main Street, aquela que tem as proteções esculpidas nas fundações. Todo mundo se trancou lá dentro com amuletos, comida enlatada e tudo mais. Mamãe achou que a gente fosse pra lá também, mas é óbvio que não fomos, porque somos muito sinistros. Nosso pai saiu de carro pra procurar a gente. Eu disse a ela que você estaria em casa hoje à noite, se achar que está se sentindo melhor. Acha que estará?

— Eu? — Hazel se espreguiçou. — Onde está Jack?

— Ele precisou ir tirar um pouco mais do sangue de Sorrel para levar ao hospital. Foi um inferno convencê-los de que aquilo era o antídoto, mas quando ele conseguiu e a coisa começou a fazer efeito, os médicos quiseram mais. Sorrel deixou Severin cortá-la com Heartsworn, pra colher o sangue em um frasco.

— Ela ainda é...?

— Um monstro-árvore gigante e sinistro? — Ele imitou os galhos com os dedos, fingindo que ia pegar Hazel. — E como... E seu sangue é verde brilhante. Mas Sorrow falou conosco e pareceu, não sei, legal. Do jeito que Severin a descrevia.

Hazel bocejou. Pela primeira vez ela realmente analisou o quarto. O tapete no chão tinha uma estampa intrincada que parecia se transformar quanto mais ela olhava; as linhas verdes que se enrolavam como cobras a estavam deixando tonta. Hazel piscou e voltou sua atenção para um aparador esculpido em folhas de carvalho, por cima dele uma bacia de cobre. Ao lado, havia três garrafas de vidro com líquidos diferentes e uma taça.

Junto da lareira acesa havia um grande banco de veludo verde fofo, com tachas de ouro que brilhavam ao longo da borda do estofado. Em cima dele havia uma pilha de roupas dobradas.

— Assim, sem falar nada sobre dimensões, onde estamos? — perguntou Hazel.

— No palácio de Alderking. — Ben largou o telefone e saiu da cama. Ele vestia roupas novas: uma calça jeans preta e um suéter cor de ferrugem que combinava com a cor de seu cabelo e tinha um unicórnio estampado na frente. Hazel reconheceu-as como uma compra da qual ele tinha ficado particularmente orgulhoso, mas tinha quase certeza de que ele não estava usando nada daquilo no dia anterior. Não sabia de onde vinham aquelas roupas, já que não tinham trazido roupas para passar a noite fora.

Ele seguiu o olhar dela e olhou para baixo, para o suéter.

— Severin ordenou que um *hob* fosse até nossa casa pra pegar umas coisas. Ele também trouxe algumas roupas para você e... mais coisas para mim.

Ben esperou, como se estivesse dando a ela tempo para reagir.

Hazel não estava gostando do rumo da conversa.

— Isso tem alguma coisa a ver com você ter dito para mamãe e papai que eu vou voltar pra casa hoje à noite, mas não ter dito quando *você* volta?

Ele assentiu.

— Eu vou ficar com as fadas.

Hazel saiu apressada das cobertas. O que tinha de ser feito, quem tinha de ser combatido, ela daria um jeito. Poderia não ter mais Heartsworn, mas ela já tinha encarado coisas piores.

— O que prometeram a você? Qual foi o acordo?

Ben balançou a cabeça.

— Não é isso.

— Então como é? Isso tem a ver com Severin?

Ben se encolheu.

— Não é por causa dele. Ou pelo menos não principalmente por causa dele. — O rosto do irmão tingiu-se de um vermelho ridiculamente intenso.

— Ele te aaaaaaaaama, — cantarolou Hazel, tonta de alívio por estar viva. — Ele disse que ele te aaaaaaaaaama na frente de todo mundo.

— *Hazel!* — Ele a censurou.

Era divertido torturar o irmão. Ao fazer aquilo, sentia que ainda era ela mesma.

Ela o agarrou pelos ombros, deu uma sacudida nele, e eles caíram juntos de volta na cama, rindo.

— Acho bom que ele tenha te beijado! Um beijo com tanta força que ele quase tenha se engasgado com a sua língua. E se não deu, é melhor ir beijar ele assim *imediatamente*.

— Cala a boca. — Ben tentou fingir que ele não estava reprimindo um sorriso.

— Ai meu Deus. Isso é tão nojento. — Hazel o empurrou em cima do colchão. — Mas nada disso explica o porquê de você não voltar para casa.

Ben suspirou.

— Eu não posso sair por aí com essa capacidade de tocar música dentro de mim como uma bomba. Preciso aprender o que é isso, e como controlar essa força. E não vou conseguir aprender isso no mundo dos humanos. Tenho de aprender aqui.

— Mas... — começou a falar.

— Preciso parar de fantasiar sobre fugir para outra vida e começar a entender a vida que eu tenho.

— Você poderia voltar para casa primeiro — disse Hazel. — Explicar algumas coisas para nossos pais, se despedir do pessoal da escola.

— Talvez. — Ben balançou a cabeça, como se o que ela falava fizesse sentido, mas que mesmo assim não ia concordar. — Mas em toda história, o personagem só tem uma chance. Se ele perde essa chance, acabou. A porta não estará mais lá quando voltarmos para procurá-la. Ninguém recebe um segundo convite para o baile. Esta é a minha chance.

Hazel quis protestar, mas não era uma decisão dela. Talvez a música pudesse voltar à vida dele. Talvez ele pudesse amar de um jeito que nunca tinha se permitido antes, porque era muito assustador amar algo que não podia controlar, porque era ruim demais magoar as pessoas e amar o que lhes faz mal.

— Eu vou morrer de saudades — afirmou Ben, olhando para ela enquanto afastava o cabelo do rosto da irmã. — Sinto muito por não termos sido honestos o bastante antes.

— Não fale assim — cortou ela. — Não vamos mais dividir o mesmo banheiro, mas ainda vamos nos ver, não é? Quer dizer, passei metade dos últimos cinco anos da minha vida vivendo com as Fadas, então não é que eu não soubesse dar meu jeito de vir aqui, e seu namorado está mais ou menos no comando agora, então isso precisa servir pra alguma coisa.

— Mais ou menos — respondeu Ben. — Mas sim, é claro que ainda vamos nos ver. Não quis dizer que não. Mas as coisas vão ser... diferentes. Só me prometa que você vai tentar ser feliz.

Talvez, pensou Hazel, talvez os dois pudessem aprender a fazer isso. A ser feliz de verdade, não como nas histórias inventadas. Ela se inclinou sobre a cama e o abraçou com toda a força que tinha, abraçou-o até seus ossos doerem. Mas, não importa o quão apertado fosse, Hazel sabia que nunca seria o suficiente.

— Eu prometo — sussurrou. — Eu vou tentar.

Ben saiu do quarto para que Hazel pudesse se vestir. Ela despiu o gibão, revelando um mapa de hematomas e cortes por todo o tronco. Derramou água na bacia de metal e limpou a maior parte do sangue e da terra. Bochechou com um líquido que tinha gosto de resina de pinheiro e penteou o cabelo com um pente de ouro que, como num passe de mágica, transformou seus nós embaraçados em cachos macios.

O *hob* tinha escolhido leggings, uma camiseta preta com uma caneca de chá na frente, um cardigã cinza bem largo e tênis verdes. Hazel vestiu a roupa, contente por poder usar coisas familiares. Ela deixou os farrapos restantes de seu traje de cavaleiro em cima da cama. Mesmo que desse para consertá-lo, ela não se imaginava usando aquilo de novo.

Sem ter mais para onde ir, Hazel começou a voltar para casa.

Saiu do quarto e caminhou por um longo corredor, cheio de portas de tamanhos estranhos, umas enormes, outras mínimas, umas fininhas, outras bem largas. Maçanetas e fechaduras tinham formato de caras de *goblins* em prata, seus sorrisos sinistros e orelhas pontudas; ou então de galhos cobertos de frutinhas vermelhas, moldados em ouro. De vez em quando, Hazel discernia o som de música ou risadas; às vezes, parecia que havia vozes falando ao longe.

Logo ela chegou a uma escada em espiral que levava a uma abertura no tronco de uma árvore imensa, e Hazel encontrou a saída através de uma abertura estreita e comprida, como a entrada de uma caverna. Acima dela, o céu estava claro e o ar, seco. Hazel enrolou com mais força o cardigã em volta dos ombros, lamentando que o *hob* não tivesse pensado em trazer um casaco.

Marchou por pilhas de folhas caídas, em meio ao mato e às samambaias, até que chegou em casa. A porta da frente estava presa por uma única dobradiça. Havia uma rachadura onde um cavaleiro tinha chutado com a bota.

Quando entrou na cozinha, o pai e a mãe se levantaram das cadeiras em volta da mesa de madeira gasta e foram até ela.

— Minha filha — disse o pai, passando os braços em volta dos ombros dela. — Filhota, estamos tão felizes por você estar em casa.

— O Ben vai ficar lá — disse Hazel o quanto antes, porque achou que seria cruel os deixar aliviados com sua presença se iriam viver em angústia dali por diante. — Ele não vai voltar. Ele vai ficar com eles.

— Venha, sente-se aqui — disse o pai. — Nós já sabemos do seu irmão. Ele ligou e falou com a gente. Disse para imaginarmos o Mundo das Fadas como um colégio interno na Suíça, um daqueles muito exclusivos. Eu disse a ele que era mais como um colégio interno no inferno.

— Vocês estão bem com isso? — perguntou Hazel, não sem antes sentar-se. Provavelmente Ben tinha dito a eles que estava fazendo aquilo em favor de sua música. Os pais teriam aceitado, mesmo que não gostassem.

— Não, nós não estamos bem com isso — disse o pai. — Mas não há muito o que possamos fazer além de dizer a ele que não estamos bem com isso.

A mãe franziu a testa, enquanto passava o dedo em uma marca de queimado na mesa de madeira.

— Mas temos algumas perguntas para *você*, Hazel. Você lutou ao lado do garoto de chifres do caixão na floresta, a quem você e seu irmão pareciam conhecer? Hazel, como você aprendeu a lutar daquele jeito? Como você se envolveu nisso?

— Foi há muito tempo — começou a explicar.

Os pais dela tinham mudado tanto desde o dia em que ela encontrara o menino morto e a espada na floresta. Tinham se tornado o tipo de pais que jamais trariam ao mundo uma criança como Hazel.

Talvez fosse por isso que era tão difícil dizer a eles que tipo de criança ela era. A mãe balançou a cabeça.

— Estamos aliviados por vocês dois estarem bem. Ficamos tão preocupados.

— Não precisa se preocupar comigo, mãe. Não mais. Não tem motivo para isso e agora é tarde demais para se preocupar. — Os pais dela podiam ter mudado, mas não conseguiriam mudar a filha. Hazel estivera muito ocupada mudando a si mesma.

— Nunca é tarde demais para se preocupar — disse a mãe, estendendo o braço por cima da mesa para alcançar a mão de Hazel. Quando ela a apertou, Hazel apertou de volta.

~

A escola reabriu alguns dias depois. A secretaria enviou uma circular para todos os alunos, informando que a recente crise tinha usado todos os dias de licença daquele ano letivo e que, se houvesse outra interrupção, os alunos teriam de ter aulas na Fairfold High até o final de junho. Ainda havia algumas rachaduras nas paredes e o teto ainda estava esverdeado de musgo. De vez em quando, um sopro de vento trazia uma pena preta perdida ou um tufo de mato seco corredor adentro, mas a maior parte das trepadeiras e folhas já tinha sido removida.

Carter e Amanda estavam de volta às aulas. Amanda estava aproveitando ao máximo o novo status de celebridade, dando detalhes escandalosos das coisas que tinha ouvido enquanto dormia seu sono mágico. Ela e Carter não estavam mais namorando.

Tudo parecia estar normal de novo.

Tudo parecia estar normal de novo, a não ser pelas pessoas que gritavam para Hazel pelos corredores. Pessoas — até mesmo Robbie — que queriam perguntar como era o garoto de chifres, como ela o tinha encontrado, se tinha sido ela a libertá-lo do caixão. Tom Mullins quis ver seus movimentos de luta, usando como arma um esfregão que pegara no armário do faxineiro. Em três momentos diferentes ao longo do almoço, Leona forçou Hazel a contar a história sobre como Ben tinha ficado com Severin, e Molly quis garantias de que Sorrow não voltaria para buscá-la.

Todos tinham algo a dizer a Hazel, e ninguém tinha muito a dizer a Jack. Ela viu as pessoas se afastarem dele pelos corredores como se, combinados, seus medos e sua culpa o deixassem invisível. Mas Carter ainda estava ao lado do irmão, dando tapinhas em seu ombro e rindo e fazendo os amigos rirem também, certificando-se de que Jack ainda era notado. Falavam sobre faculdades e o próximo jogo de futebol e para onde iam naquele sábado à noite.

Em breve todos deixariam de ter medo de Jack. Esqueceriam que ele tinha magia no sangue.

Mas não Hazel. Quando os olhos dela se encontravam com os dele, ela percebia uma intensidade insondável que a fazia sentir-se como se estivesse se afogando. Ele sorriu com o canto da boca e ela sentiu o golpe.

Jack gostava dela. Jack gostava dela, ou da pessoa que ela era durante o dia. Ele gostava dela e ela o amava. Ela o amava tanto que já doía. Era como se ele já tivesse partido seu coração.

Quem dá o coração de bandeja merece o que receber.

Jack Gordon era um bom menino, que logo iria para uma boa faculdade longe daqui. Viveria uma vida normal, uma vida humana antes de começar a outra, maior, imortal.

— Hazel! — Ele chamou, correndo na direção dela depois da última aula. Não se falavam havia três dias, e ela não queria que ele soubesse o quanto estava feliz em ouvir a voz dele. Jack parecia diferente de como estava antes de vencerem Alderking. As orelhas pareciam um pouco mais pontudas, o rosto um pouco mais magro e o cabelo cheio de sombras esverdeadas. Mas o sorriso era o mesmo de sempre, um sorriso que fazia Hazel se retorcer por dentro e que não tinha nada a ver com o sorriso de Carter. Era de Jack e somente dele. — Ei, espera. Eu quero falar com você. Eu queria saber se você gostaria...

Só de falar com ele Hazel já sentia vontade de sorrir. O choque de felicidade foi tão intenso que era quase uma dor.

— Não acho que eu consiga fazer isso — soltou Hazel.

— Fazer o quê? — Ele parecia intrigado.

Ela continuou falando, sem saber o que dizer a seguir, mas determinada.

— Eu não estou bem. Como pessoa. Acho que estou começando a perceber o quanto não estou bem, sabe? Fico me lembrando das coisas que fiz e das coisas que me aconteceram e tudo isso só reforça a ideia de que eu não sou alguém com quem uma pessoa normal possa manter um relacionamento.

— Ainda bem que eu não sou exatamente normal — brincou Jack.

— Eu vou estragar tudo — explicou ela. — Eu nunca tive um namorado. Não costumo nem sair direito com os garotos com quem eu fico, quanto mais sair várias vezes. Eu sou meio covarde em relação ao amor — continuou. — Eu disse que queria que os garotos me mostrassem um lado secreto de si mesmos, mas você fez isso e agora tudo que eu quero é fugir.

Ele estendeu a mão e Hazel aceitou-a, cruzando os dedos com os dele. Então respirou fundo, olhando para os dedos entrelaçados.

— Do que é que você tem medo? — perguntou ele.

— De você — respondeu ela. — De você.

Ele assentiu como se aquilo fizesse sentido. Então, finalmente, ele disse:

— Eu não quero alguém normal. Não quero uma pessoa simples. Eu quero você. Amei você praticamente no primeiro momento em que te vi, selvagem e destemida, correndo pela floresta com os lábios manchados de roxo do suco de amora. Eu percebi que isso só me faria ser igual a todo mundo que te ama, mas nem por eu isso desisti.

Ela sentiu as bochechas corarem.

— E Amanda? Você diz que me amava desde a primeira vez que me viu, mas eu achei que era ela quem você amava.

Jack sorriu, mas logo a expressão sumiu do rosto dele.

— Eu sou um *changeling*, nem bem uma coisa e nem outra, nunca me encaixo em lugar nenhum. Amanda se encaixa nesse mundo. Na ocasião eu achei que, se ela gostasse de mim, se ela fosse capaz de gostar de mim, que isso diria algo a respeito do lugar onde eu me encaixaria. Mas Amanda ficava com medo de mim. As pessoas ficam, às vezes.

— Eu não — respondeu Hazel, indignada. — Eu não tenho medo disso.

— Eu sei — disse Jack. — E eu não tenho medo de você tentar descobrir o que significa ser completa, ser o "eu" do dia e da noite ao mesmo tempo. Eu não tenho medo de complicar as coisas, nem de me complicar, porque somos nós. Não precisamos de um primeiro encontro e depois de um segundo. Não somos normais e podemos fazer isso da maneira que você quiser. Um relacionamento pode ser o que você quiser que ele seja. Podemos fazer isso da maneira que quisermos. Nós mesmos contaremos nossa própria história.

— E como começamos? — perguntou Hazel.

Ele olhou para ela, os cílios chegando a tocar na bochecha quando ele piscava.

— Do jeito que você quiser. Podemos passar a tarde juntos depois da aula. Podemos escrever longas cartas um ao outro. Você poderia me enviar em algum tipo de missão para ganhar o direito de ficar com você.

— Ah, não — contestou ela, sorrindo finalmente, porque ele era o Jack, seu amigo, o cara que tinha maçãs do rosto ridículas e ideias ridículas. — Se alguém tiver de sair em uma missão, serei eu.

Jack sorriu.

— Muito bem, então. Eu poderia mandar você em uma missão para me conquistar. Provavelmente, uma missão envolvendo me trazer uma caneca grande de café e um donut. Ou matar todos os meus inimigos. Ainda não decidi qual das duas coisas.

— Isso não me assusta. Nem um pouco. Sabe do que mais eu não tenho medo? — Ele balançou a cabeça. — Vem aqui.

Encostando-se na parede, Hazel puxou-o para junto dela e colou os lábios nos dele. Ele fez um som suave de surpresa e, em seguida, um som que não foi surpresa alguma.

〜

Quando ela abriu o armário para jogar os livros dentro, antes de ir para casa, uma noz rolou para fora e quicou duas vezes no chão. Uma noz amarrada com um cordão prateado. Ela se abaixou para abri-la e encontrou um rolinho de papel dentro. Quando desenrolou, viu uma mensagem escrita com a letra do irmão: *Em três dias será lua cheia. Venha para a festa. Nem tudo precisa rimar.*

Ela sorriu e amassou o papelzinho.

✦ EPÍLOGO ✦

Ao fim de um caminho na floresta, depois de um riacho e de um tronco oco cheio de tatuzinhos-de-jardim e cupins, havia um caixão de vidro. Ficava diretamente sobre o chão e, dentro dele, dormia um elfo com uma tiara de ouro na cabeça e orelhas pontiagudas, como facas.

Os moradores da cidade sabem que antes havia um garoto diferente descansando lá. Um com chifres e cabelo castanho cacheado, um garoto que eles adoravam, mas que já haviam começado a esquecer. O que importa é que eles têm uma nova criatura encantada, que não vai acordar durante os longos verões em que meninas e meninos deitarem por cima do caixão, olhando através do vidro e embaçando-o com a respiração. Que não vai acordar quando turistas vierem espiar, ou caçadores de mitos insistirem que ele não é real e, ainda assim, quiserem tirar fotos com ele. Um garoto que não vai abrir os olhos de um verde venoso nos fins de semana de outono, enquanto as meninas estiverem dançando bem em cima dele, erguendo garrafas no ar como se brindassem à floresta encantada toda.

E em outros lugares na floresta, há outra festa, que acontece dentro de uma colina oca, cheia de flores que desabrocham à noite. Lá, um garoto pálido toca violino com dedos recém-consertados, enquanto a irmã dança com seu melhor amigo. Lá, um monstro rodopia, balançando os galhos em sincronia com a música. Lá, um príncipe do Povo assume seu manto de rei, tomando um *changeling* como seu irmão e, com um garoto humano ao seu lado, nomeia uma garota como sua heroína.

✦ AGRADECIMENTOS ✦

Comecei este livro pensando que revisitaria o folclore das Fadas que tanto amo, mas ele acabou sendo sobre um monte de outras coisas também. Foi um livro traiçoeiro de escrever, já que mudava a toda hora e tentava escapar por entre meus dedos. Creio que foi Gene Wolfe que disse: "Você nunca aprende a escrever um romance, você apenas sabe como acabar o romance que está escrevendo." Isto nunca foi tão verdadeiro para mim do que com este livro.

Eu estou em débito com os folcloristas de quem compilei os materiais para formar meu entendimento sobre as fadas. Em especial, para este livro, estou em dívida com *The Fairy-Faith in Celtic Countries*, de W. Y. Evans-Wentz; o capítulo dedicado às histórias de *changelings* em *Yoruba-Speaking Peoples of the Slave Coast of West Africa*, de A. B. Ellis; o poema "Der Erlkönig", de Johann Wolfgang von Goethe; *Notes on the Folk-Lore of the North-East of Scotland*, de Walter Gregor; "Kate Crackernuts", de *English Fairy Tales*, de Joseph Jacobs; "The Farmer and the boggart", de *County Folk-Lore Vol. V*, coletados por Mrs. Gutch e Mabel Peacock; e muitos pedacinhos de *Folklore in the English and Scottish Ballads*, de Lowry Charles Wimberly.

Também preciso agradecer as muitas pessoas que seguraram minha mão, me deram sugestões e apoio, e sofreram comigo — especialmente vocês que sofreram com as várias versões.

Obrigada a todos aqueles que estavam no Arizona no retiro de escritores onde comecei esta obra, a todos em San Miguel de Allende que me ajudaram a criar um manuscrito preliminar e provavelmente irreconhecível, e àqueles que estiveram comigo na Cornualha para me ajudar a descobrir o que fazer quando este já tinha dobrado de tamanho e mudado tanto.

Em especial, agradeço a Delia Sherman e Gwenda Bond, e a Christopher Rowe pelo sábio conselho. Obrigada a Steve Berman por me guiar até uma melhor compreensão da história de Benjamin. Obrigada a Paolo Bacigalupi por se interessar em saber de mim e conversar sobre os prazos. Obrigada a Cassandra Clare por me tranquilizar diversas vezes, me garantindo que o livro eventualmente ficaria pronto e que o desespero fazia parte do processo. Obrigada a Sarah Rees Brennan por todos os conselhos sobre a estrutura do livro e por tantas leituras. Obrigada a Kelly Link por também tê-lo lido tantas vezes e por me dizer onde colocar os beijos. Obrigada a Libba Bray por ter dado a cara a tapa e ter entregado seu manuscrito antes, me dando assim mais uma semana para trabalhar no meu. Obrigada a Robin Wasserman por sentar-se comigo e um bebê recém-nascido em um Starbucks, me ouvindo choramingar por causa da trama enquanto o pequeno chorava pedindo para mamar, e obrigada pela edição na noite de Natal, tão brutal quanto necessária. Obrigada a Joshua Lewis por ajudar a descobrir o objetivo do jogo. Obrigada a Leigh Bardugo por lutar para melhorar meu enredo, meus conflitos e meu ritmo — eu fiquei muito mais feliz do que consigo dizer e provavelmente muito mais do que demonstrei. Obrigada a Cindy Pon por repassar a história comigo, junto com uma deliciosa comida russa e cerveja de gengibre picante. Obrigada a Kami Garcia, que me deixou à vontade em seu quarto de hotel e não ligou quando eu comi todas as balas de ursinho enquanto nós duas terminávamos nossos manuscritos. Obrigada a Ally Carter por conversar comigo sobre as revelações e sobre tanta coisa importante.

Devo agradecimentos especiais, gigantescos e cheios de carinho a todos na Little, Brown Books for Young Readers, especialmente a minha editora incrível, Alvina Ling, que acreditou neste manuscrito mesmo quando ele já estava muito atrasado e muito confuso. Obrigada a Bethany Strout por ser uma leitora incrível e generosa, e a Amber Caraveo, da Orion Books, no Reino Unido, por saber o que não estava dando certo. Obrigada a Lisa Moraleda, assessora de imprensa maravilhosa, que sempre sabia o que íamos comer, e obrigada Nina Douglas, minha assessora no Reino Unido, que fez das viagens diversão. E, claro, obrigada a Victoria Stapleton, por ser tão incrível e também pelos drinques.

Obrigada ao meu agente, Barry Goldblatt, pelo apoio, pelos conselhos, por procurar aquela epígrafe e por acreditar que eu iria realmente terminar esse livro.

De verdade, obrigada a todos que acreditaram que eu ia terminar, porque eu mesma não tinha tanta certeza.

Acima de tudo, ao meu marido, Theo, e nosso filho, Sebastian, que aguentaram as minhas ausências e minhas longas horas na frente do computador, e que escutaram quando eu li este livro inteiro em voz alta para eles (ok, Sebastian estava quase sempre dormindo nesta parte). Sua grande paciência e seu amor são profundamente apreciados.

Este livro foi composto na tipologia Adobe Garamond Pro,
em corpo 12/16,1, e impresso em papel off-white
no Sistema Cameron da Divisão Gráfica
da Distribuidora Record.